EMY

B.I.L.Y.

Collection Orchidée
Rouge Noir Éditions

DÉDICACE

Mentions légales

B.I.L.Y

Emy Lie

ISBN : 978-2-902562-37-4

Couverture : © Orlane, Instant immortel

Mise en pages : © Orlane, Instant immortel

Images : © Pixabay, © Adobe Stock, © Freepik

© 2020, Rouge noir éditions

L'amour peut blesser, mais ne peut être regretté.

Il est enchanteur pour celui qui l'entend, et déclencheur pour celui qui le ressent.

L'amour, c'est tout mon être, il ne fait pas que paraître.

Il reste maître, quand on s'aime de tout notre être.

L'amour n'est pas un rêve, il suffit d'y croire pour le trouver.

Il est porteur de bien-être,

Et est tout ce que l'on mérite dans la vie.

L'amour est proche de la haine, il paraît même que c'est une seule et même action.

Mais il rend plus fort que la haine…

PROLOGUE

'Ly-Las'

Mon réveil sonne, ma main s'abat sur le Snooze pour l'enclencher de nouveau. Une deuxième sonnerie retentit plusieurs minutes plus tard, mais impossible de me lever. Hier soir, j'étais tellement stressée, pour cette rentrée des classes que je n'ai pas pu m'endormir avant deux heures du matin.

La terminale... L'année où tout prend fin, même l'adolescence. Bientôt dix-huit ans, l'université et la liberté! Ah l'indépendance! J'ai hâte que mes parents me lâchent la grappe et vais tout faire pour que ce soit cette année. Il me faut absolument ma chambre au campus l'an prochain!

Un troisième bip-bip retentit et aussitôt, la voix de ma mère lui fait écho dans le couloir.

— Ly-Las! Lève-toi!

— Oui, j'arrive, maman! réponds-je en expirant l'air dans mes poumons, blasée de me faire hurler dessus de si bonne heure.

Soufflant un grand coup, je m'étire les bras et les jambes puis repousse mes cheveux emmêlés vers l'arrière. Enfin décidée à me lever, je rejoins le rez-de-chaussée en traînant les pieds. M'installant à table, je trouve ma sœur et mon frère déjà prêts, en train de manger.

— Hé, chamelle! me lance mon frère, t'as réussi à retrouver ta route?

Je ne peux m'empêcher de dresser mon majeur dans sa direction en guise de réponse et ma mère me réprimande aussitôt avec une légère tape derrière la tête.

— Ta sœur est juste à côté, calme-toi! dit-elle en déposant mon assiette remplie de deux tranches de pain perdu, d'un œuf brouillé accompagné de bacon grillé et de ma tasse de café à côté.

— Merci, maman chérie!

— Bah, tiens... N'essaie pas de fayoter, me rétorque-t-elle une main sur la hanche, Noël n'est pas près d'arriver et ton anniversaire est déjà passé, alors inutile! À moins que tu ne veuilles te faire pardonner d'une chose que tu n'as pas encore faite?

Lui souriant bêtement de toutes mes dents, je ne relève pas sa pique. Elle peut bien croire ce qu'elle veut, après tout l'enfant est fait à l'effigie de ses parents!

Mon plat englouti à une vitesse folle, je file aussi vite dans la salle de bain de l'étage me préparer. Une douche rapide et me voici dans ma chambre debout devant mon armoire, tout en expirant longuement je pense à ce qui m'attend cette année. Rien que pour cela, j'adore les vacances, pouvoir m'éterniser en pyjama est l'une de mes passions préférées. Si seulement je pouvais rester à la maison, je serais comblée... Je vais encore avoir le droit à toutes sortes de réflexions bidons toute la sainte journée! Miss pète-cul, pimbêche et j'en passe! Si je les énonce toutes, je ne suis pas près d'être habillée et encore moins de partir pour le lycée.

Enfilant un legging satiné noir, une tunique bleue puis ma paire de *Converse* aux pieds, je suis enfin parée pour affronter ma journée. Attrapant mon sac de cours en soupirant, je prends la route, la musique hurlant dans mes oreilles.

Dans la cour du lycée, je rejoins Plum qui m'attend debout devant le saule pleureur et lui fais la bise. Elle est excitée par cette dernière année. Si je pouvais avoir le quart de son enthousiasme, j'en serais ravie!

Nous nous racontons les derniers potins en avançant vers le bâtiment lorsque la sonnerie retentit. Tous regroupés devant la salle de cours, les mêmes têtes que les années précédentes me font face. Je soupire, lasse de cette morosité. La rengaine quotidienne va reprendre son rythme et je suis déjà saturée. Expirant longuement, mon souffle se bloque brusquement lorsqu'un visage inhabituel s'approche. Il longe le rang en me jetant un regard froid, puis disparaît derrière moi. Je voudrais le suivre des yeux pour voir où il s'arrête, mais je n'ose pas me retourner. Il me trouble plus qu'il ne le devrait, c'est bête, mais jamais mon cœur n'a battu de la sorte ; pour qui que ce soit.

Dans quelle classe est-il et comment s'appelle-t-il ? Son visage et son style bad boy me plaisent. Il est totalement différent des garçons qui traînent avec mon frère et c'est ce qui m'attire chez lui.

Le prof nous demande en un haussant le ton de nous taire avant d'entrer. Étant à la fin de la file, je m'impatiente tant tout le monde traîne les pieds.

Plum secoue ma manche, m'interpellant afin de me montrer Léo, le garçon qui l'attire depuis quelques mois. Il est dans la classe de mon lourdaud de frère et me soûle à toujours me mater de la tête aux pieds. Je lui mettrais bien des claques quand il fait ça ! Pourquoi chaque fois que Plum a des vues sur un gars, il faut toujours qu'il se tourne vers moi ?

Au moment où le calme revient enfin parmi les élèves, le prof nous demande de nous dépêcher d'entrer. En accélérant, je trébuche sur mon lacet et manque de tomber. Derrière moi, une personne ricane, je pensais pourtant que nous étions les dernières avec Plum !

Jetant un coup d'œil par-dessus mon épaule pour voir qui est l'imbécile qui se moque de moi, mon monde s'écroule en voyant que c'est LUI. Mes entrailles se tordent en sentant la douce caresse de son souffle sur mon cou quand il se penche vers moi pour me chuchoter d'arrêter de rêvasser. À ce moment-là, c'est mon souffle qui se coupe m'empêchant de répondre tant je suis surprise de le voir juste là.

ACTE 1

09-09-2017

Salut mon journal,

Nouvelle année, nouveau journal. Tu es frais, beau, neuf et je vais t'embellir avec mes histoires toutes aussi folles les unes que les autres.

Tu vois, au fin fond de Grasonville, ville typiquement américaine située dans un coin perdu du Maryland, il y a moi, petite fille égarée qui ne sait plus où elle en est.

Aujourd'hui, j'ai rencontré un nouveau garçon au lycée. Mon Dieu, ce qu'il est craquant! Par chance, il a atterri dans ma classe.

Pendant le cours, j'ai été assez dissipée et ne l'ai pas lâché des yeux. Un beau garçon aux cheveux châtain clair avec un regard bleu océan. Quand il l'a posé sur moi, j'ai fondu tout entière! Tu vois? Non? Un peu comme le fromage à raclette sous l'appareil. Oui, voilà. Je n'étais plus qu'un tas tout ramolli !

J'ai tout fait pour me rapprocher de lui en cours, réussissant à me placer juste à sa droite, bon sur la table d'à côté, mais je ne vais pas me plaindre. Son odeur, une pure merveille ! Je n'ai pas su deviner le nom de son parfum, mais, qu'est-ce qu'il sent bon ! Un effluve boisé, complètement délicieux à humer que j'aurais pu tomber en syncope rien qu'en l'inspirant.

Le pire de tout dans cette journée totalement déjantée, c'est que juste à cause de lui, je n'ai absolument rien écouté de ce que les profs racontaient. C'est une grande première pour moi qui ai toujours été sérieuse en classe. Je ne devrais pas réagir comme ça, mais c'est plus fort que moi, il m'attire vraiment, même si nous ne nous connaissons pas... Tiens, d'ailleurs, rien qu'à t'en parler, j'ai un tas de papillons dans le bas du ventre qui se tortillent dans tous les sens !

Bon, revenons à ce gentil Mattiew. Ah !! Je fonds rien qu'en pensant à lui. Qu'est-ce que j'ai aimé passer ma journée à le reluquer, enfin jusqu'à ce qu'il me prenne sur le fait. Essaie un peu de m'imaginer quand nos regards se sont croisés, c'était fatal ! De blanche ivoire, j'suis passée à rouge pivoine...

Plum s'est pas mal foutue de ma tronche pour ça d'ailleurs, la garce ! Attends que je me venge lorsqu'elle trouvera un mec qui la perturbera autant ! Oui, elle est attirée par Léo, mais ce n'est pas réciproque. Je ne lui en ai pas parlé parce que je ne veux pas qu'elle souffre, alors je la laisse rêver. Comme on dit, ça ne fait pas de mal !

En fin de journée, la prof de Mathématiques en est arrivée à m'interpeller et je me suis soudain sentie bête. Au lieu de prendre des notes de son cours, je gribouillais le prénom de Mattiew sur mon cahier, et la tarée l'a pris pour le montrer à tout le monde... Je n'ai jamais eu aussi honte de ma vie, enfin, pour le peu que j'ai vécu jusqu'à maintenant. Même lui en a ri.

Bref, j'ai eu une heure de colle le premier jour de cours, maman ne va pas être contente et je peux la comprendre, mais grâce à ça, on s'est échangé nos numéros ! À l'intérieur de moi, je sautais sur place comme une gamine, en criant «Boum-chica-chica-boum !» J'aurais vraiment aimé voir ma tête dans un miroir quand il a lâché ma main pour poser ses lèvres chaudes et douces sur ma joue, pour me dire à demain. Rhô, la, la ! Mon cœur bat encore comme un fou ! Il danse la samba...

Bon, je te laisse sur ces derniers mots. Maman m'appelle, je lui ai mis mon carnet de correspondance sur la table de la cuisine, ça va barder et ce sera la première fois que je vais me faire engueuler pour mes études...

Tchao !

***

Sachant déjà que je vais me faire punir, je descends les escaliers de ma chambre à reculons en me rongeant les ongles. Mes parents ne rigolent pas avec les études, enfin... surtout ma mère. Elle veut me voir dans une université prestigieuse sans prendre en compte ce que je souhaite alors que je suis la première concernée. Mais je ferai tout pour y arriver, rien que pour partir de cette famille où dire ce que l'on pense est un péché.

J'ai beau être en dernière année de lycée, ma mère me fait toujours autant peur lorsqu'elle se met en colère. Exactement comme lorsque j'étais petite... C'est pathétique, mais apparemment ce serait ça le respect...

— Ly-Las Mary Élysabeth! C'est quoi ça? me demande-t-elle en me hurlant pratiquement dessus une fois face à elle.

Ça commence bien! Quand elle utilise mes trois prénoms, c'est qu'elle est vraiment dans une colère folle. Mais qu'est-ce que j'ai fait pour mériter ça? Ah oui, j'ai joué la débile le premier jour des cours!

— Maman, je sais. Ce n'est pas la peine de crier!

— Tu t'imagines que tu vas t'en sortir comme ça jeune fille? Tu te fais remarquer dès le premier jour et tu penses échapper à mes réprimandes? Mais qu'est-ce qui te prend? C'est le fait d'avoir dix-sept ans, c'est ça?

Ma mère me soûle quand elle s'y met. Elle passe d'un extrême à l'autre... Ce n'est qu'une heure de colle, quoi! Non, mais franchement...

— Ça n'a rien à voir! Je te promets que cela ne se reproduira plus.

— Je l'espère bien, sinon j'en parle à ton père!

Du chantage... là, c'est moi qui hallucine. Depuis quand les parents utilisent-ils cette méthode pour se faire respecter ? Je souffle et pose mes mains sur mes hanches.

— C'est bon, je peux retourner dans ma chambre ? J'ai des devoirs qui m'attendent.

— Cesse de jouer les indifférentes ! C'est pour ton avenir que je fais ça, crois-tu vraiment que l'université voudra de toi si tu agis ainsi ?

Non, mais là, elle dépasse les bornes ! Pourquoi faut-il toujours qu'elle me rabâche ceci quand je fais quelque chose qui ne lui plaît pas ? C'est vraiment agaçant !

— Maman ! J'ai compris, maintenant, je peux aller terminer mes devoirs ? Sinon je ne suis pas près de me coucher ! Et comme je sais que tu adores me réprimander sur ça...

— Cesse d'être aussi insolente et file dans ta chambre, je ne veux plus te voir avant le dîner !

J'expire longuement sans rien ajouter. Je sais très bien que j'ai déconné, pas la peine qu'elle en rajoute des tonnes !

En levant les yeux au ciel, je fais demi-tour et monte quatre à quatre les escaliers. Arrivée dans ma chambre, je me jette sur mon lit, attrape mon sac qui se trouve juste à côté de moi et sors mon agenda.

* Faire les exercices 1, 3 et 5 du devoir maison de Maths.

* Lire les chapitres 1 et 2 «de Roméo et Juliette» pour le cours de français et en faire un résumé.

* Réviser la biologie pour l'interro.

Je souffle, découragée... Depuis quand avons-nous autant de devoirs le premier jour ?

Courageuse, je commence ma lecture aussitôt mes exercices de Maths et de Français terminés. Soudain, mon téléphone vibre contre ma jambe, un coup d'œil dessus, c'est un message de lui. Les mains tremblantes, je débloque l'écran et lis :

« Salut, c'est Mattiew. J'espère que ça s'est bien passé avec ta mère ? »

« Salut Mattiew ! Oui, ça a été, ne t'en fais pas. Faut bien qu'elle comprenne que je ne suis plus sa PETITE fille, sage et innocente ! lui réponds-je en souriant de toutes mes dents. Enfin, ça va, tu ne galères pas trop avec tes devoirs ? Moi, j'en suis à la lecture et pff... ça me soûle déjà... »

Sa réponse retentit aussi vite :

« Ne dis pas ça, c'est un beau livre ! Je l'ai étudié l'année dernière, dans mon ancien lycée. J'ai un coup d'avance sur toi ! »

« Chanceux, va ! Bon, allez, je m'y remets. PS : Je suis sûre d'avoir quand même une meilleure note que toi ! »

« C'est ce que nous verrons, princesse ! Bonne soirée, bises. »

Princesse ! Il m'a appelée princesse !

N'en croyant pas mes yeux, je regarde encore une fois le message, dissipant aussitôt mon doute.

Si, il m'a bien écrit ça ! Oh ! J'adore !

Une fois mes émotions calmées, je lui réponds :

«Bises, beau gosse, à demain.»

Appuyant sur envoyer, je me laisse tomber sur le matelas, un sourire béat pendu sur mes lèvres. Mon téléphone face à mon visage, je relis trois fois son dernier message et me dis que là, c'est clair comme de l'eau de roche. Je lui plais, c'est sûr et je pense avoir été tout aussi claire que lui sur le sujet. «Boom-chica-chica-boom!» crié-je, en dansant du bassin sur mon matelas.

En ce moment même, ma joie est à son comble, je ne pensais pas que mon année commencerait sur les chapeaux de roues, c'est incroyable! Et si avec ça, je ne fais pas de beaux rêves, je n'y crois pas!

Calme ta joie, Ly-Las!

Lisant rapidement les deux chapitres de mon livre, je termine par mes résumés. Je sais qu'à cette époque, la vie était loin d'être facile et je suis bien contente de ne pas y avoir vécu. Mais même aujourd'hui, nos parents agissent pareil et font constamment de notre vie un véritable enfer.

Glissant un regard vers mon réveil quand je pose le point final de mon résumé, il affiche 21 h 30. Il est temps pour moi de grignoter un bout. Ma conversation avec Mattiew m'a tellement laissée rêveuse, que le repas en famille m'est passé sous le nez. Enfin, ce n'est pas une grosse perte, je sais pertinemment que je me serais prise des réflexions pour mon comportement.

Descendant les escaliers sans faire trop de bruit pour ne pas réveiller ma petite sœur et mon frère, je me hâte vers le frigo dans l'optique de me faire un sandwich.

— Tu crois vraiment que c'est à cette heure-ci que l'on vient manger ? entends-je une voix derrière moi

Me prenant par surprise, je sursaute et me retourne.

— Papa ! Tu m'as fait peur. Je suis désolée, on a eu tellement de devoirs que je n'ai pas vu les heures passer...

— Je comprends, ma puce. Je suis tellement fière que tu prennes tes études au sérieux !

AH !... Maman ne lui a vraiment rien dit par rapport à ce qu'il s'est passé au lycée, aujourd'hui ? C'est bien une première !

— Papa, tu sais que je t'aime ?

— Oui, et ? Qu'as-tu à m'annoncer ?

Et puis merde ! Je fais marche arrière en voyant son sourire.

— Non, rien du tout. Je voulais simplement que tu le saches, c'est tout.

Il m'embrasse sur le front en me souhaitant bonne nuit. Je dirais même qu'une fois mon casse-dalle fini, il m'a vite fait faire remonter dans ma chambre afin de me mettre au lit.

Rejoignant à vitesse grand V la salle de bains pour me brosser les dents, je me couche le cœur comblé. La journée a été éprouvante et j'ai hâte d'être à demain pour revoir Matt.

Je m'allonge sous mes couvertures, pose les écouteurs sur mes oreilles pour me laisser bercer par la voix douce de *Christophe Maé* et m'endors paisiblement.

ACTE 2

Debout devant mon miroir, je m'attèle à une préparation soignée dans le seul but que Mattiew soit subjugué par mon apparence et tant qu'à faire, qu'il n'ait d'yeux que pour moi.

On a bien le droit de rêver!

Un dernier coup de Gloss et me voilà prête. Je sors de la salle de bain, descends les escaliers et atterris dans la cuisine où mon frère, Jack, y déjeune avec Polyvan, son meilleur pote.

— Salut Ly-Las, tu as bien dormi? me questionne ce dernier.

— De quoi j'me mêle? Mais sinon, je rêve ou tu n'as pas de maison?

— Ferme-la! me crache le spécimen qui me sert de frère.

— Jack! l'interpelle ma mère pour son langage. Ly-Las, Poly habite ici jusqu'à ce que ses parents reviennent de voyage, alors sois gentille avec lui!

Alors qu'il a dix-sept ans... c'est vraiment affolant.

Ses parents doivent vraiment avoir peu de confiance en lui s'ils éprouvent le besoin de lui trouver une nourrice! Encore heureux que ma mère ne me fasse pas le même coup, je serais bien capable de faire une fugue, juste pour me venger.

Jack, c'est mon frère jumeau et entre lui et moi, c'est comme chien et chat. Qui l'eut cru? Pas mes parents, ça, c'est sûr. Ils n'ont de cesse de nous répéter que cela n'est pas normal, parce que d'après de nombreuses études sur les jumeaux, nous devrions être soudés comme les doigts de la main…

— T'en as de la chance, dis donc! Je n'aimerais pas être à ta place! craché-je en direction de ce garçon adopté par mes parents pour plusieurs jours.

Je récupère une clémentine et une banane pour les ranger dans mon sac de cours et file de la cuisine.

J'ai horreur de la façon dont Poly me regarde. D'après Jack, il aurait le béguin pour moi. Beurk! C'est inimaginable… Même dans mes cauchemars les plus horribles, je ne le voudrais pas. Avec ses grosses lunettes de binoclard et ses cheveux trop longs, il m'écœure. Avec tout ce qui existe comme style de monture, je ne comprends pas pourquoi il se force à garder ses lunettes de grand-père et à ne pas vouloir couper sa tignasse bien trop grasse à mon goût!

— Où vas-tu comme ça, jeune fille? m'interpelle ma mère quand j'ouvre la porte pour partir.

— Eh bien, au lycée, pourquoi?

— Dans cette tenue?

— Maman ! Qu'est-ce qu'elle a ma robe ? Elle est tout ce qu'il y a de plus normal !

— Oui, c'est vrai, mais c'est aussi la première fois que tu en mets une pour le lycée.

— Les gens changent, maman. Surtout les adolescentes sur le point d'atteindre la majorité ! réponds-je un sourire mielleux aux lèvres.

— Tu ne pars pas avec ton frère aujourd'hui ? me questionne-t-elle à nouveau lorsque j'ouvre la porte.

— Non, j'ai envie de marcher et puis Plum m'attend dans le bus.

— Je peux passer la prendre et vous y emmener si vous voulez ! rétorque mon frère pour encore plus me soûler.

— Non, merci ! Nous devons parler de trucs de filles ! Et ça va encore t'embêter de nous entendre blablater pendant votre chanson préférée !

Sur ces entrefaites, je ferme la porte sans même attendre une réponse de leur part.

Eh paf ! Prends ça dans tes dents, frérot adoré !

Jack est une vraie gonzesse quand il s'y met. J'ai horreur quand il repasse pendant cinq heures la même chanson ! Ça me soûle et me donne envie de l'étriper !

Dans le bus, je m'installe confortablement sur le siège à côté de Plum et nous papotons de ce nouvel élève qui me plaît tant. Je n'en reviens toujours pas d'être autant accro à lui alors que je le connais à peine. Chaque fois que je le vois, mon cœur palpite de façon démesurée dans ma poitrine, c'est affolant quand j'y pense.

Soudain ma copine me tape sur le bras. Elle me fait mal et je lui foutrais bien ma main dans la tronche mais la douleur s'évapore aussi vite lorsque mon regard accroche cet ange tombé du ciel qui avance dans l'allée pour se poser contre la rambarde latérale. Je me lève pour le rejoindre, Plum sur les talons.

— Salut, Mattiew! disons-nous à l'unisson en nous posant à ses côtés.

— Salut, les filles.

Il ne dit rien d'autre et part s'asseoir sur les places qui viennent de se libérer dans le fond sans même me lancer un regard. Je suis rouge de rage à l'intérieur mais tente de ne pas montrer mes émotions. Pourquoi avoir subitement un tel comportement avec moi? Hier, j'étais sa princesse et aujourd'hui, je ne suis plus que Cendrillon?

— Putain, mais qu'est-ce qu'il est lunatique! Hier, vous étiez quasi collés en fin de journée et là, il te calcule à peine! Je n'en reviens pas, bredouille Plum, un sourcil arqué.

— Je m'en fiche! dis-je, en ignorant son arrogance, bien que mon regard se fasse méchant. Détournant les yeux quand il me regarde, je reprends ma conversation avec ma copine: dis, tu sais que Karyn sort avec Malik?

— Malik?

— Oui, le copain d'Alexander, celui qui fait de la boxe.

— Ah oui! Il est vieux, non?

— Un peu plus qu'elle, oui. Enfin, ce n'est pas la mort non plus, il a seulement deux ans de plus, à ce que j'ai entendu.

— O.K. C'est vrai qu'il est plutôt pas mal et si j'ai bien compris, il en a dans le pantalon !

La réponse de Plum me fait rire. Mélisande m'a dit exactement la même chose pendant les vacances, mais elle m'a avoué que c'était un salaud. Il l'aurait apparemment quittée peu après qu'ils aient couché ensemble...

— On descend au prochain arrêt boire un café avant les cours ? demandé-je à mon amie dans un sourire forcé pour lui faire comprendre que je ne veux plus avoir Matt dans ma ligne de mire.

— D'accord, je te suis, me répond-elle de la même façon en levant les yeux au ciel.

Appuyant sur le bouton STOP pour l'arrêt suivant, je jette un dernier coup d'œil vers Matt qui est occupé sur son téléphone. Le bus s'arrête enfin, j'expire silencieusement puis nous en descendons tout en nous dirigeant vers le Starbucks du centre-ville. En entrant, je me fais bousculer par une personne qui n'est autre que mon satané frère accompagné de sa clique.

— Regarde où tu vas, godiche ! me balance Jack.

— Je peux t'en dire autant, tocard ! Avec ta bande de gros bras, vous prenez toute la place !

Mon frère me dévisage et une envie de lui balancer mon poing dans la tronche me prend. Mais préférant rester sereine, je m'écarte en serrant les dents pour le laisser sortir.

— Tu sais que t'es mignonne quand tu te mets en colère, bébé! me dit Aaron, l'un des coéquipiers de mon frère, en me pinçant la joue.

— Ne joue pas les cons, Aaron, ça ne te va pas! articulé-je de colère.

— En tout cas, ta petite robe te va à ravir! me rétorque-t-il en tirant sur le bout de tissu vers ma hanche, je m'amuserais bien à te la retirer!

— Ne parle pas comme ça à ma sœur, connard! l'insulte mon frère en le tapant à l'arrière du crâne.

— J'ai toujours entendu dire que les footballeurs avaient tout dans les muscles et rien dans la tête! Quand je vous vois, vous confirmez bien la devise!

Aaron me claque la fesse lorsque mon frère a le dos tourné et balance dans un murmure à mon oreille:

— Nous en avons aussi dans le pantalon, tu veux essayer?

Je lève mon majeur dans sa direction, qu'il attrape et suce.

— Quand tu veux, bébé!

Tout en essuyant mon majeur sur ma robe, j'expire en laissant tomber et m'avance vers la caisse. Je commande un latté crème, Plum un Macchiato caramel et nous nous installons à table une fois notre café en main.

Mon frère est le capitaine de l'équipe de football... typique non? Je me demande pourquoi ils l'ont choisi, lui... Je suis sûre qu'ils ont tiré à pile ou face et qu'il a eu de la chance! Surtout en voyant comment Aaron est bâti, oh, mon Dieu! Je caresserais bien ses abdos malgré qu'il soit con!

Miam !

Ce qui est sûr, c'est qu'il n'a rien à voir avec Mattiew. Aaron est vraiment un obsédé du cul, égocentrique. Ils sont totalement différents, surtout mentalement, et n'ont pas du tout le même style vestimentaire. Mattiew, j'adore sa façon de s'habiller, ses boots et son blouson de cuir, sa gueule d'Ange sous son aspect de démon…

Arrête de penser à lui, il t'a à peine calculée ce matin !

Plum me parle et je n'arrive pas à me concentrer sur ce qu'elle me dit. J'essaie de m'accrocher à ses mots, mais entre chocolat, pistache et garçons. *Je crois ?* À moins que ce soit gros con. *Pas certaine !* Je perds vite le fil. Elle utilise trop de vocabulaire à la minute pour que je puisse accrocher à la conversation. Mais malgré tout, je hoche la tête pour faire semblant de suivre la discussion.

Je devrais avoir honte !

— Lyly ! Tu te réveilles, on va être en retard ! m'interpelle-t-elle au bout d'un moment alors qu'elle est déjà debout devant la table.

— Oui, oui, désolée.

Nous nous dirigeons vers le lycée bras dessus-dessous. La sonnerie du début des cours retentit, ce qui nous sépare chacune d'un côté pour notre cours de langue.

Passant la porte d'entrée, je m'avance vers ma table et aperçois Mattiew déjà installé à la sienne. Tout en l'ignorant comme lui ce matin, je m'assois à ma place et prépare mes

affaires. Une tension entre nous se ressent, mais pourquoi ?
Je n'en sais rien du tout.

Si, si tu le sais, c'est parce qu'il t'a carrément ignorée ce matin !

— Prête pour l'interro ? me demande-t-il en se penchant vers ma table.

— Tiens, tu me parles maintenant ? Il y a quoi de différent par rapport à tout à l'heure ? émis-je avec sarcasme, sous la colère.

Mattiew serre les dents en déviant son regard vers le prof.

— D'accord... Tu es d'humeur joviale à ce que je vois ! Tu étais avec ton amie, je ne voulais tout simplement pas te déranger.

— Tu as de la chance que tes excuses tiennent la route, sinon, je t'aurais ignoré toute la journée ! Et puis c'est nous qui t'avons rejoint, donc tu ne nous aurais pas dérangées, cela va de soi !

J'ai eu beau me mordre la langue pour me taire, rien n'y a fait. Avec lui, c'est plus fort que moi, tout sort sans que je ne puisse retenir quoi que ce soit.

Le prof, Monsieur Spinkins, nous ordonne de ne plus faire de bruit et nous distribue la feuille de devoir surveillé. Mettant mon téléphone en mode silence, je le pose dans ma trousse et commence mes questions. Vingt minutes plus tard, mon regard est interpellé par le clignotement de mon écran.

« 1 SMS »

Discrètement, je clique sur le bouton lire.

De Matt : « Ta robe te va à ravir ! »

Satisfaite d'avoir réussi mon coup, je frotte mon front en souriant. M'apercevant qu'il me scrute avec un regard de tombeur, je lui réponds en me promettant que ce sera le seul et unique message qu'il recevra de ma part.

À Matt : « Merci. Heureuse qu'elle te plaise. »

Le bruit qui retentit de ma trousse agace notre cher prof et je me fais réprimander.

— Mademoiselle Pink, vous allez arrêter de tripoter dans votre trousse. Je vais finir par croire que vous essayez de tricher !

— Pardon M'sieur, je cherchais seulement mon effaceur, j'ai dû l'oublier.

— Tiens, prends le mien, me dit Mattiew, en me tendant le sien.

— Affaire réglée, je ne veux plus rien entendre. Est-ce clair ?

— Oui, M'sieur !

Matt sort une feuille de son sac, en arrache un bout où il écrit quelque chose et me le lance discrètement. Je me mords la lèvre pour ne pas rire puis l'ouvre.

« Rendez-vous demain au lac pour 10 h ? »

Sans lui répondre, je continue mes questions quand un autre mot rebondit sur ma table dans la foulée.

« Pour me faire pardonner ».

Sans me laisser trop le temps de réfléchir si je vais lui répondre, il m'en lance un troisième.

«S'il te plaît!»

Je le dévisage en mordant dans mon stylo pour qu'il ne remarque pas mon trouble. Sa tête avec ses yeux sombres, mais craquants me fait complètement fondre. *Ça devrait être interdit d'être aussi mignon!*

Me laissant convaincre par son invitation, j'inscris ma réponse sur ce dernier papier. Et puis, si je refuse encore une fois, je suis certaine de ne pas pouvoir finir mon interro.

«O.K., tu as gagné! Laisse-moi travailler maintenant, tu veux bien?»

Lui relançant, je loupe la table.

Oups!

J'étouffe un rire en gardant bien la tête baissée afin de ne pas me faire surprendre par le prof et reprends mon devoir. Quand tout à coup, une boulette de papier tape sur ma joue, ce qui le fait rire. Le dévisageant, mauvaise, j'attrape le bout de papier en lui faisant bien comprendre par mon geste qu'il ne sera pas lu avant la fin du cours. Je le lui montre et le range.

Et hop, dans ma trousse!

Heureuse de mon petit tour, j'en ricane entre mes dents, mais il ne lâche pas l'affaire et m'en jette encore un.

«Méchante!»

Alors, je reprends le papier rangé en levant les yeux au ciel.

«N'oublie pas ton maillot de bain, sinon tu finiras nue dans l'eau!»

Je secoue négativement la tête et il rit encore plus. Inscrivant ma réponse, je lui lance en visant juste cette fois.

«Même pas cap?»

À la lecture de mon message, son regard s'assombrit et il ne me donne pas de réponse, restant la tête dans son devoir. Je sais que c'est ce que j'attendais, mais cela me perturbe. Pourquoi réagit-il de la sorte? Tout en expirant, je reprends là où je me suis arrêtée.

La sonnerie retentit, je range tranquillement mes affaires dans mon sac, quand en levant la tête, Matt se trouve debout devant ma table. Se penchant par-dessus, son visage se retrouve proche, trop proche du mien.

— Tu apprendras qu'avec moi, on ne lance pas de défi à la légère! me souffle-t-il discrètement afin que personne autour de nous n'entende notre conversation.

Oups! J'ai fait une gaffe...

Puis il s'en va, sans rien ajouter d'autre. Je le suis en courant presque, car l'air de rien il marche vite, quand, sans faire attention à ce qui se trouve devant, je fonce dans le corps de ma copine.

— Et merde! Excuse-moi, Plum.

— Avoue que c'est parce que tu es contente de me voir et je te pardonne !

— Non, pas vraiment. Je cavalais après Mattiew pour lui parler.

— Non, mais ça je m'en doutais, ce n'était pas la peine de me le préciser... marmonne-t-elle dans une grimace digne de l'exorciste.

10/09/2017

Coucou mon journal !

La journée est passée trop lentement. Après que Mattiew soit parti du cours de langue, j'ai cherché par tous les moyens possibles de le voir afin que l'on puisse discuter de nos échanges pendant l'interrogation. Je voulais lui expliquer que c'était pour rire, et qu'en aucun cas je n'étais sérieuse, mais il est resté introuvable... Pour qui va-t-il me prendre ? C'est vrai, je tente de m'accaparer Matt, mais je ne suis pas comme ces filles faciles, merde ! Je ne couche pas avec les garçons comme ça...

Je suis dans la merde... Enfin peut-être que non. Peut-être que sa façon d'agir ne vient pas du tout de mon message, qui sait ?

Bref ! On verra bien comment se passe la journée de demain, mais j'avoue que maintenant, j'ai la frousse.

Sinon, avec Plum, nous sommes parties manger une glace après les cours. Elle a repéré un garçon, c'est vrai qu'il était mignon, mais elle a été déçue quand il lui a demandé si j'avais un petit copain... La pauvre. Elle n'arrête pas de me dire que c'est à cause de ses kilos superflus, mais c'est faux ! Elle est sublime avec ses rondeurs qui lui font une poitrine d'enfer ! Je rêverais d'avoir la même !

Encore une fois, elle m'a annoncé qu'elle allait se mettre au régime et j'ai pouffé de rire. La dernière fois qu'elle m'a balancé cette phrase, ça a duré deux jours ! Prétextant qu'elle avait des carences quand je l'ai vu manger du chocolat... Mais comme je suis une super copine, je n'ai rien rétorqué et lui ai volé un morceau de sa tablette. Ainsi d'un : elle a été moins complexée, et de deux : je lui ai rendu service en mangeant une partie de ses calories. J'suis la meilleure, non ?

Allez, je me couche, sinon demain je n'arriverai pas à me lever.

Tchao !

ACTE 3

Mon réveil sonne, le son de la cloche me casse les oreilles, alors je tape sur le Snooze pour l'arrêter. Mes mains passent sur mon visage, remontant dans mes cheveux afin de les repousser vers l'arrière. Un craquement retentit dans les escaliers puis une tête blonde aux cheveux bouclés dépasse légèrement de l'arcade de la porte.

— Maïna ne te cache pas, je sais que tu es là !

Ma petite sœur apparaît timidement.

— Viens, ma puce ! lui soufflé-je tendrement en lui tendant les bras.

Elle court et saute sur le lit.

— Las-Ly...

— Ly-Las, ma puce.

— Tu pourrais dire à maman que c'est toi qui vas t'occuper de ma fête de Noël, mercredi de mon anniversaire.

— Non, on dit fête d'anniversaire. Eh oui, je veux bien, mais à une condition, alors.

Elle me regarde avec des yeux brillants, les mains entrelacées.

— Que tu me fasses un très gros bisou!

— Merci Las-Ly, je t'adore! Tu es ma meilleure petite sœur du monde de ma vie, dit-elle en me sautant dans les bras.

— Je t'aime aussi Maïna avec un cœur gros comme ça! lui montré-je avec mes doigts. Maintenant, je dois me lever, d'accord?

Elle secoue la tête et vole ma place lorsque je me lève.

— Tu t'en vas? me demande-t-elle en posant sa tête sur mon oreiller.

— Oui, ma puce, je vais rejoindre un ami.

— Pum?

— Plum! Et non, ce n'est pas elle, c'est un copain de classe.

— C'est ton amoureux?

— Mais tu es une vraie chipie, toi! interviens-je pour qu'elle ne pose plus de question en me jetant sur elle pour la bombarder de chatouillis.

Elle se tord dans tous les sens et nous rions aux éclats.

Ma petite sœur dans les bras, je rejoins le salon et installe aussitôt Maïna devant son dessin animé préféré «Libérée, délivrée, je ne mentirai plus jamais...» Me réclamant une barre de chocolat, je la lui donne sans que maman me voie puis file prendre ma douche. En ressortant, j'attache mes cheveux en un faux chignon et me maquille légèrement. Pour finir dans l'eau, autant ne pas ressembler à un cadavre ambulant !

Une serviette autour du corps, je remonte rapidement vers ma chambre. À cette heure-ci, généralement, personne ne traîne à la maison mais je fais volte-face quand Aaron se plante devant moi en sortant de la piaule de Jack.

Décidément, on ne peut jamais être tranquille dans cette maison !

— Humm... Quel joli spectacle ! marmonne-t-il en mordillant sa lèvre.

— Boucle la Aaron ! le préviens-je aussi vite. Ce qui le fait rire.

— Tu ne veux pas me faire plaisir et enlever ce bout de tissu qui te sert de robe.

— D'un, on appelle ça une serviette de bain... émis-je d'un air moqueur, et de deux, non, merci ! J'ai d'autres chats à fouetter !

Reprenant l'ascension vers ma chambre, il me rejoint dans les escaliers bloquant mon corps contre le mur avec son torse.

— S'il n'y a que ça pour te faire plaisir, je veux bien être ton soumis, bébé !

J'empoigne l'arrière de ses cheveux et tire dessus.

— Plutôt mourir ! sifflé-je entre mes dents tout en relâchant ma prise.

Ses mains se posent sur mes hanches et ses lèvres frôlent mon oreille ce qui me fait frissonner.

— Tu verras, un jour tu fondras dans mes bras, bébé!

Mes deux mains contre ses pectoraux, je le repousse.

— Ça, ce n'est pas demain la veille, mais t'as quand même le droit de rêver!

Sur cette dernière phrase, je monte l'étage restant et ferme ma porte sans attendre sa répartie, m'affalant contre elle en soupirant. Après quelques minutes de réflexion, je me redresse, passe un maillot de bain deux pièces, un short en jean et un débardeur jaune suffisamment court pour dévoiler mon nombril. Posant enfin mes lunettes de soleil sur ma tête, je rejoins le rez-de-chaussée pour enfiler mes nu-pieds.

Une fois prête, Maïna m'arrête pour avoir un bisou et nous faisons, comme à notre habitude, notre jeu de main secret. Nous joignons nos doigts afin d'en faire un cœur.

— À ce soir, ma puce! Et si jamais un des copains de Jack t'embête, ne te laisse pas faire. Mets-lui un doigt dans l'œil, compris?

— Oui, Las-Ly, je t'aime!

— Je t'aime aussi.

Sortant de la cour, j'emprunte aussitôt le trottoir d'en face et file par la première rue à droite pour rejoindre l'arrêt de bus lorsque, derrière moi, une voiture klaxonne puis ralentit une fois à mes côtés.

— Salut princesse, je t'emmène? lance tout à coup Matt à travers la fenêtre.

— Comment sais-tu où j'habite ?

— J'ai mes secrets et tu as les tiens !

— Plum… Je vais la tuer !

— Bien vu, me sourit-il.

Tout à coup, des cris de damnés provenant de ma cour retentissent jusqu'à moi. Je souffle de leur indiscrétion...

— Monte ! m'ordonne Matt. C'est ton frère et ses potes qui arrivent.

Tout en obéissant, je jette une œillade vers eux. Un «Ly-Las» retentit lorsque la porte se ferme mais je ne réponds pas à l'interpellation. Je sais que ce n'est pas mon frère, alors autant ne pas me faire prendre par lui aussi.

Nous roulons en direction du Lac Depelo, aucun de nous ne parle, alors Mattiew décide d'allumer l'autoradio. Des boums-boums retentissent dans l'habitacle m'agaçant plus qu'autre chose. C'est à se demander comment il fait pour écouter ce genre de musique casse-pieds ! Blasée, je me permets de fouiller dans son téléphone, à la recherche d'une chanson plus en accord avec mes goûts, sur Spotify. Contre toute attente, je découvre une playlist d'Emo-Rnb et lui demande l'autorisation pour l'écouter. Il secoue la tête, désespéré par mon choix.

— Tu me déçois, Ly-Las.

J'adore l'entendre prononcer mon prénom. Dans sa bouche, il prend un sens tellement érotique et sensuel. Des frissons parcourent mon corps rien qu'à l'intonation qu'il y met.

— C'est à moi que tu dis ça, alors que la playlist vient de TON compte Spotify ? dis-je en pouffant.

Il lève les mains en l'air pour jouer les innocents et cela me fait rire. Ne sachant pas combien de temps je pourrai profiter de lui, je mémorise chaque partie de ses expressions et surtout la fossette sur sa joue droite qui me fait craquer et qui n'apparaît que quand il sourit.

Matt gare sa voiture à l'ombre sur le terrain vague à quelques pas du lac. Je sors du véhicule et referme doucement la porte. Mon sac à bandoulière sur l'épaule, nous avançons lentement pour poser nos affaires vers les hauteurs des falaises en bas desquelles se trouve le lac. À l'emplacement soigneusement choisi par ses soins, je pose ma serviette au sol et m'allonge dessus pour me relaxer munie de mon chapeau et mes lunettes de soleil sur la tête. Mattiew lance la sienne en vrac à mes côtés et se déshabille. Il retire d'abord ses chaussures et chaussettes puis son pantalon et enfin son Tee-Shirt. Mes yeux suivent son torse lorsqu'il se redresse et tombent sur ses tatouages. Trois en ressortent du lot. Celui qui souligne son pectoral gauche, redescendant sur ses côtes, écrit « I'll be yours forever and ever » puis j'aperçois enfin en entier celui sur son poignet, des étoiles qui partent de l'intérieur en remontant sur le devant de l'avant-bras. Et enfin le dernier dans son cou. Une tête de mort entourée d'épées qui me donne des frissons. Je suis intriguée par ces gravures et subjuguée par la première que je trouve sublime.

— Youhou! Tu as l'intention de me reluquer tout l'après-midi ou tu me rejoins? me coupe-t-il dans ma contemplation.

— Désolée, je regardais tes tatouages, ils sont magnifiques!

Il tend son bras vers moi pour me permettre de mieux le visualiser puis se met accroupi pour me faire voir celui de son cou.

— C'est bon? Tu as assez maté?

Pour seule réponse, je secoue négativement la tête. À vrai dire, il en reste un que j'aimerais voir de plus près.

— Alors, maintenant, dépêche-toi ou je te déshabille!

En repensant à mon petit mot d'hier, un sourire se forme sur mes lèvres. Je lui lâcherais bien un «oui, pourquoi pas», mais me retiens, je ne veux pas être prise pour une Marie couche-toi là.

Lançant mes nu-pieds sur le côté de ma serviette, je retire mon short et mon débardeur. Un pied sur la pierre me fait pousser aussitôt une exclamation.

— Ha! C'est chaud! crié-je en me replaçant sur le tissu au sol.

— Allez, dépêche-toi!

— Ça ne va pas, la tête! Tu m'as prise pour qui? Un Fakir?

Mattiew pouffe en se dirigeant vers moi, je le regarde avec incompréhension.

— Viens! dit-il en me tendant les bras afin de me porter.

— Et là, tu me prends pour une demeurée, c'est ça?

Il lève les mains en l'air pour se défendre et se recule pour me laisser passer dans une courbette.

— Votre Majesté !

Les yeux levés au ciel, je secoue la tête, désespérée et avance enfin. Marchant lentement vers le bord de la côte située juste au-dessus du lac, je dépasse Matt et je suis soudainement basculée vers l'arrière et me retrouve dans ses bras.

— Mattiew, qu'est-ce que tu fous, repose-moi !

— Non ! Sinon demain nous sommes encore là !

Un souffle de mécontentement s'échappe de mes lèvres à cause de sa réaction. *Quel con !*

Il continue son avancée jusqu'au bord de la falaise, se tourne dos à l'eau, et me demande si je suis prête.

— Prête pour quoi ?

Il ne répond rien puis, tout à coup, nos corps tombent dans le vide. Je hurle tout en m'agrippant plus fort autour de son cou puis un grand splash retentit me faisant retenir ma respiration. À bout de souffle à cause de ma panique, je me débats et il me relâche. Une fois à la surface, je rejoins Mattiew qui rit aux éclats.

— Mais t'es fou ! peiné-je à lui dire, essoufflée. J'ai eu la trouille de ma vie !

— C'était fait exprès !

— Nous aurions pu mal atterrir, tu imagines l'horreur ! renchéris-je en l'éclaboussant de la main.

Il détourne la tête puis s'approche de moi en nageant. Une fois en face, il me tire par le bras en me retournant dos à lui, entourant mes bras des siens, je me retrouve bloquée contre son corps.

— Merci d'avoir si peu confiance en moi! grogne-t-il à mon oreille.

Il mordille mon épaule sans force et je me tords dans tous les sens. Ce corps à corps me plaît. J'en profite pour le toucher, combler mon envie de le serrer contre moi, de m'imprégner de lui. Me pivotant face à lui, il m'emprisonne contre son ventre. Ses bras entourant ma taille, ses mains maintiennent fermement les miennes dans mon dos. Son visage face au mien, il dépose un baiser sur ma joue et mon cœur déraille. Je ne bouge plus, perturbée. Tout à coup, il me repousse et je reprends mes esprits en lui souriant tout en le maudissant en même temps. Il sait exactement l'effet qu'il a sur moi et en profite.

Ses mains se posent soudainement sur mes épaules, me faisant couler. Je hurle une fois remontée à la surface en l'insultant de tous les noms d'oiseaux que je connais et cela le fait rire.

Nageant vers la rive, je sors de l'eau, épuisée par toutes ces bagarres.

— J'ai eu de la chance, lancé-je soudainement, hier j'ai eu peur que tu aies pris mon mot au sérieux.

— Celui qui lance le pari pour te retrouver nue? me demande-t-il, son regard tourné vers moi.

Je hoche la tête dans la positive en essorant mes cheveux de mes mains.

— Oh, j'en ai eu envie, mais je ne voulais pas que tu me détestes déjà.

Lançant mes cheveux dans mon dos, c'est sourire aux lèvres que je rejoins ma serviette pour m'y asseoir. Qu'est-ce qu'il peut être con quand il s'y met !

Me dorant la pilule au soleil depuis au moins un quart d'heure lorsqu'il sort de l'eau, je suis son approche du regard à travers mes lunettes de soleil, ce qui l'empêche de me voir faire.

Fermant les yeux quand il s'écarte de mon champ de vision, je me laisse imaginer un instant coquin avec lui quand il interrompt le fil de mes pensées.

— Ça te plaît ? me demande-t-il en s'asseyant.

— De ?

— L'endroit, pas moi ! précise-t-il de façon cynique.

Je secoue la tête dans un non, épuisée par sa façon d'agir.

— Oui, le lac est magnifique ! En revanche, toi tu laisses à désirer, réponds-je taquine. Mais merci de m'avoir invitée.

Il mordille dans sa lèvre, dessinant un demi-rictus, ce qui me fait rougir parce que j'aimerais en faire autant.

— Ly-Las, je vais être franc et ne m'en veux pas, mais je ne suis pas un gars pour toi, passe à autre chose !

Sa mise en garde me fait me redresser, assise sur ma serviette.

— Quoi? Ne dis pas n'importe quoi! Je ne suis pas intéressée par toi! déblatéré-je aussitôt, gênée de comprendre qu'il sait ce que j'attends de lui.

— Alors pourquoi tu traînes avec moi? Et pourquoi tu me mates comme ça?

Prise au piège...

— Parce que tu m'intrigues, voilà tout!

Il pose une main au sol en prenant appui dessus et s'approche de moi. Son visage est face au mien à tel point que je sens son souffle caresser ma joue. Mes yeux examinent le tatouage dans son cou, puis remontent le long de sa joue avant que mon regard ne soit pris au piège du sien. Ses yeux m'hypnotisent et je ne peux plus détourner les miens.

— Tu es sûre de toi? me chuchote-t-il.

— Oui, émis-je sur le même ton.

Ses lèvres sont face aux miennes, j'hésite entre l'embrasser ou le repousser. Tout un combat intérieur se dresse en moi et j'opte pour la deuxième solution. Je ne ferai pas le premier pas. Plaçant une main sur son torse dénudé, je le pousse.

— Non! Tu sais très bien ce que je ressens pour toi, ne fais pas l'innocent, marmonné-je sous la colère qui s'empare de moi. Mais comment peux-tu savoir si tu es quelqu'un de bien ou pas pour moi? De ce que je vois, tu ressembles à tous les mecs normaux du lycée.

— Tu ne me connais pas.

— Toi non plus, je te signale! Alors, ne porte pas de jugement hâtif.

— Je ne suis pas un ange, d'ailleurs, tu connaîtrais mon histoire, tu déguerpirais d'ici sur-le-champ.

— Le passé c'est le passé, Matt. Moi, c'est le présent qui m'intéresse! Puis je ne t'ai pas dit que je voulais d'un ange ni d'un prince charmant. La vie ce n'est pas un conte de fées, je suis déjà au courant! Sinon je vivrais entourée de paillettes et d'argent dans un château immense où tu serais jeté au cachot pour les absurdités que tu déblatères en ce moment.

Je le vois qui sourit à ma réplique et ça m'énerve. Me relevant, je renfile mes vêtements puis ramasse ma serviette que je range en boule dans mon sac.

— Tu fais quoi? me demande-t-il face à mon empressement.

— Quand tu auras grandi, tu me préviendras!

Je fais demi-tour et cours presque pour lui échapper.

— Attends, me rattrape-t-il en me tirant par mon tee-shirt pour m'arrêter et me rapprocher de lui.

— Lâche-moi! Tu vas le déformer.

N'écoutant pas, je tape sur sa main. Il me lâche mais s'accroche aussi vite à la ceinture de mon short pour me tirer contre lui en faisant sauter le bouton.

— Ne me repousse pas! J'ai seulement voulu être franc avec toi.

— Non, je dirai plutôt que tu as peur de montrer ce que tu ressens, à moins que tu joues avec moi?

Il ne répond pas, me relâche et pose ses mains sur ses hanches. Je secoue la tête négativement face à ma stupide idée de le conquérir. Il n'est pas mieux que les autres, que les potes de mon frère, j'aurais dû m'en douter. Il me paraissait pourtant si différent... Il a tout gâché.

ACTE 4

11/09/2017

Bonsoir mon journal!

Depuis une heure, je ne peux m'empêcher de songer à ce que Matt et moi avons vécu cet après-midi. J'ai passé une journée exquise jusqu'à ce qu'il la gâche... Je ne sais pas ce qu'il lui a pris de me dire qu'il n'est pas fait pour moi, que je dois passer à autre chose, non mais franchement! Nous étions tellement en symbiose tous les deux quand nous nous amusions dans l'eau, enfin avant qu'il me fasse peur! Ce débile a sauté de la falaise et m'a foutu la frousse parce qu'il ne remontait pas, et encore pire lorsqu'il m'a tirée par les pieds me faisant piquer une tête sous l'eau! Quel con... Mais ce que j'ai adoré le plus, c'est la façon dont il se collait à moi en se bagarrant.

Je sais qu'il n'est pas indifférent face à moi, mais qu'est-ce qui l'a fait changer d'avis de cette façon?

Je t'aime, moi non plus. T'attire puis te repousse. Il veut que j'aille de l'avant puis me retient en me demandant de ne pas le rejeter. C'est quoi son problème ? Si j'avais su ça, j'aurais sauté sur l'occasion pour l'embrasser lorsqu'il m'a questionnée sur mes sentiments. Au moins, j'aurais eu le bonheur de goûter à ses lèvres...

Arf ! Je vais devenir folle !

Je sais qu'il a peur, car il ne m'a pas contredite quand je lui en ai parlé, mais il n'a pas démenti non plus lorsque je lui ai demandé s'il jouait avec mes émotions. Que dois-je penser ? C'est trop difficile de comprendre les hommes !

Oui, c'est vrai que j'ai craqué lorsqu'il m'a proposé de me ramener chez moi, mais avant que je rende les armes, il m'a suppliée de monter en voiture après s'être excusé de m'avoir parlé comme il l'a fait. Je n'y peux rien, je suis totalement faible face à lui...

Ah l'amour... tu vas finir par me rendre dingo !

Sur la route du retour, nous ne nous sommes pas adressés une seule fois la parole. Je vais mourir s'il me repousse encore. Il me plaît tellement, c'est affolant... Comment est-ce possible d'être attirée par une personne que l'on connaît depuis aussi peu de temps ?

J'adore sa confiance en lui, sa façon d'être quand il ne réagit pas comme un con ! Son corps, ses tatouages. Son être. Lui. Tout simplement.

Aurons-nous encore l'occasion de passer du temps ensemble ? Je l'espère en tout cas.

Allez, demain est un autre jour, laissons passer la fin du week-end.

Tchao !

***

Toujours le cœur lourd de ma dispute avec Matt, je reste allongée dans mon lit et réfléchis une énième fois à la situation. Cela fait déjà une heure que je suis réveillée et que je flemmarde dans mon lit. Par chance, mes parents ne sont pas là. Ils sont partis en voyage chez notre tante Betty hier soir à l'improviste, ce qui me facilite la chose. Au moins, je ne me ferai pas engueuler pour ma grasse matinée. Tout à coup, mon nom retentit, me faisant sursauter.

— Ly-Las ! crie de nouveau mon frère de l'étage du bas.

— Quoi ?

— Descends !

Il m'appelle comme si j'étais son p'tit toutou, qu'est-ce que ça m'agace quand il fait ça ! Soufflant un grand coup pour retenir ce que j'aimerais lui balancer, je me lève et le rejoins, non devant sa chambre comme je l'aurais pensé, mais au rez-de-chaussée. Il est dans la salle à manger, affalé autour de la table avec ses potes de foot, mais aussi, et contre toute attente, avec Poly.

Depuis quand le fait-il traîner avec sa bande de gros bras ?

Filant dans la cuisine pour me verser un verre d'eau, j'ignore son interpellation. Agacé, il me rejoint et me demande avec qui je suis partie hier.

— Ça, tu vois, ça ne te regarde pas ! Et encore moins devant tous tes copains.

— Si justement, maman m'a demandé de veiller sur toi, alors c'est ce que je fais ! gronde-t-il face à la colère de ma réponse.

Je pouffe comme une peste ! Me surveiller... Depuis quand ? On a le même âge, qu'il me lâche la grappe !

Sans lui répondre, je me dirige vers le garde-manger pour en sortir un paquet de biscuits salés quand je me fais interpeller par Aaron.

— Salut Poupée ! Tu veux venir t'asseoir sur mes genoux ? me propose-t-il en les tapotant de ses paumes.

En claquant la porte, je me retourne vers lui, un sourire narquois aux coins des lèvres.

— Au revoir, Aaron !

Qu'est-ce qu'il peut être collant celui-là !

Je m'avance vers les escaliers pour rejoindre ma chambre lorsque Jack me retient par la main, me questionnant à nouveau devant tout le monde. Sa façon de me taper la honte devant ses potes me dégoûte et je lui lance un regard méchant.

— Ly-Las, je te le demande une dernière fois, avec qui es-tu partie ?

— Avec un ami, voilà, t'es content ? grogné-je méchamment.

— Quel ami et où ?

— Laisse-moi rire ! Au lieu de m'embêter, occupe-toi de tes invités, j'ai l'impression qu'ils MEURENT de soif ! insisté-je sur le mot pour qu'il me foute la paix.

En baissant la tête vers ce qui se trouve au pied des escaliers, j'aperçois des sacs de courses remplis.

— Ah ! Je pense qu'avec ça, lui dis-je en pointant du doigt ce qui se trouve dedans, on est quitte. Tu te tais sur mon voyage d'hier avec cet inconnu et je ne te balance pas aux parents pour la bière qui se trouve dans ces sacs ainsi que pour la petite fête que tu vas organiser cet aprèm !

— Sale garce !

— Je t'emmerde, Jack ! Les garces, ce sont elles, pas moi ! dis-je pointant du doigt les pom-pom-girls assises sur les jambes des gros bras. Ah aussi, ce soir ne m'attends pas, je dors chez Plum.

Exaspérée, je lui claque le paquet de chips contre le torse qu'il rattrape avant qu'il ne tombe et file dans ma chambre. Mes vêtements sous le bras, je m'enferme dans la salle de bain de l'étage. Cela ne serait pas très prudent d'emprunter celle du bas, surtout avec tous les garçons en rut dans le salon.

Enfin prête, j'attrape mon sac de sport sous mon lit, le remplis de fringues pour demain et enfouis mes cahiers de cours dans un autre. Je passe les bretelles de mes sacs sur mon épaule et me retourne quand je tombe face à face avec Aaron.

— Non, mais qu'est-ce que tu fous, ici ? C'est ma chambre, tu n'as pas le droit d'y rentrer, va-t'en ! lui craché-je méchamment.

— Chut ! dit-il en imposant sa lourde main sur ma bouche en tenant l'arrière de ma tête de l'autre.

Il me bloque contre le mur et mes sacs tombent à mes pieds. Je me débats, mais m'avoue aussi vite vaincue. Il est bien trop fort pour moi.

— Je vais enlever ma main, mais promets-moi de te taire ?

Je hoche la tête pour confirmer sa requête. Plaçant ses bras de chaque côté de mon corps en appui sur le mur, il me dévisage durement puis commence à parler après plusieurs secondes de silence.

— Pourquoi tu me remballes toujours comme tu le fais ? Ça t'excite de me rejeter devant les autres ? me demande-t-il, ne comprenant pas mon refus.

— N'importe quoi ! Tu arrêterais de me faire des avances quand ils sont là, je ne te remballerais pas devant eux. De toute façon, je ne suis pas intéressée, Aaron. Même si tu es plutôt pas mal, j'ai quelqu'un d'autre en vue.

— Qui est-ce ? crie-t-il en tapant des poings contre le mur.

Surprise par ce geste, je sursaute et ma respiration s'accélère.

— Cela te regarde encore moins que mon frère !

J'entends les escaliers grincer et je prie pour que ce soit Jack.

— Lâche-moi, tu me fais peur ! lancé-je assez fort.

Ma voix se fait plus appuyée afin de faire comprendre à la personne qui se trouve dans les escaliers que quelque chose ne va pas.

Emprisonnant mon visage avec sa main droite, ses doigts de chaque côté de mes joues, il approche sa face de la mienne et mon corps se met à trembler. J'ai honte d'avoir aussi peur alors que je joue toujours les fortes têtes. Mes yeux deviennent tout à coup humides, je les ferme afin de ne pas pleurer et lui montrer que son geste me touche. Soudainement, la voix remplie de colère de mon frère s'élève contre Aaron qui me lâche brusquement. Quand j'ouvre les paupières, Jack le tient par la peau du dos et le bouscule vers la sortie.

— Fous-lui la paix, Aaron, ou je te défonce !

Il se redresse, replace ses vêtements après avoir récupéré son équilibre.

— C'est bon, mec. J'voulais seulement lui faire peur ! tente-t-il de s'expliquer.

— Si tu t'approches encore de ma sœur, t'es un homme mort, je me suis bien fait comprendre espèce de connard ?

Rejetant ses paroles d'un revers de la main, il fait marche arrière et dévale les escaliers. Je m'affale les fesses sur le parquet, en pleurs.

— Ça va, Ly-Las, il ne t'a rien fait ? me demande-t-il, se retournant sur le boucan qui retentit lorsque je m'effondre au sol.

Je secoue la tête négativement. Mon frère s'accroupit et m'enlace, ce qui me surprend. Derrière ce caractère de chien se cacherait-il un cœur ?

— Je suis désolé, il m'a menti. Il était censé aller dans ma chambre pour reprendre son DVD de Bruce Lee, me précise-t-il afin de m'expliquer pourquoi il l'a laissé monter seul à l'étage.

Je souffle une grande bouffée d'air pour me relaxer.

— Tu comprends pourquoi je pars chez Plum, maintenant ?

— Tu veux dire que ce n'est pas la première fois qu'il s'en prend à toi ? demande-t-il en me lançant un regard sévère lorsqu'il comprend que je me fais harceler.

— De cette façon si. Ça n'avait jamais été aussi loin avant aujourd'hui.

— S'il retente quoi que ce soit, préviens-moi de suite, O.K. ? Je suis peut-être con quand je m'y mets, mais tu es ma sœur et je dois te protéger des connards qui traînent avec moi.

— D'accord, merci, Jack.

Il me tend la main pour m'aider à me relever et nous retournons au rez-de-chaussée. Je croise les regards des amis de mon frère qui me perturbent plus qu'ils ne le devraient. Les ignorants, je file tête baissée.

Debout devant l'arrêt de bus, mon carrosse arrive enfin. Les portes s'ouvrent, je monte et présente ma carte de transport avec du mal, vu la lourdeur de mes sacs. Repérant une place, je m'y assois et souffle, soulagée. Trente minutes plus tard, je descends et marche quelques mètres pour arriver chez Plum qui m'attend déjà devant l'entrée. Elle arrive en courant pratiquement jusqu'à moi, prend un de mes sacs et me tire vers l'intérieur de sa maison.

— Doucement! Si j'avais su que tu serais aussi pressée, je ne t'aurais pas envoyé de SMS pour te prévenir de mon arrivée!

— J'ai trop hâte que tu me racontes ce qu'il s'est passé hier!

— Ne rêve même pas! Il n'y a rien eu d'intéressant.

— T'es vraiment pas marrante... feint-elle les bras croisés en se dirigeant vers la cuisine.

Je la suis et quand on passe la porte, ses parents sont attablés autour d'un café.

— Bonjour Monsieur et Madame Strophe, merci de m'accueillir, lancé-je en gardant le sourire. Je ne sais pas ce que j'aurais fait si j'étais restée chez moi avec mon frère, il est odieux quand maman et papa ne sont pas là!

Aussitôt après avoir prononcé cette phrase, j'ai honte.

Une bonne action ne rattrape pas tout !

Ma conscience n'a pas tort. Ce n'est pas parce qu'il m'a donné un coup de main aujourd'hui que je dois avoir pitié.

— Mais de rien, Ly-Las, cela nous fait plaisir de te recevoir, me répond sa mère dans un sourire radieux.

— Allez ranger les sacs à l'étage, nous mangeons dans trente minutes, nous informe son père.

— D'accord, répondons-nous à l'unisson.

D'un pas décidé, nous montons dans sa chambre. Elle est spacieuse et possède un lit de deux personnes où nous nous endormons souvent après avoir veillé tard. Je dépose mes sacs à côté de son armoire et m'assois sur sa chaise de bureau.

— Plum ?

— Oui ?

Tout en lui expliquant ce qu'il s'est passé avec Aaron, j'insiste sur mon ressenti et la peur que j'ai éprouvée. Elle m'avoue qu'elle lui casserait bien la gueule et je pouffe de sa répartie. Tout le monde sait que Plum Strophe n'écrase déjà pas les fourmis, alors pour refaire le portrait à un garçon ça va être compliqué !

— Il n'en vaut pas la peine et je crois que Jack l'a plutôt bien prévenu. J'ai cru qu'il allait le tuer quand il l'a surpris à essayer de m'embrasser.

— Qu'est-ce que j'aurais aimé voir ça ! Ton frère est trop cool, je crois que je suis en train de craquer sur lui.

— Quoi ? Erk ! émis-je un doigt dans la bouche. Tu vaux mieux que lui, crois-moi !

— Tu dis ça parce que c'est ton frère, tu le verrais de mon point de vue, crois-moi, tu changerais d'avis !

— Tu ne craquais pas sur Léo, il y a peu ?

— Si ! C'est toujours le cas, mais Jack est plutôt mignon aussi ! D'ailleurs, tu crois que Léo sera à la fête ?

— Probablement, vu que c'est le pote d'Aaron et de mon frère.

— Ly-Las ! Tu veux bien me faire plaisir ? me demande-t-elle les doigts liés.

— Ça dépend pour quoi ?

— Viens, on va chez toi !

— Quoi ? Non ! Si j'en suis partie, ce n'est certainement pas pour y retourner.

— Je t'en prie ! me supplie-t-elle en faisant une moue triste.

— Bon, très bien ! Nous irons faire un petit tour.

— Ah ! T'assures, ma chérie ! Je t'adore, me dit-elle en m'enlaçant.

— Oui, je sais, mais tu me devras une faveur, compris ?

— Oui, oui, oui ! saute-t-elle de joie, ses bras autour de mon cou, en me serrant encore plus fort.

Une fois notre repas terminé, nous nous préparons pour rejoindre la fête. Si j'avais su que je retournerais auprès de

Jack et ses potes débiles, je ne me serais pas rendue jusque chez elle.

Nous prenons le bus, pomponnées et habillées pour nous «éclater» dixit ma copine quelques instants plus tôt. Pour moi, jean moulant, talons aiguilles et débardeur, Plum a opté pour une jupe hauteur de genoux qui lui fait un cul d'enfer accompagnée d'un haut décolleté plongeant qui met bien en valeur sa poitrine généreuse.

Le bus arrive, nous montons en file indienne puis nous nous asseyons dans le fond et discutons des garçons du lycée que nous trouvons mignon. Les minutes passent, voici qu'arrive l'arrêt près de chez moi. Nous nous levons, j'appuie sur le bouton pour descendre quand les têtes de cons qui ne cessent de nous importuner depuis que nous sommes montées dans le bus nous interpellent:

— Et les filles, ça vous dit un mec, un vrai? propose l'un d'eux en secouant son paquet entre ses jambes.

Le bus s'arrête, je lui rétorque une fois les portes ouvertes:

— Quand t'en verras un, préviens-moi, parce que là, je ne vois que des gamins en rut qui ne peuvent s'empêcher de jouer avec leur kiki.

— Sale pétasse! crie-t-il en se levant.

Je rejoins Plum qui m'attend déjà sur le trottoir. Les portes se referment sur cette bande de crapauds et je les regarde en riant à travers la porte close. Le bus démarre, je lève mes majeurs en leur direction.

Fuck!

— Prenez ça dans les dents! balance Plum qui rit aux éclats. Toi, un de ces jours tu vas te faire assassiner!

— Même pas peur! lui assuré-je tout sourire.

Nous entrons dans le salon et découvrons beaucoup de monde. Je ne savais pas que faire partie de leur groupe amènerait à connaître autant d'élèves. Certains dansent, d'autres se bidonnent, pendant que les plus populaires boivent. Mon frère se trouve près du buffet des boissons, un verre à la main en train de trinquer avec Aaron, Poly et Léo.

— Tiens, r'garde qui a décidé de se joindre à nous! lance Aaron en direction de Jack lorsque je me dirige vers eux pour prendre un verre.

— Fous-moi la paix, tête de con, lâché-je à son encontre, ou je te fais regretter ce que tu m'as fait tout à l'heure.

Poly m'observe du coin de l'œil et se redresse comme intéressé par ce que je dis, Aaron s'approche de moi une bière à la main, puant l'alcool à plein nez.

— Laisse-moi rire! me souffle-t-il son haleine fétide en plein visage.

Puis il se penche vers mon oreille.

— Un jour, je t'aurais, et sans courir, crois-moi, me chuchote-t-il. Tu n'auras plus personne pour te protéger et je te ferais... crier.

Sa phrase me coupe la chique et je ravale ma salive en regardant mon frère avec de grands yeux estomaqués. Manque de chance, il n'y a que Léo qui remarque mon malaise, mon frère étant dos à moi. Aaron me dépasse et me donne une tape sur les fesses. Je l'insulte puis laisse choir la conversation en mettant ça sur le compte de l'alcool. Léo s'approche de moi, en me demandant si ça va, ce que je lui confirme.

— Tu es sûre de toi ?

— Oui, Léo, ne t'en fais pas.

— Si jamais tu as besoin d'aide, n'hésite pas à me demander. Je me ferais un plaisir de mâter son cul de p'tit con.

— D'accord, merci, Léo. Au fait, as-tu vu Plum ? lui demandé-je pour lui faire remarquer que ma copine est là.

Il se retourne vers la piste de danse et me regarde à nouveau.

— Ouais, juste là, me désigne-t-il l'endroit de la tête.

Il attrape ma main et dépose un baiser dessus.

— Amuse-toi bien, poupée.

— Merci.

Un coup d'œil à Plum, qui est en train de se dandiner. Elle tente par tous les moyens d'attirer le regard de Léo, ce qui n'a pas l'air de fonctionner. Marre d'être épiée, je me retourne vers ce garçon qui m'observe du coin de l'œil depuis mon arrivée.

— Je ne pensais pas te voir ici, me précise Poly.

Il porte sa bière à sa bouche et en boit une gorgée.

— En fait, je ne m'étais pas trompée sur toi, tu es exactement comme ces pauvres gars... lui affirmé-je, partageant le fond de ma pensée.

Je me retourne afin de rejoindre Plum, mais il me retient par la main.

— Ly-Las! Je voudrais te parler, on peut aller discuter dehors?

— Pour faire quoi, Poly?

— Viens avec moi, me dit-il en me tendant sa main, il insiste: s'il te plaît.

Je le suis sans répondre à son geste. Quelques personnes me dévisagent, mais une fois assise sur le banc devant le bassin à poissons rouges de papa, toute cette tension s'envole.

— Y a eu quoi tout à l'heure avec Aaron? me demande-t-il intéressé.

— Rien d'important, laisse tomber.

— J'ai un truc à t'avouer, Ly-Las.

— Tin, c'est le jour des confidences aujourd'hui?

Il passe une main dans ses cheveux.

— Je t'aime bien, tu sais. Alors, je voudrais savoir si... tu veux sortir avec moi?

J'émets un rire moqueur et me lève.

— Je suis désolée, mais non, merci. Je ne suis pas intéressée.

— Je t'ai vu partir avec Matt, hier. Et je n'ai rien dit.

— Tu vas me faire croire ça?

— C'est la vérité, Ly-Las.

— Mais? Parce que là je sens qu'il va y en avoir un!

— Je pourrais te dénoncer!

— Tu sais quoi?

Je m'approche de lui, mon visage face au sien, mes mains sur les hanches.

— T'attends quoi? Vas-y lâche-toi! De toute façon, mon frère est déjà au courant! commencé-je en me retournant.

Je m'apprête à partir, mais reviens aussi vite sur mes pas pour lui faire face à nouveau.

— Tu me déçois, Poly. Je ne pensais pas que tu aurais essayé de me faire chanter. En fait, tu ne vaux vraiment pas mieux que ces gars. Toutes mes félicitations, tu as trouvé ta place!

En colère, je rentre dans le salon, attrape ma copine par le bras et la tire vers la sortie. Il faut absolument que nous quittions cette maison remplie de personnes malveillantes et hypocrites, prêtes à tout pour avoir ce qu'elles veulent.

Léo m'attrape par le bras et m'arrête. Il me demande ce qui ne va pas, ce à quoi je ne réponds pas. Sentant le regard de Plum sur nous et ne voulant pas lui faire mal au cœur, je frappe sur sa main pour qu'il me lâche et l'envoie paître à Pétaouchnock.

ACTE 5

De colère, je monte dans le premier bus qui passe, emmenant avec moi une Plum complètement déroutée. Je remarque seulement au bout de trois arrêts que j'ai pris celui qui nous menait en direction du lycée. Après vingt minutes de route sans avoir répondu à aucune question de Plum, j'appuie sur le bouton arrêt et descends rapidement. Je file tellement vite malgré la hauteur de mes talons que ma copine ne cesse de me crier après pour que je ralentisse. Je l'entends mais ne lui réponds toujours pas. La colère qui est en moi est bien trop dominante pour réussir à me calmer sans avoir ma dose de chocolat.

Poussant la porte du Starbucks, celui-là même où nous avons pris notre café avant-hier, je me commande, à la borne, un chocolat viennois et prends en même temps pour Plum un macchiato caramel, sa boisson préférée Si elle n'est pas contente, je me ferais un plaisir de le boire à sa place !

Mon ventre criant famine, je me laisse submerger par mon envie de muffins à la myrtille et en commande deux.

M'asseyant enfin, j'expire pour expulser le stress présent dans mes veines et attends patiemment ma commande.

— Ça y est, tu es calmée ? me dit soudainement Plum après plusieurs minutes de silence.

— Parfois, je n'ai pas l'impression que tu me connaisses si bien ! dis-je, exaspérée par sa question.

Ma réponse la fait plisser des yeux tout en me dévisageant, un sourcil arqué.

— C'est vrai que je ne sais pas que tu as besoin de chocolat quand tu es en colère, répond-elle hautaine, mais encore qu'il te faille du Parmesan dans tes pâtes, une double dose de chantilly dans ton banana split, que tu ne manges pas d'escargots, de crevettes et d'huîtres, que tu ne...

— C'est bon, j'ai compris, tu me connais aussi bien que moi ! la coupé-je en grognant, agacée de comprendre qu'elle me connaît par cœur.

— Il s'est passé quoi chez toi pour que tu partes comme une furie ?

— Rien de grave.

— Pourquoi Léo t'a interceptée de cette façon ? insiste-t-elle pour essayer de comprendre ma colère.

— Pour rien, Plum !

— Tu me caches quelque chose, Ly-Las ?

— Alors là, pas le moins du monde ! Je sais que tu as un faible pour lui, jamais je ne te ferai de mal de la sorte et puis tu sais très bien que celui que je veux c'est Matt !

— Je croyais que tu lui en voulais pour hier?

— Oui, c'est vrai, mais ce n'est pas pour autant que je vais lâcher l'affaire!

Notre commande arrive à table. Mes lèvres se portent sur ma boisson pour en boire une longue gorgée. Plum me regarde, un sourire sur le visage auquel je réponds gentiment. Fermant les yeux, je laisse couler le liquide dans ma gorge pour en apprécier le goût. Lorsque Plum attrape les muffins, les place devant ses yeux pour jouer au clown et essayer de me faire rire, je manque de tout recracher.

— T'es folle, ma parole.

— Moi? Jamais… Dis, tu sais ce que donne l'accouplement d'un poivron et d'une carotte?

Cette fois, c'est moi qui arque un sourcil histoire de réfléchir, puis ne trouvant pas la réponse, je lâche l'affaire rapidement et lui réponds non d'un signe la tête.

— Une poivrote!

Je la regarde, deux gros yeux globuleux et secoue la tête.

— Pathétique… dis-je en levant les yeux au ciel.

— Bah quoi, elle était bonne, non?

— Alors si, par bonne tu sous-entends: tordue, pourrie, nulle, à chier, débile, lamentable, et j'en passe, alors oui! réponds-je, lasse.

— Tu ne comprends vraiment rien à l'humour!

— Effectivement, surtout quand c'est de l'humour décadent version Plum Strophe!

Elle me répond sous la forme d'une grimace.

— J'en ai marre, Plum... Mon frère est con, ses potes casse-pieds et mes parents ne comprennent rien à ce que je veux. Pour eux, je dois toujours aller dans leur sens, ça me soûle. Il n'y a que Maïna qui m'aime pour ce que je suis, lui expliqué-je rapidement sur la triste situation de ma vie.

— On en reparlera quand elle fera sa crise de l'adolescence !

— Ouais, j'en ai bien peur !

— Salut les filles, entendons-nous tout à coup, comme on se retrouve !

Levant les yeux, on se retrouve face à la bande de garçons de tout à l'heure dans le bus. Ces quatre mêmes mecs : mâchoire carrée de surnom, à cause de son opulente dimension qui est grand, mince, de couleur de cheveux châtain clair, un plus petit blond, costaud, que je nomme pour repère blondinet, un autre de taille moyenne, brun, aux magnifiques yeux verts, mon préféré : Yeux de biche, et pour finir, celui qui secouait son paquet, BurneMann, un petit noir aux yeux noisette et cheveux noirs. Ils s'assoient sur les sièges devant nous.

— Il ne manquait plus que vous pour bien finir la journée ! lancé-je à leur encontre.

BurneMann serre les dents.

— Tu nous as manqués, où étais-tu partie ? me demande Mâchoire Carré, les dents serrées.

— Est-ce que je te demande si tu mets encore des couches ? Non ! Alors, laisse-moi tranquille.

Passant sa langue sur ses lèvres, il feint un grognement.

— Tu disais quoi dans le bus tout à l'heure ? reprend-il.

— Que vous n'étiez pas des hommes et je le maintiens, sinon tu serais galant et tu irais me chercher un autre muffin au lieu de grignoter le mien ! terminé-je ma phrase en regardant blondinet.

Plum me secoue par le bras en me murmurant tout bas qu'elle souhaite partir.

— Non, non, vous n'allez nulle part toutes les deux ! balance BurneMann.

Machoire Carrée se lève et s'installe à mes côtés, blondinet à côté de Plum.

— On se disait que nous pourrions passer un bon moment tous les six. Ça vous tente de faire un tour dans les bois ? À ce qu'il paraît la vue est magnifique quand on est couché sur le sol ! énonce BurneMann, en se pinçant les lèvres, excité.

— Non merci ! Avec vous, ce n'est pas une balade mais de la torture. Tu as senti un peu l'odeur qui émane de toi ? Ah ! Excuse-moi, tu ne connais pas le mot émaner, il ne doit pas faire partie de ton vocabulaire de débile, grogné-je en direction de BurneMann.

Je pousse Mâchoire Carrée pour partir, mais il a du mal à bouger. J'y mets toutes mes forces jusqu'à ce qu'il tombe du siège, nous permettant à Plum et moi de nous échapper par l'ouverture en lui marchant quasiment dessus.

— Quand j'aurai besoin de masquer mon odeur de princesse, je ferai peut-être appel à tes services mais en attendant, ne t'approche plus de moi au risque de te prendre ma main dans la gueule, tu as compris ?

BurneMann se lève et se plante face à moi. Il va pour rétorquer mais je ne lui en laisse pas le temps et le gifle de toutes mes forces.

Avec Plum, nous filons de la boutique à toute vitesse et sortons, traversant la route sans regarder, nous manquons de nous faire renverser par une voiture blanche. Je dresse la tête vers le conducteur qui ne cesse d'appuyer sur le klaxon et tombe sur Matt en colère.

— Non, mais ça ne va pas, vous êtes folles où quoi ? crie-t-il à travers la fenêtre.

Tournant la tête vers la porte du Starbucks, les garçons sont devant l'entrée. Je crie à Plum de monter dans la voiture de Matt, ce qu'elle fait sans ronchonner et je la suis d'emblée. Matt ne comprend pas ce qui se passe mais obéit en souriant quand je lui demande de démarrer.

La voiture roule depuis plusieurs minutes quand je lui demande de nous déposer chez ma copine. Elle lui donne son adresse et il en prend la direction.

— Bonjour quand même ! lance-t-il après plusieurs minutes de silence. Il continue sa phrase avec un air taquin : Que faisiez-vous en plein milieu de la route ?

— On tentait d'échapper à une bande de cons en culottes courtes.

— J'ai vu ça, avoue-t-il dans un rire, et que leur avez-vous fait pour qu'ils vous courent après ?

— Elle rien, montré-je du doigt Plum, mais moi… Je les ai seulement insultés de gamins en rut.

Matt se bidonne puis pose son regard sur moi en mordillant sa lèvre inférieure.

— Quoi ? demandé-je surprise par son regard.

— Rien.

— Alors, arrête de me regarder comme ça ! J'ai l'impression que tu vas me dévorer.

Il attrape ma main et la mène à sa bouche pour la mordiller, je la retire d'entre la sienne aussi vite sans lui laisser le temps de s'exécuter.

— Eh ! C'est ma main, laisse-la tranquille, tu veux bien !

— Jusqu'à ce que je te prouve le contraire.

— T'es fou quand tu t'y mets...

— Qu'est-ce que vous êtes mignons à voir tous les deux ! nous nargue Plum en se penchant entre nous deux.

Matt secoue la tête pour montrer son irritation alors que moi, je ris.

En arrivant devant chez Plum, Matt se gare le long du trottoir puis nous regarde tour à tour. Je l'observe en espérant qu'il me parle mais voyant qu'il ne va rien dire de plus, je sors de la voiture suivie de Plum. Matt nous rejoint en prenant appui sur son véhicule et je me pose juste à sa droite. Ma copine le remercie pour son aide et j'en fais autant dans un grand sourire avant de la suivre vers chez elle, mais il me retient par la main.

— Attends Ly-Las, dit-il.

L'entendre prononcer mon prénom me fait un bien fou au fond de mon cœur.

— O.K. Je me retourne sur mon amie et la préviens aussitôt : J'arrive Plum, je n'en ai pas pour longtemps.

— Ça marche, je t'attends dans ma chambre avec un paquet de carambars au caramel, je sens que l'on va en avoir besoin.

Elle file sans se retourner et je la suis des yeux jusqu'à ce qu'elle disparaisse de mon champ de vision.

— Caramel ? demande Matt.

— Son goût préféré.

— Et le tien ?

— Hum hum, secoué-je la tête dans un non.

— Laisse-moi deviner, tu as une tête à aimer le chocolat, je me trompe ?

— Exactement... Bon, que me veux-tu, Matt ?

— Rien de précis, je souhaitais seulement passer un peu plus de temps avec toi. Tu es très jolie, habillée de cette façon, m'avoue-t-il un air coquin pendu à ses lèvres.

— Merci. Je suis allée faire un tour à la fête que mon frère organise chez mes parents, lui précisé-je, pour justifier ma tenue.

— Ah ! répond-il simplement, déçu.

— Ah ? Pourquoi cette réponse ? Tu as quelque chose contre ?

— Non, tu fais ce que tu veux, nous ne sommes pas ensemble, dit-il, accentuant ce dernier mot de façon agressive.

— C'est vrai.

Me retournant vers la maison pour rejoindre Plum, il me rattrape une fois encore par la main, me tirant vers lui, je me retrouve entre ses bras. Mon cerveau manque d'oxygène lorsque ses mains entourent mes hanches. Mon cœur bat à vive allure quand sa bouche approche de ma joue et je ne réponds plus de rien lorsque ses lèvres se posent sur ma peau. Je suis complètement paralysée par ce baiser.

— Au revoir, Ly-Las, me libère-t-il, en insistant sur mon prénom tout en sachant très bien l'effet que cela me fait.

Mon corps ne bouge pas, je reste plantée là, comme une idiote tandis que je le vois remonter dans sa voiture et partir.

ACTE 6

29-09-2017

Bonjour mon journal!

Cela fait presque un mois que le lycée a rouvert ses portes et la seule chose qui me donne envie d'y aller, c'est Mattiew. Je ne me suis jamais autant ennuyée en cours!

Nous esquivant durant plusieurs jours après nous avoir ramenées chez Plum, mon Roméo est revenu vers moi sans que je ne fasse quoi que ce soit. Je pourrais sauter comme une puce tellement je suis heureuse.

Cette semaine, il m'a raccompagnée deux fois après les cours, j'en ai été tout émue! On dirait qu'il joue au play-boy et ça me fait rire! Ce qui m'a chamboulée encore plus, c'est quand il m'a prise par la main. J'ai bien cru qu'il allait m'embrasser mais mon frère et sa bande de ploucs sont arrivés... J'aurais bien voulu leur mettre un bon coup de pied au cul pour les virer, tu ne peux pas savoir! Enfin, ce n'est que partie remise.

En quelques semaines Matt et moi nous sommes beaucoup rapprochés. Je sens qu'il aimerait me dire quelque chose mais à chaque fois il fait marche arrière. Au lycée, des ragots commencent à circuler sur notre dos et je ne comprends pas leur acharnement. Enfin, tout ça ne me fait pas peur et pour envenimer la chose, aujourd'hui, en cours de Mathématiques, Matt a demandé à ma voisine, Luna d'échanger sa place avec lui. J'avais la banane, c'était affreux et je ne réussissais pas à cacher mon bonheur bien que tout cela soit une mise en scène. Je me suis fait dévisager par quelques jalouses, car comme elles disent dans mon dos, «j'ai la côte avec lui». Je prends un malin plaisir à jouer mon rôle à la perfection sachant qu'elles ignorent toutes qu'il s'agit d'un coup monté, destiné à faire enfler les rumeurs qui courent déjà. Les filles ne comprennent pas ce qu'il me trouve. Mais pourquoi devoir être belle, sublime, merveilleuse et surtout pétasse pour pouvoir traîner avec un garçon? Oui, parce que ces qualités ne se retrouvent que chez ces filles qui sont de véritables pimbêches et particulièrement méprisables.

Pendant le cours, nous n'avons pas cessé de parler, nous faisant même disputer à plusieurs reprises par la prof de ne pas écouter. Ce qui, bien sûr, a fait sourire Matt, m'embarquant en avec lui. Lors de la première réunion parents-professeurs, ma mère ne va pas se remettre de mon comportement. Je sens qu'elle va me punir pour dix ans, rejetant la faute sur

Matt, tout en insistant auprès de la prof pour qu'elle nous sépare.

« Mais ma chérie, ce n'est pas un garçon pour toi, il te rend différente. Regarde la façon dont tu te comportes depuis qu'il est arrivé ! Jamais tu n'avais agi de la sorte avant lui… »

Voilà les mots qu'elle me répétera en boucle, mais en réalité c'est tout le contraire. Avec lui, je me sens moi, pas celle que les autres voudraient que je sois.

Je sens qu'elle va abuser de son autorité, mais je ne lui permettrai pas de nous séparer. En sa compagnie, je me sens bien et s'il proposait de m'emmener loin, je le suivrais sans hésiter. C'est bête parce que je ne le connais que trop peu, mais j'ai une confiance aveugle en lui. Il est tellement doux et affectueux sous ses airs de mauvais garçon !

Mince ! J'ai encore mordillé dans mon stylo et de l'encre a coulé sur ma langue, c'est dégueulasse… Enfin au moins, là, si j'embrassais Mattiew, on verrait qu'il m'appartient !

Ce n'est pas encore fait ! Et n'oublie pas qu'il ne joue qu'avec toi pour les ragots !

Quoi ? Oui, c'est vrai, mais pourquoi m'aurait-il donné son numéro de téléphone ? Pourquoi m'aurait-il invitée au lac et pourquoi me raccompagnerait-il à la maison si ce n'était pas pour me demander de sortir avec lui ?

Non, je ne suis pas une idiote, arrête de penser ça, ma conscience !

Tu devrais te méfier…

Je te dis qu'il est clean.

T'es sérieuse ?

Bon, si tu le prends comme ça, je te laisse. J'aurai bien assez de remontrances par mes parents, donc inutile que tu t'en mêles !

Tchao.

***

Tout en marchant lentement dans la cour du lycée pour rejoindre le gymnase, j'expire une grande bouffée d'air afin de me relaxer de toute cette tension qui se trouve dans mes veines. Aujourd'hui, nous avons Lutte et je meurs déjà de devoir me coller à ces homo-sapiens en sueur. Un frisson de dégoût remonte depuis mes entrailles rien qu'à cette pensée. Poussant la porte des vestiaires, une grimace de dégoût s'affiche sur mon visage, ça pue la transpiration des élèves de seconde mélangée à l'odeur des cadavres putréfiés de vieilles chaussettes. Erk ! Certains manquent vraiment de savoir-vivre… Un coup de déodorant dans les airs pour le rendre plus agréable, je me dépêche de finir de me changer.

Sortant à grandes enjambées en bousculant une ou deux personnes, je me retrouve sur le terrain de sport, inspirant plein poumon afin de dégager l'odeur fétide qui me reste dans le nez. En m'asseyant sur le banc des gradins, la prof nous interpelle chacun notre tour en faisant l'appel.

— Salut Princesse, tu as perdu ta moitié ? résonne discrètement la voix de Matt dans mon dos.

Il s'est placé juste derrière moi, sa bouche au niveau de mon oreille. Tournant ma tête vers lui, nos yeux se font face.

— Eh oui, Plum est malade. Elle a vomi toute la nuit.

— T'aurais pu m'épargner les détails! lâche-t-il dans un haut-le-cœur.

Mon prénom retentit tout à coup.

— Présente!

Puis celui de Matt.

— Présent.

Je reporte mon attention sur Mattiew:

— Elle me les a fait partager ce matin au petit-déj me coupant l'appétit par la même occasion… alors ne te plains pas, tu as quelque chose dans l'estomac toi au moins!

— Gagné! Allez, en piste!

— Quoi? Mais la prof ne veut pas de combats garçon contre fille, réponds-je comme un automate, surprise par sa demande.

— On s'en fiche! Je ne te ferais pas mal, tu verras! Et puis, je sais que tu ne détesteras pas te coller à moi!

Sa remarque me fait rougir. Baissant la tête pour qu'il ne s'en aperçoive pas, je le suis sur une partie du tatami, afin de commencer.

— T'es prête? me demande-t-il un sourire aux lèvres.

— Et toi? Je vais te ratatiner! le nargué-je, sûre de moi.

— J'en ris déjà!

Nous nous attrapons par les épaules et tentons de nous faire tomber. Je ris et baisse ma garde lui permettant une ouverture. Il passe un bras sous le mien et se renverse en arrière en me passant par-dessus lui puis me bloque au sol avec son corps.

— 1 – 0, lance-t-il dans le feu de l'action.

Je grogne mécontente, puis nous reprenons notre position de départ. Me faisant tourner sur le côté rapidement, il met une main autour de mon ventre et boum! Il me fait tomber encore une fois.

— 2 – 0, me nargue-t-il aussi vite, ce qui me fait grogner.

On se repositionne, bras contre épaules. Le combat reprend. Je trouve une ouverture, passe ma tête sous son bras et lui attrape une jambe. Je le pousse vers l'arrière, le faisant reculer sur un pied en sautillant et me redresse, il tombe enfin!

— Ha! Ha! 2 — 1!

— C'était fait exprès pour te laisser marquer un point! me répond-il, essayant de se trouver une excuse.

— Comme par hasard!

En place, il attrape mon bras parallèle au sien, glisse son deuxième sur ma taille, se place sur un genou et me fait un croche-pied de sa jambe libre. Basculant vers l'arrière, je tente de me rattraper à son tee-shirt et l'embarque dans ma chute. Il tombe sur moi, sa tête au niveau de ma poitrine.

— J'avoue qu'avec une fille, c'est assez gênant... Enfin, plus pour toi que pour moi, se réjouit-il, tout en regardant mes seins.

Afin de cacher mon embarras, je pose mes mains devant mon visage tout en le traitant de con.

— Melle Pink, Mr White, à quoi vous jouez là ? grommelle la prof en nous voyant à terre.

Matt se relève et me tend la main, pour que j'en fasse de même.

— Eh bien, à la Lutte, Madame SPROOFFF ! Pourquoi cette question ? joue-t-il les innocents.

— Arrêtez de jouer avec mes nerfs, Mr White, et mettez-vous avec quelqu'un de votre corpulence !

Il lance une grimace en se dirigeant vers le clan des garçons et je me retrouve face à l'une des merveilleuses pom-pom girl prodiges.

— Salut, Pink, t'es prête à te faire écraser ?

— Tu m'as prise pour une mauviette, Jenny ?

Elle claque sa bulle de chewing-gum en guise de réponse en levant les yeux au ciel.

Le reste du cours se passe platement profitant de mes non-combats pour espionner ceux de Matt. Son haut se soulève de temps à autre lorsqu'il renverse ses adversaires, me permettant de voir ses tatouages. Pour qui a-t-il fait graver cette phrase ? C'est une question que je n'ose pas lui poser de peur qu'elle le renvoie à ses souvenirs.

L'entraînement terminé, la prof nous rassemble tous au centre du tatami, nous demandant de faire des étirements. Je garde une place pour Matt à mes côtés, mais suis vite frustrée lorsqu'il s'arrête au rang derrière moi, juste à côté de Milady : Jenny Boston.

— On tend les bras le plus loin possible, nous ordonne la prof.

Tournant la tête vers lui, je le traite tout à coup de lâcheur en secouant de gauche à droite ma mine déçue.

— Quoi ? rétorque-t-il sans comprendre où je veux en venir.

— T'es qu'un goujat ! Tu m'as plantée pour ça, montré-je mon ennemi du doigt, pour Miss-bouge-ses-fesses dans tous les sens.

— Quoi ? Non ! Tu n'y es pas ! me répond-il discrètement.

— On écarte les bras sur les côtés en inspirant et on se penche en avant, en expirant, dit de nouveau la prof en se retournant vers nous. Mr White, évitez de parler s'il vous plaît, vous serez plus productif !

La sonnerie retentit pour nous prévenir de la fin des cours. Je me dirige vers ma serviette, l'attrape en même temps que ma bouteille d'eau, pour en boire une gorgée. Matt s'avance vers moi et me lance en passant : « t'as un joli p'tit cul, l'air de rien ! » tout en continuant sa route vers le vestiaire. Je m'étouffe avec ma gorgée et il rit à gorge déployée. Lui emboîtant le pas pour tenter de le rattraper, mon pied se prend dans mon lacet, me vautrant au sol face contre terre.

Une envie de pleurer s'empare de moi, lorsqu'en relevant la tête, je découvre les idiots de la classe en train de se moquer.

— Ça vous fait rire, bande de cons? craché-je méchamment.

— Melle Pink, votre langage! grogne la prof de sport. Donnez-moi votre carnet de correspondance, vous finirez tous les jours de la semaine avec une heure de colle à écrire: «je ne dois pas insulter mes camarades!»

Je peste contre ma prof entre mes dents parce que je vais encore me faire incendier par ma mère avec son fameux pitch à deux balles.

L'heure de la pause repas sonne enfin. Je sors du cours d'Histoire en traînant les pieds tout en me dirigeant vers la cour. Lançant mon pull au sol, dessous le sol pleureur, je m'allonge dessus, mes lunettes de soleil sur les yeux et continue mon livre pour le cours de Français pour avancer. Je finis d'en lire les dernières lignes quand une paire de Boots au bout métallique s'arrête à côté de mon visage.

«Appelle-moi seulement ton amour, et je reçois un nouveau baptême: désormais je ne suis plus Roméo [1]», récite cette voix roque, mais sensuelle à la fois.

Refermant mon livre, je dresse la tête et le regarde à travers les verres noirs de mes lunettes.

---

[1] Roméo et Juliette, Acte II, scène II

«Quel homme es-tu, toi, qui, ainsi caché par la nuit, viens de te heurter à mon secret?[2]»

«Je ne sais par quel nom t'indiquer qui je suis. Mon nom, sainte chérie, m'est odieux à moi-même, parce qu'il est pour toi un ennemi[3]...»

Je suis étonnée qu'il connaisse les répliques par cœur, mais tellement éblouie. J'ai commencé ce livre sans savoir que cette pièce datant de 1594/95 écrite par Shakespeare me plairait tant!

Il pose un genou au sol et attrape ma main.

— «Roméo![4]», énoncé-je le souffle coupé.

— «Mamie?[5]»

Il inspire une longue bouffée et la relâche en me caressant le dos de la main.

Sentant le rouge me monter aux joues, je récupère ma main des siennes. Je suis à la fois charmée et émue, mais ne sais pas comment réagir. Le fait-il seulement pour me prouver qu'il connaît l'histoire, ou le fait-il aussi pour me draguer?

J'opte pour l'indifférence et le nargue.

— Heureuse de découvrir qu'il te reste de bonnes connaissances!

---

[2] Roméo et Juliette, Acte II, scène II

[3] Roméo et Juliette, Acte II, scène II

[4] Roméo et Juliette, Acte II, scène II

[5] Roméo et Juliette, Acte II, scène II

— Je peux ? me pointe-t-il du doigt la place libre à mes côtés.

Je hoche la tête dans un oui.

— Il me reste bien plus que ça ! émet-il en s'asseyant, c'est l'une de mes pièces préférées après ma chambre.

J'expire longuement pour sa répartie et lui assène un léger coup d'épaule, ce qui le fait rire. L'école du cirque ne lui a vraiment pas été bénéfique.

— T'es bête ! lancé-je, un rictus en coin.

— Il s'est passé quoi pour que tu sois collée ? me demande-t-il intéressé.

— Ah, ah, très drôle ! Tu oses me faire croire que tu n'es pas au courant ? marmonné-je en retirant mes lunettes.

— Non, j'ai entendu des choses, mais je veux que tu me donnes ta version. Tu sais très bien que les on-dit ne sont pas toujours vrais.

— Et qu'est-ce que cela va changer ? demandé-je en secouant la tête pour lui montrer l'ironie de sa question.

— Eh bien, dis-le-moi et je te montrerai ! insiste-t-il, son regard envoûteur dans le mien, que des papillons font leur apparition dans le bas de mon ventre.

Tout en lui souriant pour ne pas montrer que ce geste me perturbe, je mordille dans ma lèvre inférieure. Il est tellement mignon avec sa mèche de cheveux qui descend sur ses yeux que je suis obligée de craquer.

— Je me suis vautrée en marchant sur mon lacet... Et j'ai insulté la bande de cons, là-bas, parce qu'ils se moquaient de moi, lui avoué-je enfin, en les pointant du doigt.

— D'accord. Tu ne tiens vraiment pas debout... bredouille-t-il en retenant un rire.

— Tu crois? dis-je en souriant.

— Allez, on se donne rendez-vous toute la semaine en salle de colle.

— Quoi? Pourq...?

Je n'ai pas le temps de finir ma phrase qu'il est déjà loin. Se dirigeant rapidement vers le centre de la cour, il rejoint nos trois camarades de classe que j'ai pointés du doigt quelques instants plus tôt. Sans qu'ils aient le temps de comprendre ce qui se passe, les voilà cloués au sol à pleurnicher.

Me relevant, je cours auprès d'eux en regardant mon Roméo qui me salue dans une courbette en souriant. Sans perdre son sourire, il se laisse attraper et emmener par les surveillants sans aucune résistance. Un rictus que je ne peux retenir se dessine sur mes lèvres en même temps que mon cœur se met à battre à tout rompre dans ma poitrine.

IL A FAIT ÇA POUR MOI!

ACTE 7

15/10/2017

Salut mon journal!

Ce matin, le directeur nous a donné rendez-vous au gymnase pour nous annoncer une «soi-disant» bonne nouvelle et j'ai cru mourir! Après son beau discours, il nous a expliqué que nous avions été sélectionnés par l'académie, enfin, que notre lycée avait été retenu pour jouer une pièce en fin d'année pour récolter des fonds afin de faire un voyage en France.

Ouais, moi aussi j'aurais bien voulu me moquer de ceux qui vont la jouer!

Et comme ce grand monsieur ne réussissait pas à départager la classe qui aurait le rôle, il a tiré à la courte paille... Non, mais, je n'en reviens pas. À la courte paille... Je jouais à ce jeu à la maternelle, moi!

Et comme par hasard, le plus pur qui soit, nous a-t-il dit, ce dont je redoute, vu que nous faisons l'option théâtre, c'est tombé sur mon groupe. J'ai eu envie de pleurer toutes les larmes de mon corps. Nous allons donc faire une représentation de la pièce Roméo et Juliette en fin d'année. Oui, oui, cette même pièce que nous devons étudier ! Même si je m'avoue que ce n'est pas plus mal vu que nous travaillons dessus, ça fout la frousse.

Ah aussi, dans la série bonne nouvelle — bien sûr que je suis ironique, là ! — la prof de français nous a rendu nos devoirs sur les premières scènes. J'avais parié avec Matt que j'aurais une meilleure note que lui, mais je me suis plantée. Pour une fois, j'aurais mieux fait de me taire ! Donc, comme on dit : jamais deux sans trois, Matt a eu un point de plus que moi, alors il m'a lancé le défi de postuler pour le rôle de Juliette. Non, mais moi en Juliette ! Elle qui est d'une beauté sans égale et moi qui suis un sac à patates ambulant... il nous a bien regardés ? Avec mon caractère de cochon, je ne ferai jamais l'affaire...

Enfin, tu auras compris que je n'ai pas pu résister et lui ai tenu tête. Il me fait faire de drôles de choses et je suis persuadée qu'il s'en rend compte !

À présent, j'ai hâte d'être en week-end. J'ai mal à la tête et si ça continue, je ne vais pas tarder à loucher... Quoi ? Je m'essaie à l'humour, sympathique, non ? O.K., je sors.

Allez, je mets mon point final, mon heure de colle commence. Merci beaucoup, Madame SPROOFFF !, comme dirait Matt.

Refermant mon cahier, je le range aussitôt dans mon sac de cours. Matt se dirige vers moi, un sourire dessiné sur ses lèvres.

— Salut toi! Ça a été ta fin de journée? me demande-t-il en s'asseyant à mes côtés.

— Une véritable horreur, ce cours de philo! Dans la série «Le bonheur consiste-t-il à faire tout ce qui nous fait plaisir?», merci de philosopher durant les deux heures à venir. J'ai un mal de crâne carabiné.

— Eh bien! Rien qu'à entendre le sujet, moi aussi! Je n'ai pas hâte d'avoir mon cours, je ne fais que m'endormir avec Monsieur Louche. Mais pour te soulager, je suis prêt à te faire plaisir si tu me suis dans environ cinq minutes. Qu'en penses-tu?

Faire plaisir? *Hum! Intéressant.*

Je secoue la tête pour virer les pensées qui me hantent et me reprends.

— Mais qu'est-ce que tu racontes comme connerie encore? clamé-je dans une longue expiration.

— Tiens-toi prête à me suivre en courant, O.K.?

Je secoue la tête et range discrètement mes affaires.

— Non, tout ça reste ici, me prévient-il, montrant mes outils de travail du doigt.

Il se met à décompter, attrape ma main fermement, quand arrive le zéro, l'alarme incendie se déclenche. Le surveillant se lève en nous demandant de nous hâter vers la sortie calmement. Matt qui a toujours ma main dans la sienne, me tire jusqu'au point de rassemblement dans la cour jusqu'à ce qu'il bifurque à droite au lieu de continuer tout droit, pour rejoindre sa voiture qui est garée juste devant les grilles. Une fois à l'intérieur, il démarre rapidement, m'emmenant comme un prince charmant sur son cheval blanc, enfin, en l'occurrence, ici, dans sa voiture blanche.

— Je n'en reviens pas, tu m'as fait sécher mon heure de colle ! m'exprimé-je stupéfaite par ce qu'il vient de me faire faire.

Il rit à gorge déployée.

— Il faut savoir vivre ta jeunesse, princesse !

— On va dire ça ! Mais si ma mère l'apprend, tu ne pourras plus jamais m'approcher.

— Ne me dis pas que c'est la première fois ?

Je secoue mon minois de haut en bas pour le lui confirmer.

— Une bonne raison pour profiter de cette journée, alors ! Il fait bien trop chaud pour rester enfermés dans une salle, tu n'es pas d'accord ?

— Tout à fait ! Matt ?

— Oui ?

— J'aime bien être avec toi, tu me fais faire de drôles de choses sans avoir à me demander si c'est bien ou non.

— J'avais remarqué et c'est normal, je suis un BB.

— Un bébé ?

— Un Bad boy, Princesse !

Je le regarde sourire aux lèvres en secouant la tête de droite à gauche. Il a tout faux, il est juste mon Roméo des temps modernes.

Au bout de quelques minutes de route, il allume l'autoradio. Un son remixé sort des enceintes en boum-boum. Alors que ce n'est pas mon style de musique, j'apprécie.

— J'aime bien pour une fois.

— C'est vrai ?

— Oui, c'est la première fois que je l'entends, mais c'est plutôt bon.

— Content de t'avoir fait découvrir un morceau, alors ! me dit-il en tirant sur ma mèche de cheveux qui retombe sur mon épaule.

Il s'arrête enfin au bord d'une forêt. Nous descendons de voiture et je remarque que l'air est frais et moins étouffant sous les arbres, cela fait du bien. Inspirant une grosse bouffée en fermant les yeux, je l'expire lentement. L'odeur de la nature me fait revenir sur terre. Rouvrant les yeux, je regarde les dégâts que l'orage d'hier a provoqués et me retourne sur Matt.

— Je crois que ballerines et boue ne vont pas faire bon ménage ! émis-je en regardant mes pieds.

Tout sourire, il se dirige vers son coffre, l'ouvre et en sort une paire de baskets neuves qu'il me tend.

— Quoi, tu avais tout prévu ? dis-je stupéfaite, surprise de son coup d'avance.

— Oui, c'est une de mes principales qualités après la satisfaction d'obtenir ce que je veux, m'avoue-t-il dans un sourire mielleux.

— Et comment savais-tu que j'allais accepter? le questionné-je de façon arrogante.

— Je le savais, voilà tout, répond-il en plongeant ses yeux dans les miens.

Je suis aussi prévisible que ça?

Tout en expirant longuement, je quitte son regard et pars m'asseoir sur le rebord du coffre pour enfiler les baskets. Mon dernier lacet noué, il passe un tee-shirt noir pour éviter de salir le blanc qu'il a sur le dos.

Se posant devant moi, il se penche vers mon visage.

— Tout comme je me doutais que tu aurais les cheveux détachés, dit-il en me tendant un élastique qu'il sort de sa poche.

Il me demande de me mettre dos à lui, ce que je refuse.

— Non, donne, je vais le faire moi-même.

— Hors de question, retourne-toi, c'est un ordre!

Mes mains sur mes hanches, je serre les dents à sa rétorque. J'ai horreur que l'on me parle de cette façon, je ne vais certainement pas me laisser faire.

— Arrête de serrer les dents ou je te mords! me souffle-t-il sans sourciller.

Je déglutis avec difficulté. Sa phrase me fait l'effet d'un plaisir que je ne pourrais refuser. Il pose une main sur ma taille et mon cœur s'emballe.

— Retourne-toi ! me chuchote-t-il.

Je secoue la tête pour soutenir mon non.

Son visage face au mien, il approche ses lèvres des miennes et les frôle, mais je me défends de faire le premier pas. Il dépose tendrement un baiser sur ma joue puis vient prendre aux pièges mes lèvres fiévreusement, mais passionnément. Mon souffle s'accélère en même temps que les battements de mon cœur et je me laisse porter par ce baiser dont je rêvais depuis quelque temps.

Passant mes bras autour de son cou pour le retenir, Matt m'en empêche en les plaquant derrière mon dos. Il me regarde en souriant puis pose un chaste baiser sur ma bouche sans me lâcher des yeux. Sentant mes joues rougir sous l'impulsion de ses douceurs, je me retourne aussi vite lorsqu'il me relâche et qu'il ne le remarque pas.

— C'est ce que je disais, tu ne peux rien me refuser.

— Tu es bien sûr de toi ? lui tiens-je tête alors que je sais qu'il a raison.

— À cent pour cent, princesse, énonce-t-il à mon oreille avant de m'embrasser derrière.

Ce qui me donne la chair de poule.

Il me fait une tresse mal serrée et suis étonnée qu'il sache comment faire. Jack, lui m'enverrait paître parce qu'il ne saurait pas par où commencer.

Tirant ma tête en arrière par ma natte, il me demande si je suis prête, ce que je lui confirme par un oui autoritaire. Nous nous enfonçons dans la forêt lentement en marchant l'un à côté de l'autre, me bousculant de temps à autre avec son épaule pour me rattraper par la main lorsque je perds l'équilibre. Nous continuons jusqu'au cœur même de cette forêt, quand mon pied trébuche sur une racine. Matt me rattrape de justesse, avant que je ne m'écrase contre le tronc d'arbre face à moi.

— Je ne t'ai pas demandé de te blesser, loin de moi cette idée, m'avoue-t-il en me tenant les mains, tout en marchant à reculons.

— Merci Matt, émis-je en souriant, j'ai eu chaud cette fois.

Me retrouvant dos contre l'arbre que j'ai failli me prendre, Matt qui avance vers moi, entoure mon corps de ses bras pour m'empêcher de m'enfuir.

— Ne me remercie pas, princesse.

— Si, si j'y tiens ! rétorqué-je une main contre sa poitrine. Imagine que je me casse une jambe, je ne pourrais pas jouer le rôle de Juliette ni tenir mon pari, ce qui t'arrangerait, cela dit...

Il secoue la tête, un rictus aux lèvres.

— Regarde, pointé-je du doigt l'endroit cité, il y a une maison dans l'arbre, le premier arrivé a gagné !

Passant sous son bras gauche sans lui laisser le temps de rétorquer quoi que ce soit, je m'élance sur les branches afin de grimper.

— Et c'est quoi la récompense? me demande-t-il curieux de ce qui l'attend une fois qu'il m'a rattrapée.

— Elle sera à définir par le gagnant lui-même, mais je sais déjà que c'est moi qui vais gagner, lui réponds-je convaincue.

— Ne sois pas si sûre de toi, princesse!

Il accélère sans faire le moindre effort, jusqu'à me dépasser et arrive avant moi sur le plancher de la cabane. Debout sur la dernière branche, il me tend la main pour m'aider à l'enjamber. J'attrape sa main et le rejoins. Essoufflée, je m'assois au sol quelques instants pour reprendre mon souffle quand il s'accroupit devant moi, un genou entre mes jambes.

— Qu'est-ce que tu fous, Matt?

— Je réclame mon dû, répond-il sensuellement.

— Ah ouais, et quel est-il?

— Arrête de parler, me chuchote-t-il en positionnant une main derrière ma tête pour la tirer vers lui.

M'embrassant avec ferveur, sa main fourrage dans mes cheveux, l'autre sur le côté de mon visage m'empêche de bouger. Il me bascule sur le dos et je me retrouve allongée sous lui. Mon cœur bat tellement fort dans ma poitrine que je suis persuadée qu'il le sent rebondir contre son torse.

Ses doigts caressent mon cou, mes épaules et finissent par se poser sur mon bassin. Écartant un peu plus ma cuisse avec sa jambe pour lui permettre de se placer correctement, je sens soudain sa tension sur mon pubis. Pivotant sur le dos, je me retrouve assise à califourchon sur lui, me compressant plus fort contre son corps. Ses mains se baladent dans mon dos et s'arrêtent sur mes hanches. Alors que je continue de l'embrasser, il pousse mon bassin vers le bas, pressant ainsi mon entrejambe contre le sien. Prenant peur de ce qu'il désire, je panique.

— Non, je ne peux pas faire ça, dis-je honteuse, en me relevant pour m'éloigner de lui.

Il expire longuement puis me rejoint. Une fois dans mon dos, il m'attrape par le bras et me tourne vers lui.

— Hé ! Ne te sauve pas comme ça, attends, qu'est-ce qui t'arrive ?

— Je ne peux pas, je...

Je ne sais comment lui avouer la chose.

— Je n'ai jam... Ramène-moi chez moi, s'il te plaît.

— Ly-Las, je suis désolé si je t'ai fait penser certaines choses, ce n'était pas ce que je voulais ! Tu m'as mis au défi et j'ai joué le jeu.

— Alors pour toi, m'embrasser ne faisait partie que du jeu ? Tu te fiches vraiment de ce que je ressens pour toi ?

— Non, mais...

Il fait demi-tour, pose les mains sur sa tête et se frotte le visage.

— Matt, dis-moi ce que tu veux de moi à la fin ?

Il ne répond pas. Le chant des oiseaux résonne durant plusieurs minutes puis je passe la rambarde et enjambe les branches en sens inverse. Matt me suit, j'accélère ma fuite pour qu'il ne me rattrape pas, mais je glisse.

— C'est bon, je te tiens ! me rassure-t-il en me tenant par la main.

Il s'en est fallu de peu pour me retrouver à terre. J'ai tellement peur que mon corps tremble. Matt m'aide à reprendre doucement appui sur la branche inférieure puis me rejoint. J'ai le cœur qui palpite trop violemment dans ma poitrine et des larmes bordent mes yeux. Il passe son pouce sur ma pommette droite pour effacer celle qui a coulé sans que je ne m'en rende compte.

— Ça va ? me demande-t-il en caressant la joue.

Je hoche la tête dans la positive.

— Tu es une sacrée maladroite, en rit-il, pour dédramatiser la chose.

Grognant entre mes dents à sa réflexion, je reprends ma descente sans m'arrêter. Croyant m'être débarrassée de lui, je suis à nouveau tirée par le bras une fois au sol.

— Lâche-moi ! crié-je à son encontre de colère.

— Non ! répond-il de la même façon.

Sa réponse est aussi sèche que la mienne et je comprends qu'il est blessé par ma façon d'agir.

— Eh bien, qui voilà ! résonne derrière moi. J'en connais un qui va être heureux de te trouver, ici, Ly-Las.

— Il ne manquait plus qu'eux... craché-je méchamment, en voyant le groupe des gros bras arriver.

Un timbre de voix connu s'élève derrière la troupe.

— Alors, qui sont les heureux él... lance mon frère en se taisant lorsqu'il nous voit.

Jack paraît vraiment choqué de nous voir ici tous les deux, il s'énerve.

— Espèce d'enfoiré! hurle-t-il en se jetant sur Matt, les poings levés.

Ne voulant pas recevoir les coups, Matt se protège en le repoussant doucement pour ne pas le frapper, jusqu'à ce qu'il y mette de la force. Jack en perd l'équilibre, mais Aaron et Poly le rattrapent avant qu'il ne tombe.

— Calme-toi! tenté-je encore une fois d'apaiser la colère de mon frère, qu'est-ce qui te prend?

— Toi, ferme-là et va à la voiture! Je te ramène à la maison.

— Quoi? T'as cru que t'étais mon père, peut-être? Je fais encore ce que je veux jusqu'à preuve du contraire!

— À la voiture, j'ai dit! m'ordonne-t-il brutalement.

— Non! lui tiens-je tête.

— Tu crois qu'il lui a mis bien profond? rétorque Aaron derrière moi, lâchant ça comme une bombe.

Soudain, je comprends ce à quoi pense mon frère. Comment peut-il imaginer que je me laisserais entraîner aussi facilement?

— Aaron, ferme ta gueule ou ta mère ne te reconnaîtra pas quand tu rentreras, lui conseille mon frère sous la colère.

— Jack, il ne s'est rien passé, calme-toi, s'il te plaît! dis-je encore une fois pour l'adoucir.

— Qu'est-ce que tu fiches, ici, avec lui, alors? tente-t-il de savoir à nouveau.

— On se baladait, rien de plus.

— Fous-toi de moi, Ly-Las! Aaron embarque-la avec toi et, ramène-la chez moi, je m'occupe de lui.

À sa réplique, je devine qu'importe ma réponse, rien ne le fera changer d'avis. Il est persuadé que nous avons couché ensemble.

— Qui tu veux, mais pas lui, Jack. Tu sais très bien pourquoi, lui rappelé-je pour qu'il change de conducteur.

— Tu me déçois Ly-Las... me lâche-t-il, le regard rempli de colère et de déception.

Me rapprochant de Matt, je me retourne sur mon frère, les bras croisés contre ma poitrine.

— Jacky! insisté-je sur son prénom qu'il n'aime pas.

Bien que cela reste rare même si nous nous chamaillons souvent, je veux lui faire comprendre que je suis déçue et en colère contre lui pour sa façon d'agir devant tout le monde.

— Comment peux-tu penser que je suis ce genre de fille... Et si tu le permets, j'ai déjà un chauffeur, énoncé-je en enlaçant le bras de Matt.

— Ne fais pas ça, tu vas t'attirer des ennuis, me souffle mon Roméo, pars avec lui, cela vaut mieux pour toi.

— Je m'en fous complètement!

Mattiew lie ses doigts aux miens, m'attire à lui puis passe son bras derrière mon cou.

— Merci pour cette partie de jambes en l'air, tu déchires tout, bébé! lâche-t-il avant de m'embrasser d'un chaste baiser sur mes lèvres.

Même si sa phrase ne me plaît pas, je ne le reprends pas et me laisse faire, sachant très bien que cela ne va pas plaire à Jack.

Mon frère fonce vers lui de colère et je me place devant mon Roméo en levant la main pour l'arrêter dans son élan. Ce qu'il fait avec une mine surprise à mon geste.

— Désolée, Jacky. Ce n'est pas contre toi, mais va-t'en, tu me déçois.

Il recule de trois pas et semble assez étonné de ma réaction. D'ailleurs, moi aussi, je le suis. Me le mettre à dos, alors qu'il me défend quand j'en ai besoin, j'aurais peut-être dû éviter. Enfin, ici, Matt est innocent, tout du moins pour ce dont on l'accuse. Et ce dont je suis sûre, c'est que Matt et moi devons parler de cet après-midi dans la cabane.

Jack repart par où il est arrivé, le regard dur, me faisant deviner que quelque chose va se tramer et je prends peur. Quand je vois ce dont est capable Aaron, je n'ose imaginer ce qu'ils pourraient faire à plusieurs.

De retour à la voiture, nous croisons toute la bande qui nous faisait face quelques minutes plus tôt et j'aperçois Léo, au milieu de tous, alors qu'il n'était pas là avant. Mon regard suit le sien, qui dévisage Matt. Leur regard s'affronte et aucun d'eux ne lâche. Je me place devant Mattiew pour le forcer à dévier son regard sur moi.

— On y va ? lui demandé-je pour qu'il me regarde.

Sans répondre, il m'ouvre la portière et je m'y engouffre.

En route vers le lycée, nous restons silencieux. J'essaie à plusieurs reprises de lui prendre la main, mais il m'en empêche. Sans m'occuper de sa façon d'agir, je regarde le paysage défiler sous mes yeux, continuant à réfléchir sur ce qu'il s'est passé entre nous. Qu'ai-je fait ou mal interprété ? Je ne vois pas du tout. Il m'a dit qu'il jouait pour le baiser par rapport à notre pari et pour le dernier, c'était pour embêter Jack, j'en suis persuadée. Mais celui qu'il m'a donné devant sa voiture, il était pour quoi celui-ci ?

Matt se gare au même endroit que tout à l'heure, me faisant reprendre mes esprits. Nous dirigeant en direction de l'infirmerie, je le questionne sur l'excuse bidon que nous allons devoir raconter.

— Tu m'expliques ton plan ? Car je ne comprends pas comment cela pourrait fonctionner.

— Heureux de voir que la princesse me reparle enfin ! Tu auras la réponse d'ici quelques minutes.

— Je te signale que c'est toi qui m'as repoussée dans la voiture… dis-je en dans le couloir, devant la porte.

Après dix bonnes minutes, on l'entend enfin se déverrouiller, et l'infirmière en sort la bouche collée à celle d'un élève du lycée. Ils sont surpris et paniqués de nous trouver face à eux.

— J'n'en crois pas mes yeux ! bredouillé-je ébahie par le spectacle.

— Que faites-vous ici ? nous demande-t-elle.

— Ce serait plutôt à nous de vous poser cette question ! rétorque mon Roméo.

Elle renvoie son footballeur préféré avec un billet de présence. Nous la suivons dans son bureau, Matt continue.

— On fait un deal. Vous nous donnez un billet de présence depuis l'alarme incendie jusqu'à maintenant et on se tait, ou on va vous dénoncer.

— Et rien que ça pour votre silence ?

— Nous ne sommes pas des monstres, seulement des élèves, lui répond-il dans un clin d'œil.

Je le laisse parler et gérer. Il assure un max, j'en suis étonnée. Quand il dit tout prévoir, je suis bouche bée que ce soit jusqu'à ce niveau, moi-même je n'y aurais pas pensé.

— Très bien, je n'ai pas le choix, à ce que je vois.

— On l'a toujours, Madame Leuleu, mais c'est à vos risques et périls. Le tapant d'un coup de coude dans les côtes pour lui faire comprendre d'arrêter de la narguer, il répond dans un rire étouffé.

En salle de colle, tous les yeux se tournent vers nous lorsque l'on passe le seuil. Le surveillant ricane déjà de ce qu'il va nous offrir comme récompense pour avoir séché, mais son visage change lorsque je lui tends le papier de l'infirmière.

Assise à ma table, je range mes affaires. Le portable de Matt sonne et son visage change d'expression. Quand la fin de notre heure de colle sonne, Matt se lève en catastrophe en me disant à lundi. L'attrapant par la main je le tire vers moi et plonge mon regard dans le sien.

— Il faut que l'on parle Matt, lui avoué-je sans passer par quatre chemins.

— Désolé princesse, mais pas maintenant, je n'ai pas le temps !

ACTE 8

Encore une sale journée à ajouter sur mon calendrier!
Mais qu'est-ce qui m'a pris de partir avec Matt tout à l'heure?
Non, pas la peine de te poser la question, tu sais très bien ce qu'il te fait faire...

Je vais devenir folle! *Oui, je sais je n'arrête pas de le répéter...*

Matt vient de se sauver en catastrophe après notre escapade, je me suis mis mon frère à dos, qui sait, peut-être même ses potes, car avec eux, c'est un pour tous et tous pour un! Et je connais le secret le plus tordu de l'année! Vive Madame Leuleu et Maxyme Oliver, Arf! Qui l'eût cru? Pas moi, c'est sûr! C'est le couple le plus improbable du lycée... Que lui trouve-t-il? Il pourrait avoir qui il veut, et il choisit cette vieille perverse...

Oui, elle a seulement huit ans de plus que lui, mais voilà, il est mineur! Genre, ça me fait bizarre mais mes parents ont bien dix ans d'écart, et ils ont commencé leur relation à peu près de cette façon, alors qu'est-ce qui me prend de les juger? *Mais ce n'est pas pareil, idiote! Lui c'est un élève et elle l'infirmière…*

Tout en soufflant contre mes pensées, je place mes écouteurs dans mes oreilles et rentre chez moi en traînant les pieds, écoutant l'album prédéfini que me propose Spotify. Le regard perdu, je me repasse la journée en boucle depuis mon départ sans réussir à comprendre le comportement de Matt.

C'est après vingt minutes de marche que j'arrive enfin chez moi. En entrant, j'aperçois dans le salon, les vestes d'Aaron, Poly et mon frère. Je ne le devrais pas, mais je monte l'étage et frappe à la porte de sa chambre. Il faut absolument qu'on parle de ce qu'il y a eu tout à l'heure dans la forêt.

— Jack, c'est Ly-Las, ouvre-moi s'il te plaît.

Après quelques secondes de silence, la porte s'ouvre en grand.

— Qu'est-ce que tu me veux? me crache-t-il aussi vite.

— Te parler de ce qu'il s'est passé tout à l'heure.

— Je n'ai pas besoin de savoir quoi que ce soit, rien ne me fera changer d'avis sur ce que je pense de toi.

— Tout ça parce qu'Aaron a lâché une connerie? Je te croyais quand même plus mûr, merde! Arrête d'écouter tes potes et réfléchis par toi-même.

— Tu parles! Ce n'est pas que pour ça, Ly-Las. Tu couches avec qui tu veux, je m'en tape! Mais putain, tu m'as tourné le dos devant ce con!

J'expire dans un rire nerveux. Je couche avec qui je veux ?... Pourquoi était-il autant en colère lorsqu'il m'a vue là-bas avec lui alors ?

— Déjà d'un : il n'est pas con, si tu le connaissais, tu ne dirais pas ça. Et de deux : tu me fais ce reproche alors que tu m'as quasiment traitée de salope ! Je n'écarte pas les cuisses au moindre mec, moi. Je ne suis pas comme les petites pétasses qui vous soutiennent en sautant partout sur le terrain et qui s'assoient sur vos jambes dès qu'elles en ont l'occasion !

— Fais gaffe à ce que tu dis !

— Pourquoi ? Tu insultes mon ami, et je ne pourrais pas en faire autant ? Ta pétasse fait partie du lot au moins, c'est ça ?

Mon frère serre la mâchoire et fait craquer les jointures de ses mains.

— Ne redis plus jamais ça !

— Putain Jack ! Ramène tes couilles, bordel ! balance grossièrement Aaron, par-dessus son épaule.

— Aaron, ta gueule ! Je parle avec ma sœur.

Aaron lance sa manette sur le lit et nous rejoint. Il s'appuie sur le chambranle de la porte, m'empêchant de voir ce qui se passe à l'intérieur. Aaron me dévisage avec insistance puis me parle.

— Salut bébé ! dit-il une fois face à moi en essayant de pincer mon menton, je repousse sa main.

— Bas les pattes, Aaron. Tu me dégoûtes. Tu n'es qu'un pauvre macho qui n'aime pas qu'on lui dise non !

Il se tourne vers mon frère en portant la main à son entrejambe et se remonte le paquet vers le haut.

— Tôt ou tard, je vais me la faire ta sœur, crois-moi !

— Tu la touches, t'es un homme mort.

Le frère qui ne sait pas ce qu'il veut... cette fois-ci, il me défend...

— N'oublie pas qui je suis, connard ! crache-t-il en l'attrapant par le col de sa chemise, son front contre le sien.

La scène que je vois me désole complètement, je laisse tomber cette conversation lorsque mon frère lui fout un coup de boule.

— Vous êtes vraiment cons... Et ouvre la fenêtre, ça pue le joint, maman sera bientôt là ! leur conseillé-je par pitié, en repartant.

Allongée dans mon lit, les écouteurs sur mes oreilles, je ferme les yeux. J'évite de penser à ma journée merdique, mais elle s'étale devant moi malgré tout. Pour me changer les idées, je décide de me mettre à fond dans ce que j'écoute. Les paupières closes, je chante à tue-tête le morceau qui résonne dans mes tympans, quand, ne voyant pas la personne qui entre, je hurle de terreur lorsqu'elle me saute dessus en criant sur moi.

— Waza !!!!

Plum... Si elle continue à me faire des frayeurs de la sorte, un jour ou l'autre, elle va me le payer !

— Mais t'es malade, ma parole !

— J'aime, j'adore, Plum aime ça! bredouille-t-elle dans un fou-rire, en levant les pouces vers moi.

— Arrête de te bidonner de cette façon, tu m'as foutu la frousse, idiote!

Elle s'affale sur mon lit, toujours en riant de sa bêtise, alors je prends l'oreiller dans mon dos et le lui balance en pleine face. Elle se tait d'un coup sec et me regarde, surprise, par mon geste. Cette fois, c'est moi qui rigole comme une folle en voyant sa tête.

— Tu vas le regretter! grogne-t-elle à mon encontre.

— Je l'espère bien!

Elle se jette sur moi et se met à m'inonder de chatouillis. Je hurle et me tortille dans tous les sens pour qu'elle arrête, mais rien à faire, avec ses formes plus généreuses que les miennes, je suis bloquée sous elle.

— Je rends les armes! Tu as gagné, crié-je à bout de souffle.

— Je le savais que tu abandonnerais! articule-t-elle en s'allongeant à mes côtés pour inspirer profondément.

— Tu es une tricheuse!

— C'est vrai! Mais il faut bien que mes atouts servent à quelque chose! Allez, raconte-moi ta fin de journée et sans rien m'épargner! me dit-elle en s'allongeant à mes côtés.

Je commence mon récit au moment de la permanence. Plum est souriante dès lors que je lui conte notre premier baiser, mais se fâche quand j'en arrive à notre échange de paroles dans la cabane et plus encore lorsqu'elle apprend ce qu'il s'est passé avec Jack.

— Tu es trop gentille, moi je serais partie avec Jack et l'aurais laissé dans la merde !

— J'y ai pensé, figure-toi, mais je ne voulais pas que mon frère choisisse à ma place et encore moins être avec Aaron, et tu en connais très bien la cause !

— Dilemme, ma chérie, que vas-tu faire, maintenant ?

— Je n'en sais rien du tout... finis-je par lui répondre dans un long soupir.

Plum a eu la bonne idée d'aller manger dehors. De toute façon, avec la bande de gros bras en rut à la maison, je ne serais pas restée chez moi, ça c'est certain.

Mais comment fait maman pour les supporter ?

Nous descendons la rue du 145e en direction du bar à pâtes. C'est un chouette endroit bien que cela soit très étroit. Devant la porte d'entrée, Plum regarde par la fenêtre et aperçoit deux sièges à la table-bar avec vue sur la route.

— On a du bol, il reste juste deux places !

Commande prise, nous avançons vers l'endroit repéré plus tôt et sommes déçues de voir que la place a été squattée par des clients rentrés après nous et qui n'ont même pas encore passé leur commande.

— Bon, il ne nous reste plus qu'à nous installer sur le banc du parc juste derrière, dis-je en expirant.

Nous prenons nos boîtes à pâtes et nos couverts en plastique et filons nous installer sur le banc. Encore une fois, avec Plum, nous parlons sans nous arrêter et cela me fait un bien fou. J'aime papoter avec elle, elle me permet de ne pas penser à ma vie vraiment casse-pieds.

Bye, mon cher Matt!

Mon esprit s'évade avec les âneries que me sort ma copine et surtout avec ses blagues pourries. *Elle n'existerait pas, il faudrait l'inventer!*

— Dis, qu'est-ce qui est vert qui monte et qui descend? me questionne encore une fois Plum.

— Euh... Je ne sais pas.

— Allez, cherche un peu.

J'expire dans une grimace et lève les épaules vaincues.

— Je donne ma langue au chat.

— Un petit pois dans un ascenseur! Ha! Ha! me répond-elle hilare.

— Ah parce que toi, tu as déjà vu un petit pois prendre l'ascenseur tout seul?

— Non, andouille, c'est moi qui l'aurais déposé pour en faire l'expérience!

Je ris sous un air moqueur pour l'embêter puis inspire et expire lentement.

— Je t'adore Plum, je suis heureuse d'être ton amie.

— Mais moi aussi!

Nous nous étreignons et j'aperçois au loin trois personnes qui se dirigent vers nous, reconnaissant principalement le garçon du milieu accompagné de ses parents.

— Salut Poly, bonjour Monsieur et Madame Nelle.

— Bonjour, Ly-Las. J'espère que Polyvan n'a pas été trop encombrant durant son séjour chez toi ?

Je lui dirai bien que si, mais je me retiens. Je ne veux pas lui causer du tort bien qu'il ait essayé de me faire chanter pendant la fête de mon frère. Et au moins, il me devra une faveur.

— Non, ça a été, ne vous en faites pas.

Un sourire triomphant se dessine sur ses lèvres et je soutiens son regard, pour lui faire comprendre qu'il ne perd rien pour attendre. Parce que, de ce que je sais, il n'est pas méchant et bien moins con que mon frère.

— Tu es adorable, ma jolie, me dit la mère de Poly, passe quand tu veux, nous ferons un gâteau, il y a bien longtemps que je n'en ai pas fait.

— D'accord, je verrai quand j'aurai le temps. Passez une bonne soirée tous les trois.

— Merci. À vous deux aussi, mes jolies.

Avec Plum nous reprenons la route en direction du bus, lorsque nous tombons sur Léo. Ma copine est complètement folle de le rencontrer et je ris de son attitude d'amoureuse transie, elle est complètement aux aguets du moindre geste qu'il pourrait lui faire entrevoir comme une attirance en retour pour elle. Je la taquine gentiment lorsqu'il arrive enfin en face de nous.

— Bonjour, les filles, nous embrasse-t-il sur la joue. Ly-Las, j'ai entendu dire par les potes que ton frère en avait après un certain Mattiew?

— Oui, c'est vrai et je ne sais même pas pourquoi.

— C'est ton copain? me demande-t-il en mordillant sa lèvre inférieure entre ses dents.

— Un ami proche oui, lui précisé-je en croisant mes bras sur la poitrine.

Il passe un bras autour de mes épaules.

— La petite Ly-Las grandit, elle a un a-mou-reux!

— Arrête Léo, tu peux vraiment être con des fois.

— Ça me va si ce n'est que de temps en temps.

Plum nous dévisage, je retire son bras de mon cou et m'éloigne un peu.

— Vous voulez que je vous ramène? nous demande-t-il un sourcil arqué.

Voulant répondre par un non très poli, Plum ne m'en laisse pas le temps et répond avant moi.

— Ce serait très gentil de ta part! lui lance-t-elle dans un large sourire.

Je cède à sa demande et lui laisse la place à côté de lui. Assise à l'arrière, derrière le siège de Léo, personne ne parle. Lorsque je lève les yeux vers le rétroviseur, je croise le regard de Léo. Il est envoûtant, je dois l'avouer, je comprends tout à fait ce que lui trouve Plum. Ses cheveux en pétard, ses yeux de félins verts et ses lèvres fines me font tout autant craquer qu'elle, je veux bien l'admettre. Je suis attirée aussi vers lui, c'est un fait, mais il est vachement soûlant quand il s'y met.

Après un dernier regard vers lui, j'ai honte. Mattiew me revient en mémoire, prenant d'assaut mes pensées, battant contre vent et marée les vagues de mon cœur.

Ai-je vraiment une chance avec Mattiew? Telle est la question.

20/10/2017

Aujourd'hui, c'est l'anniversaire de Maïna, je lui ai promis que je m'occuperais de sa fête, alors me voici nommée pour l'après-midi, animatrice pâtissière ou comme je dirais dans mon dictionnaire «animatissière», ça le fait, non? Plum vient m'aider pour l'animation, ce qui me soulage réellement. Elle est plus ingénue que moi, ce qui m'est d'une grande utilité pour le moment. Je ne sais pas ce que j'aurais fait sans son aide afin de faire plaisir à ma petite sœur chérie que j'aime plus que tout.

Je n'ai pas vu Mattiew depuis jeudi et je me demande pourquoi... Il n'a assisté à aucun cours en commun ce qui m'a manqué, je l'avoue, bien que je sois en colère contre lui. Enfin!

Je dois terminer le gâteau avant que la bande de petites filles déchaînées arrive! Et je vais avoir besoin de courage.

Tchao, mon journal!

Après avoir bataillé trente minutes avec mes génoises, mon glaçage blanc et les perles sucrées, un coup retentit en rythme contre la porte d'entrée. Je hurle «entrer» et suis émue lorsque Plum se retrouve en face de moi.

— Waouh, ma chérie! Tu as fait un superbe gâteau!

— Tu trouves? J'ai vraiment galéré pour le monter et le fourrer aux Smarties... lui précisé-je en soufflant. Dommage que ma mère soit encore au boulot, j'aurais aimé avoir un bon coup de main!

— Je t'assure qu'elles vont en être folles! Rien que moi, je sauterais bien dessus pour le dévorer, alors je te laisse les imaginer! me réconforte-t-elle en riant.

— Merci Plum. Allez, on s'active! On doit finir la déco avant qu'elles n'arrivent, soit dans quarante minutes!

Les décorations toutes pendues, nous installons enfin dans la cour la piñata en forme de château, à la branche la plus basse. Le monospace de madame Scrugge se gare devant l'allée de la maison puis des cris retentissent à peine la porte de la voiture ouverte. Je me presse vers l'entrée, Plum sur les talons et ouvre la porte en grand quand j'aperçois la poignée s'abaisser.

— Joyeux anniversaire à ma Princesse préférée! crié-je à tue-tête en direction de ma petite sœur.

— Las-Ly! Merci! me saute-t-elle dans les bras. Waouh! C'est magnifique, on dirait qu'on est vraiment dans un château.

— Nous sommes contentes que cela te plaise, lui rétorque Plum, émue. Et tu verrais le gâteau que Ly-Las a fait, tu ne voudras même plus le manger tellement il est beau !

— Ah ! Je vous aime toutes les deux, vous êtes mes petites sœurs chéries ! nous enlace-t-elle toutes les deux en même temps.

Les filles courent jusque dans la cour, enfilent les panoplies de princesse que nous leur avons posées sur la table de dehors et commencent à jouer avec les activités que nous leur avons prévues. Je leur montre comment attraper les pommes dans le bac rempli de farine, lorsque la sonnette de la porte retentit. Je prends le torchon situé juste à côté pour m'essuyer le visage, et laisse le soin à Plum de les surveiller pendant que je vais répondre. Ouvrant, je suis surprise par la personne qui me fait face.

— Matt !? Que fais-tu ici ?

— C'est une gentille façon de m'accueillir ! ricane-t-il, je suis venu chercher nos devoirs pour demain.

— Franchement, de un : tu tombes mal et de deux : tu ne sais pas du tout mentir !

— Ça se voit tant que ça ?

J'émets un rire moqueur tout en secouant la tête de gauche à droite.

— Je peux entrer ?

Je lui confirme et me pousse pour le laisser passer.

— Ça m'embêterait de devoir te laisser dans cet état, princesse, m'avoue-t-il en frottant le bout de mon nez avec son doigt, m'enlevant la farine qui est restée collée. Voilà! Tout est réglé.

— Merci, Matt. Mais je suis sincère quand je te dis que ce n'est pas le moment. C'est l'anniversaire de ma petite sœur, Maïna. Tu es donc le seul homme de la maison en ce moment parmi dix petites princesses et deux marraines la bonne fée!

— Oh, et bien, qu'attendez-vous pour me présenter, Ma Reine, insiste-t-il bien sur la séparation du mot pour que je comprenne le sens. J'ai hâte de rencontrer la plus jolie des princesses de l'année!

— Je crois que tu vas vite le regretter, le préviens-je en entendant les cris qui proviennent de la cour.

J'agrippe son bras et le tire dehors. Plum est surprise de le voir ici mais lui fait signe pour lui dire bonjour de loin. Il lui répond du même geste et me chuchote qu'il se doutait que c'était elle, la deuxième marraine de la fête. J'interpelle les filles pour qu'elles viennent autour de nous pour leur parler.

— Les filles, voici un ami. Il s'appelle Matt et je souhaiterais que vous lui fassiez un accueil digne de la cour royale, c'est possible?

— Oui! répondent-elles en chœur, dans une courbette, puis elles se jettent sur lui pour le chatouiller.

Matt est tellement étonné qu'il en tombe à la renverse.

— J'abandonne! Vous avez gagné! s'avoue-t-il vaincu après s'être débattu sans force pour ne pas les blesser.

Ce qui les rend heureuses en sautant à cœur joie. Les invitées repartent sur les jeux quand ma sœur s'approche de lui pour lui demander :

— Matt, c'est toi l'amoureux de Las-Ly ?

Oui, tu l'es ou pas ? Je veux savoir moi !

— Pourquoi cette question ? lui demande-t-il pour comprendre le fond de sa pensée.

— Je te trouve très gentil et je t'aime bien, tu es rigolo.

— Alors ce sera un secret entre nous, si tu es d'accord ?

Elle secoue la tête et il lui parle à l'oreille. Je serais presque jalouse de Maïna, elle va quand même connaître la réponse avant moi, quoi !

Quand il a fini, elle le serre dans ses bras et lui fait un bisou sur la joue.

— Ah ! J'allais oublier, j'ai quelque chose pour toi, Maïna.

Il sort un petit cadeau de sa poche arrière et le lui tend. Elle l'ouvre et découvre un très joli bracelet, où diverses breloques pendent.

— Merci, il est trop beau, c'est un comme j'ai voulu toute ma vie ! émet-elle en entourant son cou.

Elle lui fait un autre bisou et rejoint ses copines. Mattiew revient vers moi, un sourire pendu aux lèvres.

— Comment as-tu su ? le questionné-je aussitôt.

— Je te l'ai dit, j'ai mes sources.

— Donc, ta visite était préméditée ?

Il me tire par mon débardeur pour me rapprocher de lui, en me faisant un clin d'œil.

— Et si on parlait de choses plus sérieuses ?

— Et de quoi ? Car là, je suis plutôt occupée, comme tu peux le voir.

— Plum ! interpelle-t-il soudainement ma copine, tu peux les gérer quelques instants ?

Elle lève le pouce vers le haut pour lui dire que c'est bon et il m'emmène vers le fond de la cour pour s'éloigner des filles. Debout face à lui, il caresse ma joue de son pouce puis m'embrasse à pleine bouche. Je le laisse faire timidement avant de lui rendre son baiser.

— Tu veux être mon amoureuse ? me demande-t-il après avoir relâché mes lèvres.

Ce qui me fait rire niaisement. Je secoue la tête de haut en bas puis l'embrasse à nouveau.

— Je n'ai pas entendu, Princesse, me questionne-t-il encore une fois.

— Oui, je veux bien devenir ton amoureuse, répété-je ses mots, joyeuse.

C'est mon amoureux ! C'est mon amoureux !

Oh mon Dieu ! Vite, vite, que l'on me ramène un seau d'eau froide et tout de suite !

Quoi ? Oui, je sais ! C'est cliché, mais je m'en moque éperdument. Je le voulais, et ça y est ! Ah ! Merci Matt d'être prêt à t'engager avec moi.

Les filles finissent de taper la piñata, ce qui me sort de mes pensées, et c'est Maïna qui l'explose. La pluie de bonbons la rend joyeuse.

Après un dernier jeu, celui du renard, les parents arrivent pour reprendre les enfants qui sont heureux de cet après-midi majestueux. Je crois que nous avons réussi à leur faire passer une journée comme elles en rêvaient. Enfin surtout pour Maïna.

Je la revois les yeux remplis de larmes lorsque j'ai apporté le gâteau que je lui avais préparé. Les mains enlacées devant sa bouche, elle retenait son souffle quand je l'ai déposé sur la table, c'était trop mignon à voir. J'étais aussi émue qu'elle et qu'il lui plaise m'a fait un bien fou. Je lui avais promis un anniversaire princier et j'ai tenu ma promesse.

— Les filles, je suis rentrée! crie ma mère à tue-tête en passant la porte d'entrée.

Maïna court vers elle, je les rejoins en restant devant la baie vitrée et la vois lui sauter dans les bras.

— Maman! Las-Ly m'a fait une fête de Noël merveilleuse! dit-elle joyeusement.

— D'anniversaire, ma chérie, la reprend notre mère.

— Euh oui, d'anniversaire. Avec Plum et son copain, on s'est bien amusés surtout quand il nous a fait tourner dans les airs!

— Son copain? Je n'étais pas au courant qu'il devait y avoir quelqu'un d'autre que Plum, aujourd'hui. Ly-Las! m'appelle-t-elle.

Jetant un coup d'œil vers Matt qui finit de ranger dans la maison de jardin, les bancs et la table que nous avons sortis pour le goûter, je rejoins rapidement ma mère dans la cuisine accompagnée de mon amie.

— Bonjour, Madame Pink, lui lance Plum en allant lui faire la bise.

— Bonjour Plum, ta maman va bien ?

— Oh, oui ! Sa grippe est passée, et cela se voit, elle me crie de nouveau après quand je ne range pas mes affaires ! ironise-t-elle de la situation.

— C'est bon à entendre, tu ne trouves pas ?

— Pas pour moi. J'ai les tympans qui vont exploser ! ricane-t-elle.

Ma mère sourit à son tour. Matt nous rejoint à ce moment-là, s'approche de moi et m'embrasse sur la tête. Il me susurre à l'oreille qu'il a tout rangé à sa place et refermé la porte avec le cadenas.

— Maman, je te présente Mattiew, c'est un copain de classe.

— Bonjour, madame Pink, salue-t-il ma mère, en lui tendant la main.

Elle lui répond par le même geste.

— Bonjour Mattiew, enchantée de faire ta connaissance. Bon, les enfants, je crois que c'est l'heure de rentrer, il y a école demain.

— Oui, je me disais pareil, lance Plum sur le qui-vive.

— Moi aussi, renchérit Matt.

Je les raccompagne à la porte d'entrée, lorsque Maïna tire mon Roméo par sa manche.

— Tu pars sans me dire au revoir?

— Excuse-moi, petite princesse, je ne t'avais pas vue.

Il se met accroupi, Maïna se jette dans ses bras pour l'enlacer.

— On se verra bientôt? le questionne-t-elle.

— Promis, petite princesse!

Matt lui fait un bisou sur la joue, elle attrape sa main et fait avec lui, NOTRE jeu de main secret.

J'avoue que là, je suis jalouse! *C'est notre jeu de main à elle et moi!*

Matt et Plum sortent, je les accompagne dehors en refermant la porte derrière moi. J'enlace Plum et la remercie pour son aide, elle fait un signe de la main puis s'en va prendre le bus.

— Attends Plum! Tu veux que je te dépose? lui demande mon Roméo en me regardant.

— Bah, euh... je ne sais pas, tu en penses quoi, Ly-Las?

Quittant le regard de Matt, je me tourne vers ma copine.

— Oui, pas de souci pour moi, Plum, ne t'inquiète pas.

— O.K., alors, ce sera avec plaisir!

Matt expire, part puis revient sur ses pas. Il attrape la ceinture de mon pantalon d'une main, agrippe ma tête de l'autre et m'embrasse. Sa langue roule autour de la mienne, mes entrailles se tordent dans tous les sens à ce baiser sauvage. Lorsqu'il me relâche, je suis étourdie et j'ai chaud. Mais malgré ça, mon sourire ne se détache pas de mes lèvres.

— Merci pour cet adorable après-midi, Princesse !

— Merci à toi d'être venu, même si je ne m'y attendais pas.

Rejoignant mon amie qui l'attend un peu plus loin, ils se dirigent enfin vers la voiture où ils montent aussi vite. Je leur fais signe et rentre auprès de ma mère quand le véhicule n'est plus dans mon champ de vision.

Maman range les courses en ronchonnant parce que rien n'est à sa place, je m'assois sur le tabouret de bar de cuisine en expirant, fatiguée.

— Je suis épuisée ! Nous avons passé une journée de folie !

Elle ne répond pas.

— Un copain de classe, tu dis... Tu es sûre ? Il m'a l'air proche de toi, change-t-elle complètement de sujet.

— Maman ! éructé-je, méchamment.

— Quoi ? J'ai quand même le droit de poser des questions à ma petite fille, mineure !

— Tu me fais la morale, alors que toi et papa avez dix ans d'écart ! T'es gonflée quand même... Sache qu'il a le même âge que moi !

— Et tous ces tatouages, que c'est horrible !

— Eh bien, moi, j'aime ses tatouages et j'ai même décidé de m'en faire un quand j'aurai mes dix-huit ans ! lui claqué-je en pleine face avant de lui tourner le dos et d'aller dans ma chambre.

Elle commence déjà à me faire des reproches sur lui alors qu'elle l'a vu à peine deux minutes. Non, mais c'est quoi qui ne tourne pas rond chez elle? Quoi qu'il en soit, elle n'est pas près de m'éloigner de lui. Comme on dit, on ne choisit pas sa famille, mais si pour ses amis! Et je compte bien le choisir lui!

ACTE 9

Sur la route du lycée, Plum me parle. Sans trop de conviction, je lui réponds par des hochements de tête. Mes pensées sont tournées sur ce qu'il y a eu la semaine dernière avec ma mère. Avant de me coucher, nous avons eu une discussion et elle ne veut pas que je fréquente Matt... D'après elle, il n'est pas fait pour moi parce qu'elle le trouve trop bizarre et ses tatouages lui font peur... Non, mais allo quoi ! Moi, j'aime ce qu'il est, ce qu'il me fait être : moi-même et j'aime être avec lui, tout simplement. Cela fait déjà sept jours que je garde tout ça pour moi et je n'y arrive plus, j'ai besoin d'extérioriser. J'avais déjà mal au cœur de savoir que mon frère ne l'appréciait pas, et apprendre que les sentiments de ma mère rejoignent ceux de Jack, me chamboule encore plus.

— Hé, ho ! Tu m'écoutes un peu ? lâche Plum en me voyant dans la lune.

— Excuse-moi, Plum, j'étais dans mes pensées.

— Tu vas me dire ce qui se passe à la fin ?

M'asseyant sur le banc en arrivant dans le parc du centre-ville, je commence à lâcher quelques larmes. Plum entoure d'un bras mes épaules et m'attire contre elle.

— Ly-Las, tu me fais peur! Parle-moi, je t'en prie, que se passe-t-il?

— Je vais finir par devenir folle. D'abord Jack, ensuite ma mère qui se met contre mes choix et maintenant, mes fréquentations... Elle déteste Matt!

— Quoi? En l'ayant vu si peu? Même mes parents m'ont dit qu'il avait l'air sympa!

— Tes parents l'ont vu?

— Oui, mon père fumait sa cigarette dehors lorsqu'il m'a déposée, et il l'a remercié. Il a même cru que c'était mon petit copain, non mais genre! T'imagine! Ce n'est pas du tout mon style de garçon. Attention… je ne dis pas qu'il n'est pas canon, mais ce n'est pas mon genre! bredouille-t-elle pour ne pas me vexer.

— J'ai compris! réponds-je plus sèchement que je ne le souhaite. Excuse-moi.

J'essuie mes yeux du revers de ma manche.

— Ça fait du bien d'en parler. Merci Plum. J'aimerais tant avoir tes parents!

— Tout va s'arranger, tu vas voir. Il faut leur laisser du temps.

Je voudrais bien être d'accord avec elle, mais avec la famille Pink, soit tu marches droit comme on te l'ordonne, soit on t'évince de la famille à tout jamais.

***

Dans ma chambre, allongée sur mon lit, je rêvasse à ce que Matt et moi avons fait la semaine dernière. Nous sommes partis dans un parc d'attractions où nous avons passé une journée sublime et merveilleuse! Le souci, c'est que ma mère ne le sait pas. J'ai dû le lui cacher vu qu'elle ne conçoit pas notre relation et je me sens mal pour cela. Comment vais-je pouvoir avancer avec lui s'il faut que je cache ce genre de chose? C'est trop difficile d'être une fille!

Mes pensées sont interrompues par mon téléphone. Je l'attrape et regarde l'écran.

De Matt à Ly-Las:

« Rendez-vous 18 H au cinéma? »

Le SMS de Matt me fait plaisir à lire. Je ne l'ai pas vu depuis plusieurs jours et je commençais à dépérir à cause des copains de mon frère qui me cassent toujours autant les pieds. Un sourire dessiné sur mes lèvres, je lui réponds.

De Ly-Las à Matt:

« Avec grand plaisir. Tu m'as manqué, Roméo. »

De Matt à Ly-Las:

« Toi aussi, Juliette. »

De Matt à Ly-Las:

« Bon, tout compte fait, soit prête pour 15 h, nous irons nous promener un peu avant. »

De Ly-Las à Matt:

« Je t'attends impatiemment. »

Filant à toute vitesse dans la salle de bain de l'étage, je prends une douche rapidement puis lisse mes cheveux. Une fois habillée, je m'observe devant le miroir. Un dernier coup de rouge à lèvres rouge déesse et je descends les escaliers. Ma mère m'interpelle au même moment et j'en profite pour lui demander de l'argent.

— Et c'est pour faire quoi, jeune fille ?

— Le cinéma, les copines m'y rejoignent.

— Les filles ? Tu en es sûre ?

— Ouais...

— Habillée et maquillée de cette façon ?

— Tu n'en pas assez de toujours me critiquer ces derniers temps, maman ? J'ai l'impression que tu adores ça en plus. C'est seulement un legging et un top classique.

— Bien trop sexy à mon goût, en tout cas.

Ne répondant rien, ma mère expire longuement puis rend les armes. Elle fouille dans son sac et en sort un billet de vingt dollars.

— Et ne fais pas de bêtises ! me lance-t-elle en me tendant l'argent.

— Promis, c'est balade, cinéma et manger un truc vite fait à la caravane, rien d'autre !

— O.K., tu as ton téléphone avec toi ?

— Oui, maman ! lancé-je exaspérée qu'elle me couve autant.

Elle m'embrasse sur la joue, mais je la repousse gentiment pour partir, en lui faisant croire que je suis pressée. Marchant en direction de la rue, je vois une voiture ralentir devant la maison, je me dépêche en reconnaissant celle de Matt et le rejoins un peu plus loin, un sourire dessiné sur mes lèvres. Mon regard croise celui de mon Roméo dans le rétroviseur intérieur et je suis encore plus pressée de le retrouver. J'ouvre la portière pour m'installer à ses côtés.

— Bonjour toi! lui émis-je dans un sourire sans lâcher ses yeux.

— Bonjour vous.

Il se penche vers moi, me réclamant un baiser. Je caresse aussitôt ses lèvres et mon cœur bat comme un fou. Ses baisers sont délicieux, sensuels et me coupent le souffle. Je ne suis plus qu'une pauvre poupée sans âme devant cet apollon. Lorsqu'il relâche ma bouche, je reprends contenance.

— Tu ferais mieux d'y aller avant que ma mère ne sorte vérifier avec qui je traîne, lui dis-je un peu honteuse.

Il pince ses lèvres puis enclenche la première.

— Et je suis qui aujourd'hui? me demande-t-il tout à coup.

— Les copines.

— Toutes en même temps?

Je lève la tête en lui répondant oui.

— Je vais avoir un énorme boulot pour réussir à te satisfaire, alors!

— Nan, je le suis déjà, rien qu'à être avec toi, dis-je en posant ma main sur la sienne qui tient le levier de vitesse.

Il les ramène vers ses lèvres pour embrasser le dos.

— Je ne te mérite pas.

— Moi non plus dans ce cas, lui réponds-je en le lâchant par peur qu'il remarque que je tremble à ses aveux.

Cette même main se pose sur ma nuque et approche mon visage du sien, me volant un baiser au passage.

— J'adore te voir dans cet état, Princesse, me susurre-t-il.

Cette phrase me faisant rougir encore plus que je ne le suis déjà, je le repousse de la main pour qu'il cesse de dire des âneries.

Ma tête posée contre la vitre, je l'observe. Il est concentré sur la route et ne s'aperçoit pas de mon regard insistant sur lui. Je le trouve merveilleux, beau, séduisant. Un garçon comme j'en rêvais secrètement.

Il s'arrête à un stop, pivote son visage vers moi et je lui souris.

— Qu'a ma Juliette préférée ? me demande-t-il en voyant ma tête.

— Rien de grave. J'espère seulement ne pas tomber sur l'un des potes de mon frère ou tout simplement sur lui.

— Là où je t'emmène, ça ne devrait pas.

— Ah, et où me conduis-tu ?

— C'est une surprise.

— Hum ! Venant de toi, je devrais me méfier alors.

— Ah bon! T'ai-je déjà déçu? Je sais très bien que non et ne me dis pas le contraire, parce que tu ne m'en as jamais donné l'impression.

Je retiens un sourire, il se penche vers moi et m'embrasse à nouveau. Le conducteur de derrière nous klaxonne, le feu est passé au vert et nous ne l'avons pas remarqué. Matt lui fait un doigt d'honneur par la fenêtre puis redémarre.

— Tu es vraiment fou! dis-je dans un fou-rire.

Il sourit, me dévoilant ainsi la fossette sur le coin de sa bouche. Je craque complètement face à son expression.

— Fou de toi, oui!

Le moteur coupé, je descends de la voiture. Matt en fait autant, ferme sa porte et me rejoint. Je m'écarte du véhicule pour avancer mais mon Roméo me retient en me tirant contre la carrosserie. Lui devant moi, ses mains sur mes hanches, il m'embrasse d'un baiser ravageur.

— Tu as faim? me demande-t-il à peine mes lèvres libres.

Je fais non de la tête.

— Pas pour le moment, lui précisé-je.

— O.K.

Ses lèvres se posent à nouveau sur les miennes et je me laisse à nouveau porter par cette douceur.

Garé devant l'Auberge du Gourou, Matt attrape ma main et me tire vers la forêt de Morval. Nous nous promenons, doigts enlacés, tranquillement, et cela me rappelle notre première sortie. Sauf que cette fois, il m'appartient.

Face à un tronc d'arbre couché au sol, nous nous asseyons dessus à califourchon, l'un face à l'autre.

— Où es-tu prête à aller avec moi, Ly-Las? me demande-t-il tout à coup.

— Pourquoi cette question? demandé-je, voulant savoir exactement où il veut en venir.

— Comme ça. Avec moi, tu cours à une relation... compliquée.

— Bienvenue au club, alors. Tu as bien remarqué qu'avec mes parents, ça l'est déjà de mon côté.

Un léger rictus se dessine sur ses lèvres lorsqu'il passe sa main dans ses cheveux pour les repousser vers l'arrière. Je sens qu'une chose le tracasse. Pensant à sa question, je lui réponds sans plus attendre.

— J'irai où tu veux m'emmener, Matt. J'aime être avec toi, tu le sais, je te l'ai déjà dit.

Il attrape mes jambes, les passe au-dessus de ses cuisses et me tire contre lui.

— Où je veux, tu en es sûre? m'interroge-t-il à nouveau.

Mon regard dans le sien, je passe mes mains autour de son visage.

— Quelle satisfaction peux-tu obtenir de ma confirmation?

— L'échange de notre amour interdit par notre entourage. Il retire mes mains de sa face et les garde dans les siennes.

En expirant longuement il ajoute : tu n'es pas une fille pour moi, Ly-Las.

— Je sais, tu ne cesses de me le répéter, Matt. Mais tu n'as pas à choisir pour moi, ça aussi, je ne cesse de te le d !

— J'ai peur de te blesser si nous allons plus loin, m'avoue-t-il enfin.

— J'ai peur de ça aussi, lui réponds-je du tac au tac, mais c'est ça vivre... Il faut savoir prendre des risques, Matt.

En fermant les yeux, j'inspire puis expire avant de lui avouer ce que je ressens.

— J'ai du mal à te sonder, Matt. Je ne réussis pas à savoir si oui ou non, tu me dis la vérité, mais mon amour, je te l'ai donné bien avant que tu me l'aies demandé. Et tu le sais !

Il pince sa lèvre inférieure et je fonds. J'attrape sa bouche et l'embrasse fougueusement. Sa respiration mêlée au rythme de la mienne m'étourdit, ses mains caressent mes cuisses, remontent sur mes flancs, mon dos, lorsque nous sommes interrompus par une voix.

— Matt ? Le Mattiew White ! Tiens, tiens, tu es donc vraiment de retour !

Je sursaute à la voix qui résonne soudainement. Comment une personne que lui connaît, peut-elle nous tomber dessus par hasard, alors qu'il m'avait expressément dit que là où nous allions, nous ne devrions rencontrer personne de notre entourage ? Sommes-nous suivis ?

Sa question me choque : Comment ça de retour ?

— C'est qui ? lui demandé-je discrètement.

— Personne, me rétorque-t-il méchamment.

Mon cœur se serre au ton qu'il emploie. Pourquoi être aussi agressif envers moi, après tout, je n'y suis pour rien.

J'ouvre la bouche pour qu'il m'explique pourquoi l'utilisation du mot «de retour», mais Matt m'en empêche un doigt levé vers moi.

Ce gars s'avance vers nous les mains dans les poches. Une fois en face, il le nargue.

— Elle est jolie ta copine, c'est ta nouvelle conquête ou je peux tenter ma chance?

— Bas les pattes! Tu la touches, t'es un homme mort! lui répond-il en grognant.

Matt me fait passer discrètement derrière lui pour m'éloigner de ce type. Je sens qu'il est mal à l'aise, pourquoi? Et qui est-il pour qu'il se méfie de lui de cette façon. Étant aussi stressée que lui, parce que ce gars s'intéresse soudainement à moi, je lui demande de partir.

— Matt, viens, on y va. On va être en retard.

— Où allez-vous comme ça? s'intéresse tout à coup ce gars.

— Ça ne te regarde pas, répond mon Roméo sans le quitter des yeux.

Je tire Matt par la main afin de partir, mais il a du mal à bouger. Y mettant toutes mes forces, je réussis enfin à le faire reculer de trois pas.

— Écoute ta copine, cela serait risqué pour toi de tenter quoi que ce soit.

Mon Roméo s'avance vers lui, mais je le retiens.

— Laisse-le, il n'en vaut pas la peine! émis-je tout à coup pour qu'il ne fasse pas de connerie.

Matt dévie son visage vers moi, son regard s'est tout à coup assombri et il me dévisage la mâchoire crispée. Je le supplie des yeux de partir quand son expression s'adoucit soudainement en voyant que je suis apeurée.

Attrapant soudainement ma main, il me tire enfin en direction de la voiture quand ce gars se met à crier.

— On te surveille Matt! Maintenant que l'on sait où te trouver ou qui trouver pour te voir, tu n'es plus tiré d'affaire!

Il s'arrête et se retourne vers lui, je sais qu'il se retient de lui balancer un truc, parce son visage est fermé.

Sans rien ajouter, il se retourne et se remet en route. Je sens les tensions de son corps ressortir à la pression de sa poigne autour de mon bras. Je lui dirai bien qu'il me fait mal, mais n'en fais rien. Que voulait donc dire ce garçon? Une chose est sûre, ça ne me dit rien qui vaille.

En arrivant devant la voiture, Matt me relâche et m'ordonne de monter. J'obéis instinctivement sans chercher à comprendre. Il démarre et file aussi vite sur la route, le pied lourd sur l'accélérateur. Paniquée par la vitesse malgré la route étroite, je lui demande de ralentir, mais il ne réagit pas.

— Matt, ralentis, je ne veux pas finir dans un fossé!... Matt!! crié-je à bout de souffle.

— Si je ralentis, c'est pour retrouver ce mec et lui faire la peau pour avoir osé poser les yeux sur toi! me prévint-il de son intention.

— On est dans un pays libre, tu ne pourras jamais interdire qui que ce soit de le faire!

Il freine brusquement, la voiture se déporte et s'arrête enfin sur le bas-côté. Encore heureux que nous soyons seuls au milieu de nulle part en cet après-midi, sinon, c'est sûr que nous aurions fini dans le fossé.

— Tu es fou! hurlé-je sur lui à cause de la peur qui m'envahit soudain.

— Tu ne comprends rien à ce qui se passe, Ly-Las! crache-t-il, les larmes aux yeux.

— Eh bien, explique-moi! crié-je dessus de la même façon.

Il me regarde sans rien dire, les yeux brillant des larmes qu'il retient. J'essaie d'attraper sa main, mais il m'en empêche et cela me fait mal. Détachant sa ceinture, il sort de la voiture en vitesse et part s'accroupir sur le bas-côté de la route. En faisant de même, je le rejoins. Me baissant vers lui dans son dos, j'entoure son cou de mes bras et lui chuchote à l'oreille:

— Parle-moi, Matt, je t'en prie.

— C'est impossible, Ly-Las. Mais si tu voulais connaître l'enfer, tu finiras par le découvrir si tu restes avec moi.

Faisant le tour pour lui faire face, je me mets à genoux devant lui, il entoure ma taille de ses bras. Je tiens en coupe sa tête.

— Je préfère vivre l'enfer à l'infini avec toi que de vivre à tout jamais sans toi. Pire, vivre peu de temps en t'ayant connu, que vivre longtemps sans t'avoir connu.

Sa tête plonge contre ma poitrine et je pose mes lèvres sur ses cheveux pour l'apaiser. Il ne pleure pas, mais je sais par sa façon d'agir qu'il est inquiet, me mettant dans le même état. Que me cache-t-il ?

Sa bouche remonte dans mon cou où il inspire profondément puis ses lèvres se posent sur ma peau, me faisant frissonner.

— Oh mon Dieu, Matt ! bredouillé-je sans le vouloir ses quelques mots à cause des sentiments qui m'emportent.

— Je ne suis pas un gars pour toi, Ly-Las, me répète-t-il.

— Ne choisis pas pour moi, tu n'en as pas le droit !

Ses baisers montent vers mon visage et ses lèvres emprisonnent les miennes, sensuellement. Mon cœur palpite comme un fou, des frissons s'emparent de mon corps et j'ai du mal à respirer, tellement je suis surprise par ce qu'il me fait ressentir.

Il relâche mes lèvres lentement, la passion de notre baiser me possède tellement que j'en tremble.

— Que se passe-t-il, Ly-Las ?

— J'ai peur, Matt.

— De quoi ?

Je ne réponds pas. Il caresse ma joue avec douceur.

— N'aie pas peur de moi, Ly-Las, je sais que je peux être très con, mais je ne te ferai jamais de mal volontairement, m'avoue-t-il enfin.

Posant ses genoux au sol, il tire mon corps vers lui et continue ses baisers. Je ne tiens plus en équilibre que par l'appui que ma poitrine effectue sur son torse. Ses mains caressent mon dos puis se posent sur mes hanches pour me soutenir. Les miennes fourragent dans ses cheveux, les malmènent ce qui rend notre baiser plus torride.

Il me porte contre son corps, mes jambes autour de sa taille et se lève. S'avançant vers la voiture, il ouvre la porte arrière sans lâcher ma bouche, et nous allonge sur la banquette.

Les sentiments prennent toujours d'assaut notre cœur sans qu'on s'y attende.

15/11/2017

Salut mon journal,

Avec Matt, nous avons passé l'après-midi dans sa voiture à nous embrasser, nous câliner. Nous avons oublié la séance de cinéma et sans arrière-pensées, j'ai préféré ça. Rien que nous, en tête à tête. C'était formidable.

Je l'aime d'un amour interdit.

Je l'aime d'un amour infini.

Mais j'ai mal.

J'ai mal de lui.

De cet amour qui nous unit.

Je sais qu'il me cache une chose essentielle, et j'ai peur que cela nous sépare. Mais je ferai tout pour qu'il me parle quoiqu'il en coûte.

ACTE 10

En sortant du cours de maths, je quitte Plum et me dirige vers l'atelier théâtre. Aujourd'hui, je n'ai pas le droit d'être en retard. Nous allons enfin travailler nos représentations en duo après tous ces entraînements en solo.

Je rentre dans la classe et m'installe à une table. Madame Scrugge arrive à grandes enjambées en nous demandant de nous taire.

— Bonjour à tous, lance-t-elle en posant son sac sur son bureau. Nous allons accueillir un nouvel élève, il ne devrait pas tarder à arriver.

Je souffle sans retenue de devoir attendre avant de pouvoir réellement débuter le cours mais me redresse vite sur ma chaise en voyant qui passe le seuil.

Matt, tout sourire, ne me quitte pas des yeux puis me fait un clin d'œil. Il s'approche de moi et s'assied à mes côtés.

— Avoue que là, ça te fait de l'effet ! lâche-t-il tout à coup en voyant ma tête.

— C'est si visible que ça sur mon visage ?

— Euh... si, pour toi, avoir les yeux ronds comme des billes et la bouche grande ouverte veut dire être surprise, alors oui, trop ! ricane-t-il en me caressant la joue.

— Voilà, nous sommes enfin au complet. Je vous présente Mattiew White et nous pouvons commencer.

La prof écrit sur le tableau le sujet que nous devons travailler et je le recopie sur ma feuille :

«La phrase débutera par «Chut, ne dis plus rien», et finira par «Laisse-moi partir maintenant». Le reste est à votre propre appréciation, longueur, style, selon votre inspiration.»

— Vous formez un groupe de deux et vous vous mettez au travail ! Vous avez trente minutes pour préparer votre texte afin de nous le présenter, nous précise toute à coup Madame Scrugge.

J'ai à peine le temps de tourner la tête vers Matt qu'il prévient déjà les camarades que nous nous mettons ensemble. Je trouve cela mignon, mais arrogant de sa part. Même s'il est vrai que je n'échangerais ma place pour rien au monde.

Mattiew place la première phase et notre récit file, sans trop réfléchir, entre nos doigts. La durée impartie vient de se terminer et nous passons chacun notre tour. C'est enfin à nous de jouer.

— Nous vous écoutons, nous ordonne Madame Scrugge.

Nous prenons notre feuille et lisons en mettant en action notre scène.

Debout devant une cellule imaginaire, je lui lance, un doigt levé en sa direction :

— Chut, ne dis plus rien !

— Je voudrais tant revenir en arrière, Luna… me dit-il la tête baissée.

Les bras croisés devant ma poitrine, je rétorque :

— Pourquoi ? Qu'est-ce que cela changerait ? Je t'ai demandé, je ne sais pas combien de fois, de reprendre ta vie en main, mais tu n'en as jamais rien fait, à part t'enfoncer dans la noirceur de ton âme et me décevoir…

— Luna, je t'en prie, ne me laisse pas. Comment vais-je faire sans toi pour me sortir de là ?

— Cela m'est égal, comprends-le ! Tu aurais dû y penser avant. Je ne peux pas te gérer, et gérer tes soucis sans en pâtir avec ma famille. J'ai des enfants et un mari qui tiennent à moi, Mike.

— Moi aussi je tiens à toi. S'il te plaît, Luna, donne-moi une dernière chance et aide-moi…

— Non. Je ne peux plus rien pour toi, je suis désolée. J'ai trop donné…

Je pars les mains face à mon visage pour essuyer des larmes imaginaires lorsqu'il m'interpelle.

— Tu es tout ce qui me reste dans cette vie de misère. Aies pitié de moi !

Faisant demi-tour, je me place face à lui et le regarde droit dans les yeux.

— Non, Mike, tu es tout ce qui te reste, dans cette vie de merde ! Tu l'as cherché. Tu aurais dû te ranger, quand il en était encore temps.

— Pourquoi être aussi méprisable avec moi ? Pourquoi tu m'évinces de ta vie avec autant de facilité ?

— Tu as fait trop de mal autour de toi et tuer papa et maman a été l'acte de trop.

Il tient les barreaux irréels qui nous séparent dans cette prison.

— Mais... ce n'est pas moi, c'est la malédiction qui est responsable !

— La bonne excuse ! La malédiction s'est servie de ta main pour lancer cette dague sur nos parents adoptifs ? Nous sommes sorciers depuis 150 ans et tu n'as pas su la retenir ? Ne te fiche pas de moi.

Il reste muet et regarde le sol avec tristesse.

— Je suis désolée... dis-je, en reculant.

— Reviens Luna !

— Non ! Tais-toi ! Je ne veux plus rien entendre.

— Luna...

— Laisse-moi partir maintenant !

J'inspire longuement puis expire aussi vite notre scène terminée. J'ai eu la frousse, mais le regard de Matt m'a apaisée.

Madame Scrugge nous félicite et nous annonce la note de notre représentation, soit trois virgule cinq sur cinq. Elle nous précise que nous avons bien joué, mais que le script était trop banal. De mon côté, pour une première, j'accepte sans le moindre remords ma note, sachant que nous avons été que deux groupes à avoir autant.

La fin du cours est proche, elle nous donne nos devoirs pour le prochain.

Thème : La Schizophrénie : Écrire une histoire sur un homme schizophrène, voulant se guérir de la maladie.

Sur ça, je ne vais avoir aucune difficulté, je le suis assez pour trois !

Avançant dans le couloir, Matt passe son bras autour de ma taille et me tire vers lui, marchant à reculons, je me retrouve dos contre le mur. Il câline mon visage de ses doigts, puis embrasse le coin de ma mâchoire en remontant vers la commissure de mes lèvres.

— J'ai eu envie de t'embrasser dès que je suis arrivé.

— Ah ouais, eh bien, qu'est-ce que tu attends ? prononcé-je en entourant son cou.

— Tu veux vraiment savoir ?

Je secoue la tête pour acquiescer.

— Que tu me supplies, tout simplement, énonce-t-il sa bouche face à mon oreille.

Tout en mordillant ma lèvre inférieure, je me jure de ne jamais lui dire ces mots. Ô grand bien jamais !

Posant une main derrière sa tête, je caresse mes lèvres de ma langue en montant sur la pointe des pieds, puis approche ma bouche de la sienne.

— Ça, ce n'est pas près d'arriver! lui chuchoté-je en l'esquivant par-dessous son bras.

Je m'éloigne de lui de plusieurs pas tout en le narguant des yeux, un sourire pendu à mes lèvres.

Plum arrive et m'embarque avec elle en direction de mon cours suivant qui se déroule juste à côté de sa salle. Laissant Matt en plan, en train de mordre l'intérieur de sa joue, je souris et lui lance un baiser papillon puis lâche son regard. En me retournant à nouveau sur lui, il n'est déjà plus là, mon cœur s'emballe. Jouer à ce jeu me fait peur : celle de le perdre.

Mais après tout, c'est lui qui t'a cherchée!

La fin du cours d'Allemand sonne, je rejoins Plum qui m'attend sous le saule pleureur, allongée dans l'herbe depuis une heure dans la cour du lycée.

— Salut Plum, tu sais que la neige ne va pas tarder et que bientôt tu auras froid aux fesses?

— Oui, d'où le fait que je profite de ce bel arbre, même s'il est défeuillé.

— Quel courage! Alors, tu es prête à t'empiffrer de Nachos au cheddar?

— Je donnerai n'importe quoi pour en engloutir encore et encore, mais c'est ma taille qui va faire la tête, exprime-t-elle dans une grimace. Ça t'intéresse d'aller à la boutique du centre commercial voir la nouvelle collection juste après?

— Oui, ça marche, j'ai besoin de m'acheter deux ou trois trucs pour me relaxer de cette journée. Je suis stressée, je n'ai pas revu Matt depuis l'intercours de dix heures et j'ai peur...

— Ne t'inquiète pas pour lui, il sait se défendre tout seul, va! me dit-elle en me coupant la parole.

Je souris malgré moi à sa réflexion et expire longuement. Je ne me préoccupe pas de cela, mais plutôt de «nous». Enfin! Nous prenons le bus jusqu'au restaurant Nach'Box. Nous allons nous régaler, ça c'est certain. J'en rêve depuis un bail!

Après deux assiettes de Nachos vidées, un milk-shake à la banane aspiré et un muffin aux myrtilles dans le gosier, nous nous dirigeons vers ce magasin le ventre repu.

— Nous n'aurions jamais dû manger autant, je ne vais rentrer dans aucun vêtement... souffle Plum, découragée d'avance.

— Ne dis pas de sottises! Et pense à toute cette marche qui nous attend, on aura au moins éliminé les trois quarts des calories!

— Tu as pensé à celles restantes?

— Tu n'auras qu'à rentrer le ventre, lui réponds-je dans un clin d'œil, taquine.

Elle sourit en me bousculant de la hanche.

— T'es bête quand tu t'y mets, dit-elle dans un large sourire.

— Je sais, mais c'est pour ça que tu m'aimes, non?

Je la surprends à lever les yeux au ciel. Et, oh mon Dieu, si Monsieur Grey était là, elle aurait mal aux fesses !

Enfin arrivées devant la devanture, je pousse la porte et nous y entrons, ressourcées et comblées.

Deux robes en mains et trois hauts dans les bras, nous nous dirigeons vers la cabine d'essayage. Plum se poste devant, le temps que j'enfile mes vêtements. Après une robe un peu trop large, deux tops trop petits, le reste passe parfaitement. J'interpelle mon amie pour qu'elle me dise ce qu'elle pense de cette dernière robe.

— Plum ! J'ai besoin de ton avis ! crié-je à travers la porte de la cabine d'essayage.

Sans donner de réponse, la porte s'entrouvre et une tout autre tête que celle à qui je m'attendais, se montre.

— Aaron ! Casse-toi d'ici ! Qu'est-ce que tu fous ? hurlé-je après lui.

— Arrête de jouer la sainte nitouche, Ly-Las, je sais que tu n'attends que ça ! se permet-il de me dire, comme si c'était vrai.

— Non, mais t'es complètement fou. Sors d'ici !

Alors que je tente de le repousser, je marche sur l'une de mes chaussures et manque de tomber. Aaron me rattrape, ses mains autour de ma taille et en profite pour me retourner, dos à lui, en imposant sa paume contre mes lèvres pour m'empêcher de crier mon refus. Sa bouche contre mon oreille, il se met à chuchoter.

— Maintenant, tu vas faire ce que je te dis !

Mon cœur s'emballe de me retrouver sans défense avec lui, ici. Il pue l'alcool et rien qu'à cette odeur, je comprends qu'il est bourré, beaucoup plus qu'il ne l'a déjà été.

Mordant dans sa paume de toutes mes forces pour qu'il retire sa main, il ne lâche pas sa prise et me plaque, au contraire, de toutes ses forces contre la porte de la cabine.

— Tu te rappelles quand je t'ai dit que j'allais t'avoir et bien je crois que ce jour est arrivé...

Il me balance contre le mur parallèle à la porte, où ma tête cogne un peu trop fort au passage, j'ai la vue qui se brouille, et j'ai du mal à bouger. Aaron bloque mes mains dans mon dos, je ne peux plus rien faire, trop bloquée par ma position et étourdie par le coup reçu au front. Il passe une main le long de ma jambe, relève ma robe et la remonte vers mon entrejambe. J'essaie de lui lancer un «arrête» mal articulé, mais il continue sa traversée.

Soudain, la porte s'ouvre, mon tortionnaire me lâche, je tombe au sol, sur les fesses. Ma vision reprend doucement et je vois Aaron se faire tabasser à coups de pied et coups de poing. Plum entre dans la cabine en refermant derrière elle et s'accroupit.

— Ça va ? me demande-t-elle.

Je lui réponds oui d'un signe de la tête. Elle m'ordonne de me lever et de me changer, ce que je fais avec son aide. Je sors de la pièce accrochée à son épaule quand je vois Matt mettre un dernier coup de poing à Aaron avant de se redresser vers moi pour attraper mon bras. Je recule lorsque j'aperçois du sang sur sa joue qui, je suppose, ne lui appartient pas, vu qu'il n'a aucune coupure au visage.

— C'est moi, princesse, viens !

Mon cœur bat trop rapidement dans ma poitrine. Son expression sévère et ses yeux remplis de haine me font peur. Je ne l'ai jamais vu dans cet état et soudainement, je réfléchis sur ce nous. Était-ce réellement une bonne idée ? Après tout, il m'avait prévenue qu'il n'était pas un gars pour moi...

Plum me tire avec elle vers la sortie lorsqu'elle voit les gardes du magasin arriver vers nous. Sans songer à la situation, une fois arrivés sur le parking, nous montons dans la voiture de Matt qui démarre en trombe. Il se gare sur l'avenue du 45e Street aussi muet qu'en partant du centre commercial. Je descends immédiatement du véhicule et Matt me suit alors que Plum reste assise sur le siège arrière pour nous laisser seuls. Mattiew s'approche de moi, son regard enclin à la souffrance, mais au visage adouci.

— Je suis désolée Ly-Las, je ne voulais pas que tu me voies comme ça... bredouille Matt.

— Mais qu'est-ce qui t'as pris de le tabasser comme ça, à la fin ! lui hurlé-je pratiquement dessus.

— Tu oses me le demander après ce qu'il a tenté de te faire ? rétorque-t-il choqué par ma question. Si je n'étais pas intervenu, il t'aurait sans doute violé !

Je ne réponds rien parce qu'il a raison, mais il m'a fait une peur bleue. Mais et si un jour je me retrouvais à la place d'Aaron ?

— Comment as-tu su que j'étais ici et ce qui se tramait ?

— C'est moi..., lâche Plum à travers la fenêtre de la voiture. J'ai essayé de te prévenir, mais les potes d'Aaron n'ont pas voulu me laisser faire et en prime, ils m'ont volé mon portable... Alors quand je suis partie chercher un vigile, j'ai vu Matt à la place et j'ai couru vers lui pour l'avertir qu'Aaron s'était enfermé dans la cabine avec toi, pour qu'il vienne t'aider.

— Que faisais-tu là-bas ? Tu nous suivais ? dis-je aussi vite après Matt sans prêter plus attention à ce que vient de me dire Plum.

— Non ! se justifie-t-il. J'y ai déposé un ami, rien de plus.

Matt se rapproche de moi, mais je le lui interdis.

— Non, Matt, tu me fais peur ! J'ai peur… de toi.

— Ne dis pas ça, s'il te plaît. Ne me rejette pas parce que je t'ai protégée. Je te promets que tu n'as aucune crainte à avoir de moi ! me déblatère-t-il sans reprendre son souffle, quasiment en me suppliant.

Ayant besoin de réfléchir, je m'éloigne de lui. Je ne dois pas le laisser me toucher, si mon corps entre en contact avec le sien, je serai perdue, c'est sûr !

Un mal de tête carabiné me prend et une douleur aiguë surgit au niveau de ma bosse. *Comment vais-je expliquer ça à mes parents ?*

Respirant difficilement, je me penche en avant, les mains sur mes genoux pour reprendre mon souffle.

Inspire ! Expire !

— Ma puce...

— Non, Matt ! dis-je, les larmes coulant le long des joues. Laisse-moi me reprendre.

Il déglutit avec difficulté et j'ai mal de le voir ainsi.

— S'il te plaît, Ly-Las, ne me repousse pas.

Lui tournant le dos, je pleure, une main devant ma bouche pour ne pas qu'il l'entende. J'ai eu la frousse de ma vie et je ne sais pas comment réagir face à cette situation. Entre la peur de ce que je viens de subir avec Aaron et avoir vu Mattiew dans cet état, mon cerveau ne tourne plus rond. Je voudrais partir loin de lui et réfléchir.

— Je suis désolée, Matt, mais on en peut pas con...

— Non, Ly-Las, je te demande de ne pas finir ta phrase !

— Pourquoi ? crié-je en me retournant pour lui faire face.

Il s'avance vers moi trop rapidement pour que je puisse réagir, attrape mes poignets et me tire contre son torse. Son regard dans le mien, je tremble du feu qui illumine le sien.

— Quatre lettres Ly-Las : B.I.L.Y., énonce-t-il en posant sa main sur le bas de mon dos.

— B.I.L.Y. ?

— Because I Love You, Ly-Las, me chuchote-t-il sa bouche posée sur ma tempe.

Des frissons remontent le long de mon échine et mon cœur s'emballe. Le «B.I.L.Y.» dissipe toutes mes peurs et je me redresse vers lui. Mon regard dans le bleu océan du sien me fait perdre la tête. Sa mâchoire carrée bien dessinée et son grain de peau doux m'interdisent de lui en vouloir et de le repousser.

— Pardonne-moi, dit-il en maintenant mon menton entre son index et son pouce.

Je pose ma main le long de sa mâchoire et sors le mouchoir de ma poche de l'autre pour essuyer le sang séché sur sa joue.

— B.I.L.Y., Matt.

Son nez caresse ma joue avant d'y déposer un baiser et je m'accroche à lui de toutes mes forces afin de ne pas le laisser me quitter.

ACTE 11

Matt s'arrête enfin devant chez lui. Nous descendons de voiture et le suivons jusque devant la porte de sa maison. Déverrouillant la serrure, il ouvre le battant puis nous laisse passer. Je tremble à l'idée de découvrir son univers. Il nous fait une visite rapide de l'antre de sa famille qu'il a rejoint depuis quelques mois. Un petit nid douillet, très masculin. Mon cerveau fait un 180 °. *SA maison, SON chez lui, SA chambre!* Je lève les yeux au ciel à cette pensée. Voilà ce à quoi je songe alors que j'ai subi une agression. *Je suis folle, ma parole!*

Après être repartie du centre-ville, Matt nous a proposé de venir avec lui pour notre sécurité, enfin… plus pour la mienne je dirais. Ne pouvant prévoir la réaction d'Aaron après ce qu'il lui a fait, il a préféré nous garder auprès de lui... J'avoue que j'ai peur aussi. Rien qu'à l'idée de risquer de le croiser chez moi, ça me déprime.

Je suis encore toute patraque de cette histoire rien qu'en repensant au visage qu'affichait Matt. Lui qui habituellement a les traits d'un ange, là, ils étaient crispés, sévères, froids.

Je l'ai vraiment craint!

C'est fou à admettre, mais mon cœur a eu mal de le voir dans cet état. Mais le B.I.L.Y. qu'il m'a prononcé m'a complètement perturbée, faisant baisser ma garde contre toute attente. Je ne m'y attendais pas du tout, surtout dit, là, de cette manière, devant Plum... *J'ai été su...*

— Aïe! me tire de mes pensées ma copine, fais attention à la fin!... Mais, n'appuie pas si fort.

— Arrête de jouer les nunuches, et puis je fais au mieux, tu vois. Ce n'est pas tous les jours que je dois étaler de la crème pour les coups sur ta petite tête parfaite!

Je souffle désespérée en secouant le visage de droite à gauche. Quand arrêtera-t-elle de me répéter cette phrase qui tourne en boucle depuis que nous sommes arrivés?

— T'es sûre que même avec du fond de teint, ça va se voir? demandé-je encore une fois quand elle a fini d'appliquer le gros pâté sur mon front.

Matt qui en a assez de nous entendre nous chamailler se rapproche de moi.

— Autant que ton nez au milieu de ton visage! dit-il tout en ricanant.

Il s'abaisse vers moi et m'embrasse sur la joue, j'empoigne ses cheveux et les tire sans force vers moi.

— Arrête de te moquer, ce n'est pas marrant!

Déposant un léger baiser sur ses lèvres, il attrape mes fossettes entre son pouce et ses doigts et me lèche la bouche pour que je le relâche.

— Dégueulasse !

— Tu ne dis pas ça quand ma langue est dans ta bouche ! me cloue-t-il le bec avec un ton cinglant et son regard perçant, mais me sourit juste après.

Dur à comprendre les hommes !

— Tu vas dire quoi à tes parents ? me questionne Plum.

— Si seulement je le savais... J'ai eu beau réfléchir toute l'après-midi, je n'ai rien trouvé !

«Pff !» nous soufflons Plum et moi en même temps, ce qui nous fait rire. On se connaît tellement que l'on réagit de la même façon, maintenant.

— Je t'assure, Ly-Las que je vais lui refaire le portrait encore une fois, à celui-là ! grogne Matt.

Je me lève, me place face à lui et attrape sa main, la serrant contre mon cœur.

— Tu n'as pas intérêt, Matt. On aura assez d'embrouilles comme ça s'il parle aux flics.

Mon regard doit être rempli de larmes et je m'en moque complètement. Je ne veux pas qu'il lui arrive quoi que ce soit à cause de moi, j'aurais mieux fait de ne jamais rétorquer à ses avances.

Mais qu'est-ce que j'ai fait pour mériter ça ?

— Merde! crie Plum en regardant sa montre, je dois y aller, mes parents ne vont pas tarder et je vais me faire zigouiller si je ne suis pas rentrée à temps. Ils ont beau être sympas, mais l'heure, c'est l'heure! crache-t-elle en enfilant sa veste. Et toi, tu rentres?

La question à laquelle j'évitais de penser...

Je ferme les yeux afin de faire un choix, mais je n'arrive pas à me décider.

Dilemme mon cher Watson!

Tournant mon visage vers Matt, j'inspire profondément puis expire de la même façon à croire que cela va m'aider

— C'est toi qui vois, mais sache que je ne te mets pas à la porte, me prévient Matt.

Lançant un baiser papillon à mon chéri, j'annonce à ma copine, non sans grande peur de son jugement, que je vais rester encore un peu. Je veux passer du temps avec lui pour essayer de le comprendre, d'interpréter sa façon d'agir, de cette force qu'il a mise contre Aaron. Même si en moi-même sa réaction est à moitié justifiée...

— Tu me préviens quand tu es arrivée?

— Yep! Allez, bonne soirée les amoureux!

— Bisous ma belle et fais attention à toi en rentrant.

Je referme la porte et suis aussitôt surprise par des bras enroulés autour de ma taille. Mon petit cœur palpite de façon inattendue et il redouble de battement quand un baiser se pose sur le bord de ma mâchoire. Posant mes mains au-dessus des siennes, je lie mes doigts aux siens et les ramène autour de mon ventre. Déposant ma tête contre son épaule, j'expire une grosse bouffée d'air. En cet instant, je me sens bien, comblée et apaisée.

Pivotant mon visage vers lui, nos bouches se font face. Son regard brûlant dans le mien, je ne peux me retenir et l'embrasse. Un baiser doux, sensuel, séduisant qui me fait avoir un millier de papillons dans le bas du ventre. Je passe mon bras autour de sa nuque et lui offre un second baiser plus langoureux que jamais. Sa main se faufile sous mon haut pour se poser sur mon ventre qu'il caresse du pouce. Je remarque que ma respiration se coupe lorsque sa main monte vers ma poitrine, mais se relâche lorsqu'elle est sur le haut de mes côtes. Je ferme les yeux et déglutis. Mon cœur bat à tout rompre et je sais qu'il le ressent, parce que son souffle est court. Sa main toujours au même endroit, il remonte la deuxième en parallèle et m'avoue au creux de l'oreille qu'il aime savoir que ce cœur bat pour lui. Cette phrase me rend toute chose. Un frisson passe dans mes veines, et aussi vite, la chair de poule envahit mon corps.

Je me tourne face à lui. Mes bras autour de son cou, ses mains sur ma taille, nous nous embrassons. Nos lèvres se séparent et le bout de nos nez se touchent, se caressent, rendant ce moment encore plus doux.

— Dis-moi pourquoi tu restes avec moi, Ly-Las ? Pourquoi tu ne te sauves pas après ce que j'ai fait tout à l'heure ? me questionne-t-il tout à coup.

— Parce que tu me l'as demandé.

— Juste à cause de ça ?

— Oui et non...

— Alors, pourquoi ?

— Parce que je t'aime, Matt. Je pose mes mains autour de son visage et reprends : B.I.L.Y.

Il ne me répond rien, me relâche et s'éloigne de moi.

— Je sais que je ne cesse de te le répéter, mais je ne suis pas un gars pour toi, Ly-Las.

Je le rattrape par la main et le tire contre moi. Il n'a pas le droit de dire encore une fois ces mots à ma place, surtout quand c'est lui qui m'a retenue juste avant en m'avouant qu'il m'aime. Me collant à lui, je monte sur la pointe des pieds pour arriver à sa hauteur.

— Tu es mon Roméo, alors cesse de penser cela ! L'amour ne se choisit pas.

— C'est vrai.

Il pose une main le long de mon visage et plonge au fond de mes yeux.

— Que les abîmes obscurs de ma venue dans ta vie t'épargnent des dangers de ma présence, me chuchote-t-il sans lâcher mon regard.

— Cela ne me fait pas peur, Matt. Je les vaincrai autant qu'il le faudra, tant que je serai avec toi.

Mattiew me ramène chez moi. Dans la voiture, je ferme les yeux et repense à ce que nous faisions il y a de ça trois heures, avant cette séparation forcée afin de ne pas me faire punir pour être rentrée trop tard. Trois SMS de maman et deux appels en absence m'ont fait comprendre qu'il était plus que temps d'y aller, mais mon cœur ne le pensait pas. Il désirait tant le contraire, voulant plus, plus de lui; de nous. Nous perdant dans le flot d'émotions que nous partagions.

Il s'arrête un peu plus loin sur le parking. Je l'embrasse une dernière fois et sors. Je lui fais signe de la main et file aussi vite chez moi, rejoignant ma chambre aussitôt.

20/11/2017

Coucou mon journal.

«Nous.

Un baiser, deux corps enlacés.

Des caresses sensuelles, des paroles passionnées.

Mon cœur qui palpite fort et qui rebondit contre le sien.

Ce cœur qui bat. Qui bat pour chacun».

Aujourd'hui, j'ai subi une étape importante dans notre relation compliquée. Je t'explique: avant tout, je tiens à te dire que je n'ai rien fait de mal, je suis restée raisonnable pour mon âge. Après notre étreinte passionnée, il m'a embrassée, ses mains ont glissé sous mes fesses pour me porter jusque dans sa chambre. Après avoir claqué la porte avec son pied puis verrouillé la serrure, il m'a déposée sur son lit, lentement, un genou après l'autre, son corps en même temps que le mien, en appui sur ses bras, sans quitter ma bouche. C'était sensuel, attirant, fort. Voir ainsi son corps au creux du mien, sentir sa peau frôler la mienne, ses lèvres me goûter, je n'ai jamais rien ressenti d'aussi fort et intense. J'en frissonne encore.

Quand je ferme les yeux, je me laisse envahir par le souvenir de notre étreinte, je ne veux jamais l'oublier. Je déglutis encore d'envie, de ce que nous avons vécu. Ses mains qui remontent le long de mes jambes, me palpent, puis relèvent mon haut. Sa bouche qui m'embrasse le ventre, en remontant vers mon cou, qui m'absorbe, me titille. Mes joues rougies par notre complicité, notre proximité. On s'est trouvés, on s'est découverts, on s'est révélés.

J'ai pu voir, toucher et embrasser ses tatouages. Le toucher, lui caresser le torse, lui palper le dos, ses muscles. L'enlacer. Tout simplement. J'aurais eu envie de me laisser aller, mais il n'a même pas essayé. Il m'a juste touchée, caressée, excitée et j'ai pu sentir qu'il appréciait ce qu'il me faisait. Son excitation au plus haut, son souffle court, mêlé au mien. Je me rappelle quand nous nous sommes couchés après avoir mis un frein à nos douceurs. Sa tête posée sur ma poitrine, il a écouté mon cœur battre frénétiquement comme pour vérifier que cela était réel, avant de m'enlacer, mon corps emboîté au creux du sien.

Je pourrais encore te décrire le millier d'émotions qui me traversent en ce moment, mais je devrais user de toutes tes pages. Comme tu sais, elles sont précieuses pour moi, alors je vais en rester là. Je vais garder au fond de mon cœur et au fond de mon âme, les sentiments restants afin que personne ne puisse me les voler ou violer mon intimité en les lisant. Même si je suis déjà consciente que ce que j'ai dit plus haut en dit déjà beaucoup.

Ce qui est sûr, c'est que ces souvenirs resteront à jamais en moi. Surtout celui de son aveu, ce B.I.L.Y. «Because I Love you». Mon Dieu, je n'en reviens pas.

Par la même occasion, ma mère m'a rejoint dans ma chambre à peine la porte fermée pour me demander des comptes. Ne voulant pas me faire punir, il a fallu que je lui mente en lui disant qu'avec Plum, nous n'avions pas fait attention à l'heure et que mon téléphone était en mode silence, ne l'entendant pas sonner lorsqu'elle m'a appelé. Mon mensonge est passé, mais elle m'a fait la morale, me promettant de ne pas recommencer au risque d'être punie. Et bizarrement, de mon point de vue tout ceci en a valu la peine, parce B.I.L.Y., Matt, envers et contre tout!

À bientôt mon journal.

Tchao!

ACTE 12

Depuis trois jours, j'ai tout fait pour éviter mes parents jusqu'à baisser la tête en les croisant où en gardant mon bonnet. Mon front est vraiment gonflé et commence à verdir. Encore heureux qu'avec mon fond de teint, cela se voit un peu moins. Et en guise de solution secondaire, j'ai eu l'idée de me faire une frange. J'ai pris la paire de ciseaux dans la boîte de la tondeuse de Jack et de bon cœur, j'ai coupé alors que j'ai toujours détesté ça.

Je finis de me préparer et coiffe mes pointes au fer à friser pour leur donner du volume. Un dernier regard dans le miroir après un coup de gloss, je me trouve plutôt pas mal. Dans la cuisine, j'embrasse Maïna sur le sommet de la tête, enfile le bonnet volé à Matt et prends plusieurs fruits que je mets aussi vite dans mon sac. En voyant ma mère arriver, je me sauve avant qu'elle ne m'interpelle, je ne veux pas débattre encore une fois avec elle pour savoir pourquoi je garde un truc sur ma tête alors que je suis dans la maison.

Dehors dans la cour, un coup de klaxon retentit devant la maison. En arrivant à son niveau, je suis surprise de voir Matt avec Plum à l'intérieur.

Plum ?!

— Salut vous deux ! leur lancé-je en me baissant vers la fenêtre de Matt, sans leur montrer ma perplexité de les voir ensemble.

— Salut princesse, tu as vu qui j'ai trouvé à l'arrêt de bus en venant te chercher !

— Oui, je vois ça.

Il passe sa main derrière ma tête et me tire vers ses lèvres. Sa langue se faufile dans ma bouche et son baiser se fait possessif. Il me ramène à notre soirée en tête à tête dans sa chambre. Mon questionnement de les voir ensemble, s'évapore soudainement et je suis sur mon petit nuage, au point que j'ai dû mal à revenir sur terre.

— Tu montes ou tu comptes installer ton camp, ici ? me demande-t-il un sourire en coin, quand il m'aperçoit dans la lune.

J'ébouriffe ses cheveux en guise de réponse et fais le tour de la voiture. En me voyant arriver, Plum ouvre la portière et me cède sa place. Elle embrasse ma joue en me disant encore une fois «je veux tout savoir» et elle peut toujours courir, depuis trois jours elle me sort le même refrain et je ne lui dirai rien ! Une fois installées, Matt démarre et nous voici partis. Arrivés sur le parking devant le lycée, nous descendons de voiture et entrons dans l'enceinte quand un gars nous interpelle. Nous nous retournons vers lui.

— C'est toi Ly-Las ? Et toi, t'es bien Mattiew ? nous demande-t-il une fois face à nous.

— Oui, répondons-nous en même temps.

— Et t'es qui toi ? veut savoir Matt.

Plum nous regarde tour à tour parler.

— Ton pire cauchemar !

Ce gars attrape Matt par le col et le pousse vers l'arrière. Il manque de tomber, mais le mur de l'enceinte scolaire le rattrape. Il lui parle et est assez agressif dans ses mouvements. Ne comprenant pas ce qu'il lui dit, je m'approche d'eux pour tout d'abord les séparer puis tenter de parler comme des adultes, mais celui-ci me repousse brutalement de la main pour m'éloigner. Trébuchant sur une pierre, je me retrouve les fesses au sol. Matt l'agresse en lui mettant un coup de poing au visage, ce type recule de plusieurs pas vers l'arrière et mon Roméo me rejoint.

— Ça va, princesse ?

— Oui, ne t'inquiète pas.

Il me tend la main pour m'aider à me relever, me lâche et retourne vers notre agresseur.

— Tu te prends pour qui tête de con, n'essaie plus jamais de la toucher ou de me donner des ordres, parce que t'es mort, et pas qu'au sens figuré, tu m'as compris ! crache-t-il de colère, en le repoussant brutalement.

Ce gars recule vers l'arrière de plusieurs pas et tombe. Se relevant, il crache du sang par terre et s'approche à nouveau de nous. Matt me passe derrière lui. Il est tendu, je le sens. Ses poings sont serrés le long de ses jambes, prêts à frapper s'il lève un seul doigt. Ce type s'approche de lui, collant son front contre celui de Matt.

— T'es un homme mort White! T'aurais mieux fait de nous écouter! ricane-t-il de toutes ses dents.

Il nous tourne enfin le dos et repart comme si de rien n'était. Je m'approche de Matt et lui demande:

— Qu'est-ce qu'il voulait?

— Rien d'important.

Il avance en me répondant sans me regarder. Je le tire par la main pour l'arrêter et me faire face.

— Arrête, Matt! Ce n'est pas rien, alors cesse de me mentir. Qu'est-ce qu'il voulait? Qu'a-t-il voulu dire quand il a éructé que tu aurais mieux fait de les écouter. Et écouter qui?

Ça façon de réagir me fait penser à l'autrefois dans la forêt lorsque nous étions tombés face à face avec ce gars sorti de nul part.

Il se retourne vers moi, le visage enclin à la colère en me criant après.

— Fous-moi la paix, tu veux bien, et arrête de me poser toutes ces questions! Tu sais quoi, nous deux, c'était une mauvaise idée. Oublie-moi! lâche-t-il soudainement, puis il s'en va sans se retourner.

Je déglutis douloureusement à cause du ton qu'il a employé envers moi et surtout à cause de sa dernière phrase. Je ne sais pas comment réagir. Mon cœur qui était si léger ses derniers jours, vient de prendre un coup de poignard. La colère m'inonde tardivement et je ressens chaque tension parcourir mon corps. Je ne peux rien faire d'autre que de m'en vouloir d'avoir réagi si lentement quand je remarque que Matt n'est déjà plus là. Plum qui a assisté à toute la bagarre est chamboulée. Elle tremble et a les larmes aux yeux. Elle se remet plus vite que moi de la situation et m'attrape par le bras, me faisant avancer vers le cours d'histoire.

Perdue dans mes pensées, je ne prête pas attention à ce qui se passe pendant les cours et ne prends aucune note. Plum a beau me taper plusieurs fois sur le bras pour me faire réagir, rien n'y fait. La dernière phrase de Matt résonne sans cesse dans ma tête...

Nous deux, c'était une mauvaise idée. Oublie-moi!

— Ly-Las, tu vas réussir à tenir le coup? me demande Plum, attristée de me voir dans cet état.

Les larmes prennent le dessus, mais je me force à ne pas les faire couler. Je ne veux pas que l'on s'aperçoive que notre «dispute» me touche autant et surtout pour que les cafards de la classe n'aillent pas rapporter au groupe de mon frère, surtout à Aaron, ce qu'il s'est passé.

— Oui, ne t'en fais pas, réponds-je dans une longue expiration.

ACTE 13

'Matt'

Appelle-moi débile, parce que je le vaux bien !

Mais qu'est-ce qui m'a pris de dire que nous deux, c'était une mauvaise idée ? Je n'en reviens pas d'avoir craché ses paroles alors que... Elle, qui me fait vivre depuis notre rencontre en ce début d'année, m'a permis de me libérer du lourd fardeau que je me fais subir depuis que c'est arrivé. Pourquoi je lui ai fait ça ? Pourquoi je nous ai fait ça ?

Espèce de con, espèce de lourdaud, espèce de moins que rien, espèce de trouillard, espèce de... Je ne trouve même plus de mots à me balancer !

Je suis parti sans me retourner, sans faire attention à ce que disait ma bouche. J'ai sorti cette putain de phrase sans le penser, enfin si, en le pensant, mais au mauvais moment. Ce n'est qu'après que mon cerveau a tilté sur la lourdeur de mes paroles. Quand j'ai vu ses yeux, ceux du présent, me regarder.

« *Nous deux, c'était une mauvaise idée. Oublie-moi !* »

Quand j'ai compris ce que je venais de faire, je me suis sauvé, enfui, honteux de ce que j'avais dit. Je suis rentré chez moi pour ne pas la croiser. Mes mots me font mal, lui ont fait mal. Je l'ai vu à ce regard embrumé de larmes. Mais je ne peux pas revenir en arrière, c'est impossible. Jamais elle ne me pardonnera.

Mais qu'est-ce que j'ai fait ?

Enfermé dans ma chambre, de colère, j'envoie balader d'un revers du bras tout ce qui se trouve sur mon bureau et ma commode. Je prends ma chaise, l'envoie contre le mur, elle se fracasse en morceaux. Je tape un coup de poing dans le miroir de ma grande robe, il se fracasse en mille éclats. Je vais me faire tuer par mon oncle, mais je n'en ai rien à faire. De toute façon, maintenant je suis seul et perdu, telle une âme condamnée à la damnation à vivre en enfer pour me faire regretter tout ce que j'ai provoqué depuis que je suis né. *Je regrette tant ce que j'ai dit et fait.* Je suis maudit, je n'arrête pas de colporter le mal à ceux qui me côtoient.

— Mattiew, ouvre-moi, s'il te plaît !

— Va-t'en, Inaya. Laisse-moi tranquille. Je ne veux pas parler !

— Mattiew, tu ne vas pas bien alors je ne partirai pas, ouvre-moi !

— Je n'ai pas besoin de toi! Fous-moi la paix! lui craché-je ces paroles en criant.

— Je n'en ai rien à faire que tu ne veuilles pas de moi, ouvre-moi où je défonce ta porte et Will va encore plus te tuer!

Je me résigne et lui ouvre, de toute façon elle n'est pas près de me lâcher la grappe! Car, quand Madame décide, on ne peut y échapper.

— P'tain! Mattiew qu'est-ce que t'as foutu, bordel! Tu saignes à la main!

Elle me tire vers la salle de bain, me fait asseoir sur le rebord de la baignoire et reprend son interrogatoire.

— Il se passe quoi pour que tu réagisses comme ça?

— Rien! Je n'ai pas envie d'en parler.

— Ne te moque pas de moi, regarde l'état dans lequel tu es, alors ne me dis pas qu'il ne se passe rien! C'est encore à cause de cette fille?

— Non, c'est à cause de moi, t'es contente? J'ai joué les putains de con avec elle! hurlé-je sur ma sœur.

— Tu l'as mise enceinte?

— Ça ne va pas la tête!

— Alors quoi? Tu lui as fait quoi?

Je fonds en larmes sur son épaule et elle me serre dans ses bras.

— Ça recommence, Inaya, comme avec Louna...

— Pourquoi tu te tapes toujours les plus relou, bordel!

— Non, ce sont les gars les plus relou qui font partie de la vie de celles que je veux à chaque fois!

— Encore un possessif dans la vie de Ly-Las?

— Non, encore ce pauvre connard possessif, maladif dans la vie de ces deux filles!

— Ah!

— Oui, ce pauvre gars avec un grand A pour abruti et un grand C pour connard.

Elle entoure ma tête de ses mains.

— Je croyais qu'elle était amoureuse de toi et que rien ne pouvait la faire reculer?

— Elle l'est! On est fusionnelle. Mais j'ai eu tellement peur que ça recommence...

— Il est où le problème, alors?

— Tu ne comprends rien, toi, t'es vraiment une attardée!

— Je t'emmerde, Mattiew! me rétorque-t-elle en me donnant une claque derrière la tête. Maintenant, réponds-moi.

— Je l'ai quittée, Inaya, ça y est, tu commences à comprendre?

Elle ne répond pas et prend le kit de suture dans l'armoire à pharmacie pour recoudre la plaie sur le dos de ma main.

— Ça va faire mal.

— Non, rien ne pourra me faire plus mal que ce que je vis en cet instant, crois-moi.

Elle recoud la plaie et je ne réagis même pas à la douleur que cela me provoque. Ce qui prouve que je suis vraiment perturbé par mes pensées. Ces dernières sont tournées vers ce que j'ai fait à Ly-Las. Inaya pose enfin le pansement sur ma plaie et range tout le matériel.

— Range le bazar de ta chambre avant que Will arrive, on en reparlera après, m'ordonne ma sœur sans aucun jugement.

J'acquiesce sans rien rétorquer.

Sortant le dernier sac-poubelle dans la benne à ordure de dehors, je suis interpellé par cet abruti de connard possessif maladif.

— Qu'est-ce ce que tu me veux ? craché-je en sa direction.

— Je viens savourer ta défaite, encore une fois.

— T'en as pas marre de t'en prendre tout le temps au même ? Ce n'est pas trop... lassant ? Et puis, qui te dit que tu as réussi ton coup ?

— Le simple fait que vous ne soyez plus ensemble. Ça sert d'avoir son frère en ami, je peux épier ses conversations. Et si tu veux savoir, j'ai même l'intention de la baiser. Tu vois, je vais la mettre à quatre pattes pour la posséder par-derrière et paf ! Paf ! accompagne-t-il le son au geste. Son p'tit minou va crier et je vais lui bouffer !

— Si tu la touches, t'es un homme mort !

— Ah ouais, tu crois vraiment ? Et qui va m'en empêcher ? Toi ? Certainement pas ! La dernière fois, il me semble, n'hésite pas à me le dire si je me trompe, mais tu avais baissé les bras et j'ai tenu parole. Je sens même encore sa bouche sur ma queue !

À peine a-t-il fini sa phrase que je lui mets un coup de poing au visage, il fait trois pas en arrière.

— Va te faire foutre, espèce de taré! lui balancé-je méchamment de colère.

— C'est bien, t'as pris de l'assurance, mais contre moi tu ne peux rien! La preuve, je suis toujours là!

— C'est ce que l'on verra! Ne crie pas victoire trop vite, parce que cette fois, je ne la laisserai pas partir, crois-moi.

Je reprends confiance en moi, pour elle, parce que je l'aime.

B.I.L.Y. Ly-Las!

— C'est trop simple de jouer avec toi, me dit-il en repartant. Rendez-vous dans quelques mois, j'aurais ma langue dans sa bouche et tu pleureras, encore une fois.

Je lui cours après, mais des bras me retiennent, m'empêchant de bouger.

— Toi, tu restes là! me gueule mon oncle Will. Qu'est-ce qu'il te voulait?

— Rien! craché-je ce mot de colère.

— Tu crois vraiment que je vais te croire alors que tu me réponds de cette façon?

— Putain, mais qu'est-ce que vous avez tous aujourd'hui à me poser des questions? Je commence vraiment à regretter d'être revenu par ici, j'aurais mieux fait de rester habiter tout seul chez grand-mère!

J'ai besoin de m'enfuir, de partir pour penser à autre chose. Je monte dans ma voiture, démarre en trombe et roule sans destination précise. Demain, je sécherai ma journée de cours. J'ai besoin de réfléchir à la façon dont je vais m'y prendre pour la récupérer.

Après un long moment, je m'arrête à un stop, reprends la route, m'arrête à un feu, et roule encore durant plusieurs kilomètres sans m'arrêter. Je ne prête pas attention à ce qui m'entoure, conduis sans savoir où je vais, sans réfléchir, sans penser et voilà, je suis arrivé. En entier.

Je perçois le jour se lever, lorsque je me gare devant une maison. Je la regarde durant plusieurs minutes, perdu dans mes pensées puis frotte mon visage pour effacer la douleur qui essaie de s'imposer. Cette maison qui me manque depuis que je suis revenu habiter chez mon oncle.

Tu me manques grand-mère...

Déjà six mois qu'elle n'est plus des nôtres et j'en ai gros sur le cœur. C'est grâce à elle que j'ai réussi à tenir le coup quand je suis parti de chez Will, il y a deux ans. Même si je n'étais plus qu'un mort vivant ambulant, j'étais au moins vivant et parmi eux. Elle m'a vu sombrer comme personne, croyant vraiment que j'allais finir au fond du trou, mais je m'en suis sorti, grâce à elle. Elle a su me retenir, être là pour moi, pour me relever, comme une mère l'aurait fait.

Le panneau affiche toujours le sigle «à vendre». Je souffle. J'ai de la chance, car je ne sais pas ce que j'aurais fait si elle avait été vendue. Je sors de ma voiture, emprunte l'allée pour me rendre dans la cour de derrière et jette un coup d'œil par la fenêtre. C'est vide. Vide d'elle. Et pourtant, je sens encore l'odeur des bons plats qu'elle me préparait lorsque j'avais mes crises de nerfs. Je sais que je n'ai pas toujours été tendre avec elle, mais je l'aimais. Les six premiers mois ont été les plus difficiles entre nous. Le temps de la réadaptation pour elle, de vivre avec quelqu'un et pour moi, le temps d'apprendre à vivre avec une personne qui tient à nous d'un amour maternel.

Je glisse la fenêtre du bas vers le haut, et entre. J'ai de la chance que le vendeur ne les ait pas encore fait changer. Ce sont encore ces anciens panneaux qui se coulissent et qui n'ont aucune sécurité, me permettant d'entrer facilement. Je me voyais mal devoir en briser une, attirant ainsi l'attention des voisins. Et qui sait, je me serais très certainement coupé la main… encore une fois…

J'inspire l'odeur de renfermé et mon regard s'humidifie. Un souvenir d'elle m'enlaçant me prend au dépourvu. C'était trois semaines après mon arrivée. Je m'étais battu avec un gars au lycée parce qu'il avait insulté une élève que je ne connaissais pas. J'étais dans tous mes états, mes souvenirs passés avaient resurgi et m'avaient littéralement rendu fou. J'avais tabassé ce gars, sans aucun remords. C'est fou, je sais, mais je n'arrivais plus à faire la différence entre le passé et le présent. Cela avait causé mon expulsion durant plusieurs semaines. Et à présent, j'en suis peu fier. Et c'est grâce à elle. Ly-Las. Elle a ouvert mon cœur comme personne n'avait réussi, mis à part ma grand-mère. Et encore, pas du même amour.

Après l'un de mes nombreux cauchemars, je hurlais le prénom de Louna, en faisant les cent pas. Et rien qu'en attrapant ma main, ma grand-mère faisait chuter la tension qui m'oppressait. Elle la faisait partir comme elle était arrivée jusqu'à me faire fondre en larmes sur ce parquet de bois, une fois qu'elle m'enlaçait contre son cœur.

M'allongeant sur le plancher de la chambre que j'occupais, j'expire longuement. Un de mes anciens posters fait encore preuve de résistance sur la porte du placard, celui de mon groupe préféré, **Linkin Park.**

— Grand-mère, j'ai besoin de toi! dis-je tout haut, les lèvres tremblantes.

Comment puis-je faire pour me sortir de ce pétrin. Il n'y avait qu'elle qui était de bons conseils. Ce n'est pas que j'ai peur, c'est seulement que je n'ai pas envie de faire les mauvais choix qui s'offrent à moi.

— Grand-mère, aide-moi. Fais-moi un signe, je t'en prie!

Rien ne se passe. Je me lève et me dirige vers sa chambre. Un cadre se trouve toujours accroché au mur, je l'attrape, frotte la poussière et lis:

«Aimer c'est avoir mal. Avoir mal, c'est vivre et vivre, c'est la vie, alors profite de chaque jour comme le dernier, tu ne pourras alors rien regretter».

Ce sont des mots qui me parlent.

«N'abandonne jamais, poursuis tes rêves afin qu'ils deviennent réels et tu auras tout gagné».

J'expire longuement pour faire passer le sanglot coincé dans ma gorge. C'étaient ses citations préférées. Elle ne cessait de me les répéter jour après jour.

Avançant vers la cheminée, je trouve face à cette dernière, un petit cadre retourné. Je l'attrape, frotte la vitre pour retirer la poussière et lis.

«N'abandonne pas, ne baisse pas les bras et reprends-toi. Tu es le seul maître de ton destin».

Tout en soupirant, je laisse couler mes larmes. Cette citation avait été écrite pour moi. Je m'accroupis, pose ma tête sur mes genoux et pleure en serrant contre moi ce papier qui tombe à pic. J'ai eu ce que je voulais, ce signe d'elle que j'attendais.

Je me gare enfin après avoir passé environ dix minutes à rouler sur l'avenue centrale en direction du cimetière. Un bouquet d'iris à la main, ses fleurs préférées, je remonte l'allée où elle se trouve et le dépose sur sa tombe. Il fait froid en cette période, mais je brave le vent et la pluie pour assouvir mon désir de la revoir et lui parler une dernière fois avant de retourner chez moi. Debout devant le caveau, une brève conversation avec elle me rappelle combien j'ai dévié de ce que je voulais tant. Me réconforter. Consoler mon cœur maussade de souvenirs dont je souhaiterais tant me libérer encore une fois.

Je me souviens :

— Tu sais Mattiew, parler c'est se libérer. Faire partir les démons qui te rongent, c'est ce dont tu as besoin. Trouve la personne qui ne te jugera point afin d'évacuer ce fardeau.

Je l'avais trouvé elle, et il s'est avéré qu'elle avait raison. Une douleur partagée fait moins mal, malgré qu'elle soit toujours enfouie au fond de notre cœur. Mais au moins, vous avez toujours cette personne pour vous réconforter quand vous allez mal.

Après un repas sur le pouce, je prends la route pour reprendre mon destin en mains. Je veux avouer à Ly-Las ce que j'ai sur le cœur et tenter de réparer mes fautes. D'apaiser sa douleur. Il ne me reste plus qu'à trouver le courage de lui parler afin de la supplier de m'écouter. Car en toute franchise, je ne pense pas qu'elle acceptera de discuter seulement si je le lui demandais.

ACTE 14

'Ly-Las'

Ma journée a été horrible! Encore heureux que ce soit le dernier cours de la journée, car je crois que j'aurais fini par sécher. Je croise Aaron dans le couloir et me demande ce qu'il fait ici. Ce n'est pas son aile. Si les surveillants l'aperçoivent, il va finir collé jusqu'à la fin de l'année. Et ça serait bien fait pour sa sale gueule!

Avançant sans me soucier de lui, je mets tout en œuvre pour éviter de le regarder, lorsqu'il m'interpelle.

— Ly-Las! Je voulais te voir.

Je m'arrête et le dévisage durant plusieurs secondes puis lui rétorque:

— Ah bon! Et en quel honneur? Tenter de me faire du mal encore une fois?

— Non... Pour te demander pardon, pour ce que je t'ai fait subir.

— Tu ne trouves pas que c'est un peu tardif pour t'excuser ?

— Si, alors pardonne-moi pour le retard et l'autre chose. Je suis vraiment désolé.

— O.K. C'est enregistré.

Je continue ma route quand il m'interpelle encore une fois.

— Alors ?

— Alors... quoi ?

— Tu me pardonnes ?

— Je ne sais pas, il faut que j'y réfléchisse. Ce n'est pas une mince affaire, tu sais ? J'ai dû mentir aux membres de ma famille à cause de toi.

— Je sais, j'avais trop bu et je n'ai pas assuré. Je m'en veux.

— D'accord. Si ça peut te rassurer, pour le moment, tu es sur la bonne voie, mais rien n'est gagné.

Il me remercie de la tête et me lance un signe de la main avant de partir d'où il vient. Pour un connard arrogant, il a fait preuve d'humilité et j'en suis bouche bée. À moins qu'il ne l'ait fait que pour une chose principalement. Serait-il déjà au courant de la dispute entre Matt et moi ? Enfin, je ne m'attarde pas plus sur cela et file.

En cours de théâtre, aujourd'hui, nous passons l'oral du trimestre basé sur le thème qu'elle nous a imposé l'autre fois ; celui sur la schizophrénie. Notre prof entre en faisant claquer ses hauts talons et lance aussitôt son sac posé sur le bureau.

— Bonjour à tous. Aujourd'hui, le premier groupe d'élèves va passer à l'oral pour son examen. J'espère que vous avez bien bossé vos répétitions.

Tu parles !

— Alors, la première personne à passer est Ly-Las Pink.

Et là, je jure mentalement. Pour une fois que je ne voulais pas passer première, il a fallu que ça tombe sur moi.

— Avant de commencer, savez-vous ce qu'a monsieur White ?

— Non, madame.

— Bien. Je vous écoute.

Je place une chaise sur l'estrade et commence sans grande conviction, essayant de prendre une voix différente pour chacun des personnages représentés.

— Où suis-je ? Oh mon Dieu ! Pourquoi suis-je dans cette pièce ?

— Qu'est-ce que tu crois, tu t'es fait enlever pour être disséqué !

— Qui ? Qui a dit ça ? Je ne vois personne d'autre que moi... Enfin est-ce vraiment moi ?

— Arrête de jacasser, lève-toi et défends-toi !

— Quoi? Pourquoi ferais-je ça? OH MON DIEU, aidez-moi!

— Oh, le pauvre petit pleure comme un bébé!

— Mais tu vas le laisser tranquille, tu lui fais peur.

— Au secours! Aidez-moi. J'entends des voix, mais il n'y a que moi! émets-je en me claquant la tête sur ma paume de main.

— Maman, qu'est-ce que j'ai? J'ai peur...

— Je vais te tuer!

— Arrête! Ou sinon, je te casse le nez!

— Chut! Fermez-la, il va encore nous échapper!

— Ah, c'est quoi ce bordel! Tiens, sur le chevet, il y a des cachets.

Je les attrape et fais semblant de lire l'étiquette:

— Mangez-moi. Pourquoi ferais-je ça? C'est un piège... On veut me piéger!

— Non, ne les mange pas, tu vas être malade!

— Moi, je suis d'accord sur ce qu'il dit.

— Maman, pourquoi tu me fais prendre tout ça? J'ai mal à l'estomac...

— Souviens-toi! Pourquoi? Pourquoi suis-je là?

— Ne te rappelle pas! NON!

— Mon petit, tu es malade...

— Qui? Qui a dit ça?

— Tu veux jouer avec moi?

— Oui, à quoi ?

— Pourquoi suis-je attachée ? Pourquoi est-ce que je me sens aussi mal ? Pourquoi ces cachets ?

— Tu vas crever !

— Tu vas m'oublier !

— Tu vas me quitter !

— Non, ce n'est pas vrai !

— Oublier ? Quitter ? Laisser ? Mais... mais qui êtes-vous, à la fin !

— Ton pire cauchemar !

— Ton pire ennemi !

— Ta misérable vie !

— Ta raison...

— J'ai peur... OH, maman, aide-moi !

— Ta mère n'est plus là !

— C'est à cause d'elle que tu es là !

— Oui, il a raison, ça doit être ça...

— Non, elle est gentille maman !

— Qui es-tu pour t'introduire dans notre conversation, petit merdeux, orphelin de la vie ?

— Va-t'en ! Tu n'as rien à faire ici !

— Non, non, reste. Je t'en prie !

— Ne l'écoute pas, il ne comprend rien à la vie.

— Reviens !

— Non ! Arrête ou je le tue.

— Petit, reviens, je t'en supplie !

— Tu vas mourir !

— Tu vas me quitter !

— Tu vas nous oublier !

— Petit où es-tu ?

— Ici, sur la table de nuit. Avale-moi tous les jours et tu sauveras ta vie !

Je rejoins ma place après un lourd applaudissement et les élèves suivants passent. Je ne les écoute pas, trop préoccupée par mes pensées. Je broie du noir et j'ai mal. Je ne supporte pas la situation entre Matt et moi, j'ai besoin d'être éclairée. Je n'ai pas le choix, je dois le voir, j'en ai plus que besoin, coûte que coûte !

Aussi vite le cours fini, je me rends chez Matt. Je ne peux pas attendre plus longtemps sans savoir ce qu'il s'est passé. Pourquoi a-t-il réagi de cette façon ? Je sais que je peux être chiante de temps à autre, mais je m'inquiète, j'ai quand même le droit, non ?

Je ne comprends pas pourquoi il ne veut pas me dire ce qui se passe. Au fond, ce garçon ne serait pas venu lui faire cette mascarade, s'il n'y avait rien du tout. Et si cela me concernait ? Non, je rêve, que viendrais-je faire dans l'histoire ? Mis à part à cause d'Aaron ou Jack... Mon frère et ses potes le détestent, je le sais. Mais seraient-ils capables de mettre au point un stratagème pour que nous nous séparions ? Ils n'iraient pas jusque-là quand même, à me faire souffrir avec cette douleur que j'ai, là, dans mon cœur et qui me persécute… si ?

Debout devant sa porte d'entrée, j'hésite à frapper. Et s'il n'était pas là ? Mon cœur palpite rapidement dans ma poitrine lorsque je lève le poing contre le battant, qui s'ouvre sans avoir le temps de tambouriner contre. Tombant nez à nez avec une fille, je déglutis. Qui peut-elle bien être ?

— Ah, c'est toi, me dit-elle.

— On se connaît ? demandé-je perturbée par sa façon de me parler.

— Non, pas du tout, mais je t'ai reconnue à sa description. Il n'est pas là, et puis il ne veut pas te parler pour le moment.

— Tu es qui par rapport à lui ? grommelé-je atterrée par le dédain dont elle fait preuve.

— Cela ne te regarde pas.

Un rire narquois se dessine sur mes lèvres sans que je ne le veuille.

— Quoi ? Lâche-le un peu, tu verras, ça ira mieux !

— Je ne t'ai rien demandé et surtout pas des conseils d'une greluche !

Mes limites commencent à saturer. Je veux le voir pour lui parler. S'il continue à m'éviter, je vais devenir folle.

Je tape fort contre la porte tout en criant après lui.

— Matt, si t'as des couilles, viens m'affronter en face !

— T'es sourde ou t'es butée ? Je viens de te dire qu'il n'était pas là et de lui foutre la paix !

Je lève mon majeur en sa direction, cette fille voit rouge et se plante face à moi.

— Hé la mégère ! me crache-t-elle, t'as intérêt à partir et vite, parce que tu vas finir par le regretter !

— Holà ! La tigresse sort ses griffes ? Je n'en ai rien à foutre de ce que tu me dis, je ne suis pas venue pour écouter tes sermons débiles, compris ? Je sais qu'il est là, alors trace ta route en roulant ton petit cul ailleurs !

La colère me fait dire tout et n'importe quoi. J'insulte cette fille alors que je ne la connais pas. Mais c'est elle qui m'a cherchée, j'ai seulement rétorqué.

Qui sait, si nous continuons sur cette voie, Roméo montrera peut-être sa gueule d'ange !

Le ton monte et Matt ne daigne sortir m'affronter. Elle m'attrape par les cheveux, me tire afin que je déguerpisse de devant chez lui, lorsqu'une voix intervient derrière nous.

— Lâche la, Inaya. C'est bon, je m'en occupe.

— À tes ordres ! lui soumet-elle en se dirigeant vers lui. Dis à Will que je ne rentrerais que demain, tu veux bien ?

— Ça marche. Tiens au fait, Ly-Las, je te présente, Inaya, ma grande sœur.

Soudainement, je me sens bête. Je viens de l'insulter et le regrette déjà.

— Ta sœur? dis-je en me tapant le front. Je me tourne vers elle : excuse-moi, j'ai cru que...

— T'en fais pas, va. Sache que je t'aime déjà, ricane-t-elle en se sauvant vers sa voiture. Elle ouvre la portière et m'interpelle à nouveau : Ly-Las, si tu lui fais du mal, t'es une femme morte !

Elle me fait un clin d'œil, monte dans sa voiture et s'en va.

Face à face, aucun de nous ne parle. On se regarde, se dévisage. J'ai envie de lui crier dessus, mais m'abstiens pour ne pas le faire fuir.

— C'est vrai que tu ne voulais pas me voir ?

— Au début, oui.

Une nausée me prend au dépourvu et je ravale ma bile. *Elle disait donc vrai...*

— Pourquoi avoir changé d'avis ?

— Tu veux entrer ?

Je réfléchis quelques secondes puis hoche la tête dans la positive. La porte s'ouvre et je lui emboîte le pas. Dans la cuisine, il nous sert un verre de jus d'orange, m'asseyant devant la table, j'attends qu'il se décide à parler.

— Je ne sais pas par où commencer.

— Tu le pensais quand tu as dit que nous deux, c'était une mauvaise idée ? demandé-je pour savoir directement à quoi m'attendre avec la suite de notre conversation.

Il se lève brusquement de sa chaise et me rejoint accroupi face à moi. Il attrape mes mains et les serre entre ses paumes.

— Non, Ly-Las, je ne le pensais pas.

Il ne m'en faut pas plus. Je m'accroche à son cou et nous tombons à la renverse. Je l'embrasse passionnée et heureuse de le retrouver. Sa façon de me parler, de me repousser, de me dire que c'était une mauvaise idée de se mettre ensemble m'a fait mal, mais je ne peux pas lui en vouloir plus longtemps. C'est plus fort que moi, pourquoi ? B.I.L.Y. Because I Love You, tout simplement. Je suis raide dingue de ce gars ! Je craque, fonds, m'enfoncerai dans les bas-fonds pour lui. Il me rend tellement moi, pas la fille coincée que ma mère a créée.

Une journée. Notre séparation n'a duré qu'une journée et ses petits mots sur ces bouts de papier me manquaient, ses baisers me manquaient et pourtant, on est ensemble que depuis quelques mois. Je le sais, c'est fou, mais je suis sûre et certaine que c'est lui qu'il me faut. Envers et contre tout.

— Je ne pensais pas que tu...

— Ne refais plus jamais ça, Matt, le coupé-je en me doutant de ce qu'il va dire. Tu ne peux pas savoir ce que j'ai ressenti. J'ai cru mourir mille fois.

— Si Ly-Las, je le sais, vu que j'ai ressenti la même chose. J'ai été lamentable et je m'en excuse.

Il me caresse la joue avec sa main blessée, je lui demande ce qu'il a fait :

— Rien d'intéressant, ne t'inquiète pas.

J'expire longuement et fronce les sourcils. Il fait une grimace et m'avoue qu'il s'est coupé en cassant un truc. Je l'interroge enfin sur ma vraie question qui m'a amenée ici.

— Pourquoi avoir fait ça, Matt, pourquoi m'avoir quittée comme ça ?

— Je vais t'expliquer. Mais allons dans ma chambre.

Sans prendre le temps de réfléchir, je réponds instinctivement à sa question.

— D'accord, je te suis.

Nous nous installons sur le lit, mon corps face au sien. Il commence :

— Il y a deux ans, j'étais fou amoureux d'une fille. Louna. On vivait un bel amour de jeunesse comme personne ne vivait autour de nous. On faisait des envieux, c'était certain et du jour au lendemain notre histoire a pris une tournure assez catastrophique. Un gars qui a notre âge est arrivé en ville et sans savoir pourquoi, il s'en est pris à moi. C'est à partir de là que notre relation s'est compliquée. Ce gars m'avait fait la promesse de se mettre entre nous quoiqu'il lui en coûte. Je ne le croyais pas et ne prêtais pas attention aux petits détails, mais si j'avais su... Il traînait de plus en plus avec elle, profitant de mon indisponibilité pour la raccompagner. J'avais remarqué leur rapprochement, mais j'étais tellement sûr de son amour pour moi que ça me paraissait absurde de lui dire tout ce qu'il m'avait dit des semaines auparavant. C'était un jaloux possessif maladif et il s'était épris de Louna, mais pas pour les mêmes raisons que moi. Son but à lui était de la faire tomber dans son lit afin de me faire du mal, et entre nous, c'est devenu une sorte de jeu auquel j'ai joué inconsciemment, me laissant emporter par ce type qui m'exaspérait. Un soir, j'ai reçu une photo.

Il la sort de son tiroir et me la tend. Je ne vois pas le visage de cette fille vue qu'elle est de dos, mais je la regarde le cœur battant.

— Cette photo qui ne veut pas dire grand-chose en elle-même, vu qu'elle l'embrasse seulement sur la joue, a suffi pour me sortir de mes gonds. Je me suis chamaillé avec elle plus que je ne le voulais et lui ai sorti cette fameuse phrase : «Nous deux, c'était une mauvaise idée». Je l'ai quittée sans lui laisser le temps de s'expliquer, de me dire s'il y avait réellement eu quelque chose entre eux. Ses mots, je les regrette encore aujourd'hui, parce que je l'ai perdue ce jour-là en la poussant droit dans ses bras... J'ai appris, longtemps après, que le baiser n'avait jamais été plus loin, que ça avait été un coup monté pour me faire enrager. Et j'ai marché dans son jeu, comme un moins que rien.

— Mais c'est horrible ce que t'a fait ce gars, je n'en reviens pas... Tu n'as jamais essayé de lui reparler ou de la revoir ?

— Si, mais je n'ai jamais pu. Quand il a réussi à coucher avec elle, il en a fait la risée du lycée. Elle ne l'a pas supportée et nous a quittés du jour au lendemain.

— Mais comment peut-on faire cela à quelqu'un ?

— Je me pose moi-même la question, mais je n'aurais jamais dû m'emporter comme je l'ai fait, et j'ai recommencé, hier, avec toi.

— Ne me dis pas qu'il recommence ?

— Malheureusement si, j'ai eu droit à sa visite hier soir et c'est là que j'ai pris conscience que je recommençais les mêmes erreurs. Ça m'a permis de réfléchir et de comprendre que je ne devais pas me laisser faire. Je cherchais un moyen pour me faire pardonner auprès de toi et te voir ici, aujourd'hui, a été pour moi une occasion de me racheter en t'expliquant tout.

— Mais qui est ce gars ? Je le connais ?

— Oui, c'est un ami de ton frère. Mais je ne veux pas te dire qui c'est, il serait trop ravi que je t'aie conté cette histoire en pensant que je me sente menacé par lui.

— Et est-ce le cas, Matt ?

— Non, c'est seulement que je ne veux plus de secrets entre nous et je voulais absolument t'expliquer pourquoi j'avais réagi ainsi hier, pour que tu comprennes mon comportement. J'ai perdu pied en repensant à cette histoire. Je l'ai vue se dérouler exactement de la même façon. J'ai eu peur.

— Merci, Matt. Tu ne peux pas savoir ce que cela me fait que tu m'avoues tout ceci.

Il m'embrasse dans une douceur extrême et mon ventre se tortille. Je détache mes lèvres et lui demande :

— Y a un truc que je ne comprends pas. Pourquoi s'en reprend-il à toi maintenant, et pas avant?

— Parce qu'à la suite de ce qui s'est passé avec Louna, j'ai déménagé chez ma grand-mère pendant deux ans et suis revenu chez mon oncle que cette année, après son décès. Depuis l'année dernière, je savais que ma grand-mère ne vivrait plus longtemps alors j'ai tout fait pour ne pas me retrouver dans la même classe que lui.

— D'où la phrase du gars dans la forêt la dernière fois?

— C'est ça. Je savais qu'elle ne t'était pas passée inaperçue.

— Matt, je ne sais vraiment pas quoi dire.

— Rien, tu n'as rien à me dire. Le plus beau cadeau que tu m'aies fait a été de m'écouter attentivement et je t'en remercie.

Tout en continuant de parler, je découvre que c'est l'un de ses plus lourds secrets. Je sais à présent qu'il a confiance en moi et je mettrais tout en œuvre pour ne jamais le faire douter une seule fois. J'attends de pied ferme ce type et ne regarderai plus les copains de mon frère du même œil. C'est certain. *Qui que tu sois, je t'attends et je te promets que tu le regretteras!*

— Matt, tu me parles toujours de ton oncle, mais jamais de tes parents, pourquoi?

— Ça, c'est encore une autre histoire. Je te raconterai un jour, mais pas aujourd'hui. Y a déjà eu assez de mélodrames.

— D'accord. Sache que je suis à ton écoute pour n'importe quoi et n'importe quand.

— Je sais et c'est ça que j'adore chez toi. Ça et la personne que tu es avec moi.

— Je t'aime, Matt.

Ses lèvres se posent sur les miennes, sa langue s'infiltre avec douceur dans ma bouche, caressant la mienne. Sa main se porte à l'arrière de ma nuque, retenant mon visage face au sien. Il me susurre face à mes lèvres :

— Je t'aime aussi, Ly-Las.

Il attrape ma main et fait, comme Maïna et moi, ce jeu de mains secret, ce cœur avec nos doigts.

— B.I.L.Y., Ly-Las.

— B.I.L.Y., Matt.

Comment une personne peut-elle faire autant de mal à l'autre ? Et le pire dans cette histoire, c'est qu'ils ont été deux à en avoir souffert. J'ai si mal pour lui ; pour eux. Mais je suis jalouse de la relation que son ex et lui entretenaient. Je devrais avoir honte, mais je ne peux m'en empêcher. Je me dis que nous ne pourrons jamais vivre la même et cela me fait mal... Je sais que nous sommes assez fusionnelles, mais pas dans le même sens. Notre relation nous permet de nous élever, mais est-elle faite pour durer ? Je l'espère. De tout mon cœur.

De ce baiser passionné dont il me fait part, Matt me serre contre lui, passe sa main contre ma joue et embrasse mon cou, enlaçant ses doigts aux miens. Mon cœur s'emballe, je le comprends, maintenant. Mon Dieu, je l'aime vraiment et lui aussi. Peut-être pas de la même façon qu'elle, mais il m'aime, c'est certain. Il me l'a dit, je ne dois pas, plus douter de lui.

Ses mains caressent mon ventre, mes flancs, remontent sur les côtés de ma poitrine. Je le regarde amoureuse. Si, je le confirme. Mes sentiments sont bel et bien là pour me prouver que nous sommes faits l'un pour l'autre, je le sais. Je le sens. Je l'aime. À en mourir. Et ces sentiments me chamboulent. Un premier grand amour pour moi, donc rien d'étonnant, mais ce que je sais, c'est qu'il me fait me sentir moi. Je le désire, mon cœur à forte dose et mon corps encore plus. Nos touchés sont plus qu'explicites. Mais j'ai peur. Je n'ai jamais eu de rapport avec qui que ce soit, comment lui dire?

— Matt, je..., je soupire. Je suis encore vier...

— Je sais, j'ai deviné Ly-Las, me coupe-t-il, chuchotant contre mes lèvres.

J'inspire, puis expire. Je retire mon haut, il me regarde les yeux brillants. Je me redresse sur mes genoux et m'approche de lui. Ses mains se posent sur mon bassin, pour me tirer à califourchon sur ses jambes. Déposant sa bouche sur mon entre-deux-seins, il remonte dans mon cou puis sur mes lèvres, m'embrassant langoureusement. Son baiser se détache et je me sens rougir.

— Tu es sûre de toi? me demande-t-il afin de connaître mes véritables intentions.

— Oui, Matt.

Je le veux plus que tout. Lui offrir ce que j'ai de plus cher pour lui prouver que je lui appartiens corps et âme. Il entoure ma taille, me bascule sous lui et m'embrasse encore une fois, me laissant porter par les sensations qui se déroulent dans mon corps. Je tremble, j'ai peur, il me rassure. Il y va doucement, me dévêtit délicatement, me fait découvrir l'ivresse de l'amour, des baisers inconnus, ici et là sur mon corps, que j'aime, qui me plaît, et j'en redemande.

Il se déshabille et je revois ce tatouage « I shall eternally be yours », comprenant explicitement pourquoi il se l'est fait graver. Mon cœur se pince.

Déposant mes mains dessus, je le caresse, il m'embrasse, je frémis. Il me guide et je rougis.

Il sort un préservatif, l'enfile, se place entre mes jambes et m'enlace afin que je me décontracte. Mon cœur bat rapidement, ma respiration est saccadée. Il me pénètre et j'ai mal, mais la seule chose que j'ai envie de crier, c'est de lui avouer que je ne veux plus jamais le quitter. Qu'il est ma seconde peau. Ma vie.

Mon corps emboîté au creux du sien, il caresse mon épaule jusqu'à mon bras, entrecroise ses doigts aux miens. Il pose nos mains liés contre mon ventre et embrasse mon omoplate. Il cale ensuite sa tête contre mon cou et nous ne bougeons plus. Je lui dis B.I.L.Y., il me répond B.I.L.Y.

26/01/2018

Bonsoir mon journal!

Aujourd'hui, pour moi, est un grand jour! Il est vingt-deux heures, je viens de rentrer, mes parents m'ont incendiée, mais je m'en fous. De tout ce qu'ils ont pu me dire, je n'ai rien écouté, restant dans ma léthargie de l'amour. Ai-je bien fait de faire ce que j'ai fait? Je ne sais pas, mais je ne le regrette pas. En aucun cas. J'étais avec Matt et je viens de vivre un moment inoubliable. Je plane de tout cet amour que nous venons de vivre, de nos échanges. Oui, nous avons couché ensemble et je suis comblée. Il a été doux, attentif à mes désirs, à mes peurs, je ne l'ai jamais vu dans un tel état de douceur. Oh mon Dieu! Un millier de sentiments se propage en moi rien qu'en y repensant. Je ressens encore ses sensations de papillons dans mon bas ventre, en me remémorant ses baisers, ses caresses. Non, bien sûr que non, je ne me sens pas plus femme. Tout cela n'a rien à voir! Mais j'avoue que je me sens un tant soit peu différente, un cap a été passé ce qui fait que notre relation a évolué. J'ai même senti mon corps éprouver des choses que je n'aurais jamais crues possibles!

De quoi ai-je peur? De ce que pourraient penser mes parents s'ils venaient à l'apprendre. Non, je ne leur en parlerai pas je ne suis pas folle! Surtout que ma mère ne l'apprécie déjà pas, alors imagine-là! Non, n'imagine même pas. D'ailleurs, ce carnet va finir sous clé, crois-moi! Enfin, il serait temps que je me couche, demain j'ai cours.

Tchao!

***

Une bonne douche et je me couche enfin. Je sais que je vais avoir du mal à dormir tellement je suis excitée de ce que nous avons fait et recevoir un message de lui me complique encore plus la chose.

De Matt à Ly-Las :

« Bonsoir Princesse, comment te sens-tu ? »

De Ly-Las à Matt :

« Bonsoir beau gosse, je me sens bien, même très bien, et toi ? »

De Matt à Ly-Las :

« On ne peut mieux. J'ai adoré cette fin d'après-midi et de soirée avec toi »

De Ly-Las à Matt :

« Et moi donc ! Tu as été génial avec moi, Matt ».

De Matt à Ly-Las :

« Moi, génial ? Tu veux rire ! J'ai seulement fait ce qu'il fallait pour ton plaisir et le mien ».

De Ly-Las à Matt :

« Justement ! Je ne trouve pas le sommeil à cause de ce soir, c'est affolant comme mes émotions sont bouleversées ».

De Matt à Ly-Las :

« C'est pareil pour moi. Tu veux que je vienne te tenir compagnie ? »

De Ly-Las à Matt :

« Tu es fou, si ma mère te voit elle va finir en hôpital psychiatrique ».

De Matt à Ly-Las :

« Raison de plus ? Prépare-toi, j'arrive dans dix minutes ».

De Ly-Las à Matt :

« T'es sérieux ? »

Aucune réponse ne me parvient. Non, il ne va quand même pas faire ça ? Comment va-t-il réussir à venir me voir à cette heure-ci et sans que mes parents le virent un coup de pied au cul ? Non, je ne veux pas voir ça !

Quinze minutes viennent de s'écouler, il n'est toujours pas là. Impatiente, je lui renvoie un message.

De Ly-Las à Matt :

« Mytho, j'y ai vraiment cru, méchant doudou ! T'es con ! »

Toujours rien, je lui renvoie un message.

De Ly-Las à Matt :

« Mais je t'aime quand même, mon Roméo ! »

Tout à coup, une tape retentit contre la fenêtre, je sursaute et regarde vers celle-ci. Je le vois me demandant d'ouvrir. Mon estomac se retourne et je manque de hurler de joie. Me dirigeant vers la fenêtre, je le fais entrer.

— Oh ! Vas-tu donc me laisser aussi peu satisfait.[6]

— Quelle satisfaction peux-tu obtenir cette nuit.[7]

— Le solennel échange de ton amour contre le mien.[8]

---

[6] Roméo et Juliette, Acte II, scène II

[7] Roméo et Juliette, Acte II, scène II

[8] Roméo et Juliette, Acte II, scène II

— Mon amour, je te l'ai donné avant que tu l'aies demandé. Il dépose un chaste baiser sur mes lèvres et entre.

Passant une jambe, puis l'autre, son jean reste accroché au rebord, lui faisant perdre l'équilibre dans mes bras. Nous tombons, les fesses au sol ce qui provoque un brouhaha assourdissant. Ma mère crie après moi et je somme à mon Roméo de vite se cacher dans la penderie, ce qu'il fait. Ma mère ouvre la porte soudainement me demandant ce que je fais comme bêtise à cette heure-ci.

— Rien maman, désolée, j'ai marché sur ma chaussure et je suis tombée.

— Ly-Las, maintenant il faut te coucher, demain, il y a cours, tu vas être fatiguée.

— J'allais y aller !

— Et ferme-moi cette fenêtre, tu vas être malade, on est en pleine tempête, tu as quoi dans la tête ?

Elle ferme la fenêtre et se dirige vers la penderie.

— C'est bon, maman, la retiens-je par le bras, je n'ai pas froid et puis j'ai ma couette sur mon lit.

Elle me regarde et soupire.

— Mais qu'est-ce qui t'arrive Ly-Las ? Je ne te comprends plus, tu étais... tu es si différente depuis septembre.

— Je grandis maman. Je n'ai plus besoin que tu me couves comme tu le faisais avant.

Son visage s'assombrit. Je viens de lui faire mal au cœur, je le sais, mais elle ne me laisse pas le choix, sinon, elle ne partira jamais.

— Bonne nuit, maman.

Elle ferme la porte en me souhaitant bonne nuit à son tour. Matt sort de la penderie, m'attrape par les hanches et me soulève contre lui, nous allongeant sur le lit, lui au-dessus de moi.

— On a eu chaud cette fois ! clame-t-il en chuchotant face à ma bouche.

— Oh oui, tu es vraiment fou.

— Fou de toi. Oui.

***

Mattiew est parti à l'aube ce matin. Nous avons dormi ensemble jusqu'à cinq heures, heure à laquelle mon frère s'est réveillé. Il a fallu qu'il repasse fissa par la fenêtre pendant qu'il prenait sa douche pour ne pas être vu. À la base, il ne devait pas passer la nuit ici et de fil en aiguille, nous nous sommes endormis. J'ai bien cru que j'allais faire une crise cardiaque en me réveillant à ses côtés. Enfin, ça en a valu la peine.

Je descends l'étage pour partir quand une tape retentit à la porte de la cuisine. Je l'ouvre et tombe sur Poly.

— Salut ! me lance-t-il dans la foulée.

— Poly ?! J'ai eu du mal à te reconnaître. Eh bien quel changement !

Poly... Poly... Poly. J'avais remarqué qu'il faisait plus attention à lui ses derniers temps, mais là, c'est plus que fragrant ! On peut dire maintenant qu'il y a de quoi regarder, déguster et admirer. Lui qui était sans genre, qui ne valait pas la peine que l'on s'attarde sur lui, a coupé ses cheveux un peu plus courts et les a relevés vers l'arrière. Il a retiré ses lunettes d'aviateur dépassées, pour mettre des lentilles, nous permettant d'admirer ses yeux et a troqué les pantalons classiques trop larges pour un jean délavé, des boots et polos serrés. D'ailleurs, je n'avais pas remarqué qu'il avait autant de formes carrées sous le capot. À moins qu'il se soit mis à la musculation ? Possible. À côté des gars qui jouent au foot, il devait se sentir minus.

— Merci, me sourit-il.

— C'est ta nouvelle bande de copains qui t'a fait changer du tout au tout ?

— Oui et non. À vrai dire, je l'ai fait pour une fille.

— Ah ! Une heureuse élue ? Eh bien, je suis contente pour toi. Tu es très beau comme ça.

— Merci, Ly-Las. Ça me touc...

Une voiture klaxonne devant la maison et je lui coupe la parole pour m'enfuir. Il ne faut pas que mes parents remarquent Matt, sinon je vais finir enfermée pendant dix ans.

— Désolée, je n'ai pas le temps ! dis-je en courant vers la sortie.

J'entends un coup porté contre quelque chose et un juron sortir de sa bouche. Je suis prête à faire demi-tour, mais Matt m'interpelle.

— Tu viens ou pas ?

— J'arrive.

Je grimpe dans sa voiture, et l'embrasse quand la tête de mon frère nous surprend à la vitre.

— Eh bien, qui l'eût cru ? crache-t-il à la fenêtre. Bozo et Bozette !

— On t'emmerde, Jack.

Matt lui fait un doigt d'honneur en même temps que je lui prononce ma phrase.

Aaron se penche sur ma fenêtre, me demandant de l'ouvrir aussi par un geste de la main.

— Salut, ma belle. Comment vas-tu ce matin ?

Matt se tourne vers nous et nous dévisage.

— Ça va, merci Aaron, et toi ?

— Bien. T'as vu notre pote comment il a grave changé. Il a fait un rude effort juste pour toi, t'imagines ! Il fait de l'ombre au moustique qui se trouve à tes côtés.

Merde ! Merde ! Merde !

Que j'ai été bête de n'avoir rien remarqué !

Je vois le visage de Matt se durcir. Il grince des dents, je le sais, car sa mâchoire bouge, malgré que sa bouche soit fermée.

— Aaron, t'es gentil de le balancer juste devant Matt, mais de toute façon, lui et moi en avons déjà parlé. Ça ne pourra jamais arriver, lui avoué-je pour rassurer celui que j'aime.

— Alors, toi et moi.

— Encore moins !

— C'est ce qu'on verra, me balance-t-il en se relevant pour rejoindre le trottoir.

Elles étaient bien belles ses excuses... Il recommence à me tenir tête sur une future relation avec moi, et comme d'habitude, je me suis fait prendre au piège par son jeu, c'est vraiment lassant.

Matt essaie d'ouvrir sa portière, mais mon frère l'en empêche en la bloquant avec son corps. Il lui met soudainement un coup de poing au visage.

Je sors à toute vitesse et fais le tour de la voiture. Une fois en face de lui, je le pousse de toutes mes forces, mais il ne bouge pratiquement pas d'un poil.

— Jacky, t'es vraiment qu'un pauvre con quand tu t'y mets !

Matt passe par mon siège et sort de sa voiture. Faisant le tour, il me rejoint et fait face au groupe, en se plaçant devant moi pour me protéger d'eux.

— T'es qu'un loser, Jack. Tu t'en prends aux gens en traître, espèce de salopard. Tu fais moins le malin quand je suis devant toi.

— Parce que tu crois vraiment que tu me fais peur ?

— Oh non, je n'en doute pas! Tu fais ton petit malin parce que tu as ton petit groupe pour te protéger. Mais sans eux, tu n'es rien. Qu'un pauvre gars à la ramasse qui a besoin d'être entouré pour exister!

Je rappelle Matt à l'ordre pour qu'il se calme. Il est énervé, ses poings sont fermés contre son corps crispé. Il se tourne vers moi et crie dans ma direction.

— Toi, pauvre taré, ne t'approche pas d'elle!

En me retournant vers celui à qui il parle, je découvre Poly juste derrière moi. M'écartant de lui, je rejoins Matt, qui pose sa main dans mon dos et me raccompagne à la voiture.

— Enlève tes sales pattes de ma sœur espèce de...

Je lève la main face à mon frère pour l'arrêter dans son avancée, le coupant au passage.

— Je n'ai pas de compte à te rendre, Jack. Alors, fous-moi la paix et à lui aussi!

Mon frère, ce crapaud, se baisse vers moi, s'approchant pour me faire face. Je tends une main vers Matt pour lui interdire de se mettre entre nous deux, sachant très bien qu'il ne me fera rien. Je n'ai jamais vu autant de colère en lui qu'en ce moment même, surtout en me regardant.

— Tu peux me croire, petite sœur, que tu vas finir au couvent et plus vite que tu ne le crois!

— Ah ouais! Eh bien, j'ai hâte de voir ça!

Sa lèvre supérieure se retrousse. Son regard passe de Matt à moi, puis revient sur Matt. Il crache au sol et fait demi-tour, rappelant ses potes pour le suivre jusqu'à sa voiture.

Nous roulons en direction du lycée, voir Matt concentré sur la route m'inquiète. Je veux savoir ce qu'il pense.

— Matt! Parle-moi.

— Je n'ai rien à te dire, Ly-Las.

— Tu n'as pas trop mal à ta pommette ?

— Non.

— Matt!

— Depuis quand tu reparles à Aaron ?

Voilà, on y est. J'ai enfin réussi à lui sortir les mots qui lui brûlaient les lèvres.

— Depuis le jour où je suis venue te voir chez toi. Il est venu me voir dans mon aile pour s'excuser de son comportement. Et j'y ai cru...

Il ne répond rien.

— Il avait pourtant l'air si sincère.

— C'est ça les salauds, Ly-Las! Je te le redis, fais gaffe aux potes de ton frère.

— Si tu me disais qui c'est, ça irait plus vite!

— Non, Ly-Las. Je ne te le dirai pas. Pour rien au monde! Je ne veux pas que tu ailles le voir surtout pour ça!

Je soupire.

— Et Poly, ça fait longtemps qu'il te tourne autour ?

— Depuis un moment, d'après Jack. En tout cas, il m'en a parlé quand j'ai commencé à te fréquenter.

— Pourquoi ne m'as-tu pas parlé ni de ce qu'Aaron t'a dit dernièrement, ni de Poly ?

— Je n'en ai pas vu l'intérêt. Poly, c'est Poly. Qu'il change tant mieux pour lui, mais je n'en ai rien à faire. Il reste un pote de mon frère et je m'en fiche. Et Aaron, parce que je n'y ai pas pensé !

Il se gare sur le parking du lycée et éteint son moteur. Je pivote vers lui et caresse sa joue meurtrie par le coup de Jack.

— Je suis vraiment désolée de ce qu'il t'a fait, Matt. Tu m'en veux ?

— Pour ?

— Poly et Aaron ? Je m'en veux, moi.

— Non, Ly-Las. Mais la prochaine fois, dis-le-moi. Je ne veux plus de secrets entre nous, car l'autre pauvre con sait se servir de ces secrets pour foutre la merde !

— D'accord. Promis.

Il glisse sa main sur ma joue et m'approche de lui, tout en passant son pouce contre mes lèvres, il me chuchote les lettres que j'aime entendre.

— B.I.L.Y., Ly-Las. Je t'en supplie, crois-moi.

— Je te crois, Matt.

Je réduis l'espace qui nous sépare et caresse ses lèvres des miennes tout en prononçant encore ces mots qu'il désire tant entendre.

— Je te crois.

ACTE 15

'Matt'

Ly-Las a réussi son coup. Je ne voulais pas lui parler de ce que j'avais sur le cœur et c'est sorti tout seul. Je n'aime pas quand elle a ce pouvoir sur moi. Et cette mimique avec sa bouche, la façon qu'elle a de se pincer les lèvres l'une contre l'autre me fait craquer à tous les coups. Même si elle ne m'a pas dit ce qu'il s'était passé entre eux, je ne lui en veux pas et nos retrouvailles ne nous ont pas non plus permis de parler de ça. J'étais trop concentré sur elle, sur son corps et son bien-être, que je ne la brusque pas.

D'ailleurs, sensuelle ma nana!

Je la regarde, suppliant. Je souhaiterais vraiment qu'elle me croie quand je lui avoue l'aimer. C'est horrible de savoir que je peux la faire souffrir et la perdre en quelques minutes. Je ne veux plus que l'on m'arrache encore une partie de moi en me prenant une nouvelle fois une personne que j'aime. Je ne pourrais plus le supporter. Je suis en train de remonter la pente et si je devais encore une fois couler, ce serait pour de bon...

Depuis que mon cœur lui appartient, je traque le bonheur pour lui offrir. Mais des fois, je voudrais baisser les bras car je ne comprends pas pourquoi sa mère ne veut pas de moi et que son frère me déteste. Ce n'est pas moi qui la brise, mais plutôt ce groupe de pauvres cornichons sans cervelle qui lui sert d'amis et lui, bien sûr, ne voit rien, trop obnubilé par sa notoriété. Putain, mais il ne peut pas ouvrir ses yeux, c'te con! Moi, je la défends et le ferais toujours face à ces putains mecs horripilants, de ce connard possessif et maladif quitte à en perdre mon âme.

Et dire que je me suis fait prendre dans ses filets. Au début, je n'avais pas prévu de l'aimer. Je voulais m'amuser avec elle. La draguer, rien de sérieux. Je savais qu'elle était carrément love de moi, alors je voulais en profiter. Savoir jusqu'où elle aurait été capable d'aller pour m'avoir. Mais le retour du couteau, c'est moi qui l'ai subi. Je me suis attaché à elle, telle une perle collée dans de la glue.

Je lui souris, mon nez collé au sien.

— B.I.L.Y., Ly-Las. Je t'en supplie, crois-moi.

— Je te crois, Matt.

Elle me croit. C'est elle qui l'a dit. Je respire son air, bois ses paroles. Sa langue frôle ses lèvres, ça m'excite. Elle est d'une beauté à couper le souffle et d'une simplicité naturelle,

elle n'a pas besoin de toutes ces bricoles de gonzesses pour s'embellir.

Collant ma bouche à la sienne soudainement, j'aspire sa langue, la caresse de la mienne, puis approfondis mon baiser. *Putain, j'ai envie d'elle.*

Je ne la mérite pas, je le sais. Mais elle est là, elle s'attache telle une ventouse à mon cœur et je ne fais rien contre parce que je la veux. Elle et son dynamisme. Elle et sa simplicité. Et ce corps à se damner !

Elle me fait devenir différent, moi, comme avant.

— Tu devrais y aller, Ly-Las. Tu vas finir par être en retard.

Non, je ne pense pas vraiment ce que je dis, mais je n'ai pas le choix.

— Tu ne viens pas ?

— Non, j'ai un truc de prévu. Mais je serai là... à dix-sept heures, c'est ça ?

— Oui, c'est bien ça. Tu vas me manquer. Ce n'est pas juste.

— Demande à Plum de te faire un câlin pour moi, je suis sûr qu'elle en sera ravie !

— Je n'en doute pas, depuis le temps que je ne l'ai pas vu après les cours, elle va finir par me détester.

— Jamais elle ne le pourra. Et si elle le fait, c'est qu'elle ne sait pas ce qu'elle perd et qu'elle ne te mérite pas.

— Rhô ! C'est trop mignon.

La sonnerie retentit. Cette fois, c'est sûr, elle doit partir.

Après un dernier baiser, elle sort de la voiture et part rejoindre sa copine qui l'attend sur les marches de l'escalier devant le lycée. Quand Plum l'aperçoit, elle sautille sur place en lui faisant de grands signes. *Une vraie folle, cette fille. Tout le contraire de ma B.I.L.Y.*

Je mate son petit cul moulé comme il le faut dans ce jean, elle se retourne et me fait signe. Je me sens pris au piège, mais lui réponds par le même geste dans un large sourire. Tournant la clé dans le Neiman, la voiture démarre et je la klaxonne. Elle se retourne et me lance un baiser papillon. J'ouvre la fenêtre électrique et lui crie «B.I.L.Y.». Entendant «moi aussi», je file, comblé.

Arrivé devant chez le copain d'Inaya, je sors de ma voiture et rentre chez lui sans frapper. Ma sœur est attablée dans la cuisine, un café à la main.

— Tu as eu des nouvelles?

— Il va arriver. Tu es sûr de vouloir le faire?

Je prends une tasse, me sers de ce liquide noir, en bois une gorgée et j'expire. Suis-je sûr de moi? Je n'en sais rien du tout.

Des pas retentissent sur le plancher de l'entrée, un «salut» surgit en arrivant dans la cuisine. Caleb me tend la main et part embrasser ma sœur.

— Ça va mon poussin.

— Oui et toi?

— Maintenant que tu es avec moi, tout va pour le mieux.

J'ai un haut-le-cœur. Jamais je n'aurais cru voir ma sœur entichée de cette façon. Elle qui a d'habitude un sacré caractère, la voir ainsi, amoureuse, me fait penser à un petit minou dressé.

— Des nouvelles ?

— Elles ne sont pas bonnes...

Il balance un dossier sur la table et je n'ose pas le prendre. J'ai peur de savoir ce qu'il en est. Regardant fixement cette chemise sans rien dire, je réfléchis. Et si ?

— Tu ne l'ouvres pas ? me demande ma sœur.

— Après. J'hésite.

— Pourquoi ?

— Et si elle ne voulait plus entendre parler de moi ?

— Alors moi, je vais regarder, lance Inaya pressée de savoir ce qu'il en est.

— Non ! le lui interdis-je. Caleb, à ton avis, ça en vaut la peine ?

— Tout dépend de ce à quoi tu t'attends.

J'expire longuement puis prends le dossier, l'ouvre et lis. Ce que je vois devant mes yeux me donne la nausée.

Mon cœur tambourine dans ma poitrine en lisant ses lignes. Balançant tout sur la table, je voudrais hurler tellement j'ai mal. Cette découverte me choque bien plus que je ne le voudrais.

— Mattiew, attends !

Je file sans répondre à ma sœur, monte dans ma voiture et m'en vais. J'ai besoin d'elle, du réconfort de ses bras, de ses baisers.

Sur la route, mes larmes bordent mes yeux sans que je le veuille, mais je m'empêche de me laisser aller. Je n'en ai pas le droit, parce que tout ceci est de ma faute. Cette histoire d'avant qui me prend aux tripes depuis plusieurs années et mon histoire d'aujourd'hui avec Ly-Las me perturbent plus que je ne l'aurais pensé. Je suis perdu. Je ne sais plus comment réfléchir. Mon cœur est envahi de pensées sombres, de tristesse et d'amertume. En attendant l'heure de retrouver Ly-Las, je reste enfermé chez mon oncle. Je ne veux voir personne, parler avec quiconque. Lui ne rentre pas avant ce soir, ce qui arrange les choses.

Un coup d'œil à l'horloge du compteur, elle affiche seize heures trente. Je l'attends devant le lycée, un peu en avance, c'est vrai. Mais j'ai tellement envie de la voir que mes jambes bougent toutes seules, impatientes. J'ai du mal à me calmer. Ces derniers mots lus restent gravés dans ma tête et ne veulent pas en sortir. Putain, mais pourquoi? Pourquoi ça a fini comme ça?

Le groupe de tarés de Jake sort alors que la sonnerie n'a même pas encore retenti. Putain, l'autre connard est avec eux, j'ai envie de me faire sa sale tronche, de la lui foutre contre le poteau du lampadaire. Lui déformer sa gueule de macaque et lui faire bouffer ses dents! Si seulement...

Ils aperçoivent ma voiture et se dirigent vers moi. Je sais qu'ils vont encore me soûler et ça risque de partir en vrille. L'un d'eux s'assoit sur mon capot, j'vais lui péter les dents. Ma bagnole n'est pas un banc.

Je sors de ma voiture et le pousse pour qu'il en descende. Ses potes se marrent, alors qu'il n'y a pas lieu. J'ai tellement la rage que j'ai du mal à me contrôler, pourquoi a-t-il fallu qu'ils viennent me faire chier aujourd'hui ?

— Toi, pauvre con, ne t'approche pas de moi, t'as pigé ?

— Pourquoi, petit poucet ? Tu as peur de moi ?

— Ne rêve pas trop, tu risquerais de te perdre dans ta réalité virtuelle. T'es qu'une lopette. Jamais tu ne viens seul, il faut toujours que tu aies tes petits toutous avec toi. Ah non, excuse-moi, ceux de Jack !

— Jacky, je l'emmerde ! Il commence à me casser les couilles, d'ici peu, je vais le virer à coups de pied au cul et fissa !

— Tu n'as pas peur que les deux cons là, te balancent ?

— Pourquoi ils feraient ça ? Ils ont juste à me demander et je leur donne ce qu'ils veulent !

— Acheter les gens... Tu n'as vraiment aucune morale !

— Merci ! Je suis heureux que tu l'aies enfin remarqué, me dit-il tout sourire.

Sourire de connard !

Les toutous forment un blocus autour de moi et m'emprisonnent les bras. Il ne sait même pas se battre en face à face ce con.

Je l'empêche d'approcher en le repoussant avec mon pied, mais l'un des gars me donne un coup de poing dans les côtes. J'expire une grosse goulée d'air sans crier, mais me retrouve plié en deux. Le maladif me frappe, un coup de pied dans le ventre et je crache mes poumons. Un coup de poing s'écrase sur mon visage que je ne peux éviter puis un autre dans les côtes. Ça craque. J'ai mal, mais je ne baisse pas le regard. Les trois gars qui me tenaient me relâchent en me jetant au sol. Ce sadique s'accroupit devant moi et empoigne mes cheveux.

— Je ne perds pas espoir de me la faire ta Ly-Las. Tu vas perdre, encore une fois. Tu comprends ? Loser !

Je lui crache à la figure le sang qui coule dans ma bouche. Il grogne et essuie son visage avec un mouchoir.

— C'est pathétique de voir que tu aimes bouffer les restes des autres... lui balancé-je en grognant.

— Je n'en ai rien à foutre, du moment que tu souffres !

Son pied s'abat sur mon visage. Ma vue se trouble, mes oreilles sifflent puis plus rien.

ACTE 16

'Ly-Las'

Dernier cours de la journée et le plus ennuyeux ! Plum n'est pas avec moi dans cette matière et je me mords déjà les doigts d'ennuis.

Le prof nous donne une feuille que nous devons remplir. Il ne manquait plus que ça, un devoir-surprise ! Je remplis mon questionnaire rapidement puis reste cloîtrée dans mes pensées le temps que la sonnerie de fin de cours résonne. Depuis que Matt et moi avons parlé de ce qu'il lui est arrivé avec Louna, j'ai des doutes qui trottent toujours dans ma tête. Je sais que je ne le devrais pas mais il n'y a rien à faire, ça tourne en boucle sans cesse. J'ai peur qu'un jour cette fille revienne, que cette Louna réapparaisse dans sa vie. Se laisserait-il absorber par cet amour perdu afin de le vivre à nouveau aussi passionnément ?

M'abandonnerait-il complètement perdue dans cette aventure qui lui a permis de se libérer ?

Je l'avoue, j'ai peur, mais il m'a dit je t'aime ; B.I.L.Y., ce n'est pas pour rien. Et puis nous avons fait l'amour, ce n'est pas une chose que l'on fait si on ne s'aimait pas. Enfin, je crois. Je ne sais plus quoi penser, pourquoi est-ce si difficile l'amour...

Ne panique pas, Ly-Las ! Oui, voilà ce qu'il faut faire, sinon je ne suis pas près d'avancer.

J'y pense, cela m'était sorti de la tête avec tout ce qu'il s'est passé, qui peut bien être ce garçon dont m'a parlé Matt ?

Une liste énorme se dresse dans ma tête, mais seulement cinq s'en démarquent. Les cinq plus proches de lui. Je prends une feuille de brouillon et les inscrits :

*Jack (impossible), il m'a dit que c'était un pote de mon frère.

*Aaron (fort probable). Surtout avec ce qu'il m'a encore dit ce matin.

*Poly (impossible). Trop peu sûr de lui. Mais comme dirait Matt, mieux vaut se méfier de l'eau qui dort. Et puis, il fait tout pour me plaire. Non, même avec ça, je ne pourrais pas croire que c'est lui, enfin, je n'en sais rien, je ne sais plus...

*Léo (une infime possibilité), car c'est un sadique, c'est vrai, mais il est trop fier de lui pour piquer les copines des autres. Et puis c'est plus le pote d'Aaron même s'il parle bien avec mon frère, je l'avoue.

*Le gars de la dernière fois dans la forêt. Impossible, je ne l'ai jamais vu avant ce jour donc... mais, c'est sûr qu'il en fait partie au vu de ce qu'il a dit.

Mon avis reste bloqué sur Aaron, ça colle vraiment avec son caractère arrogant. Je suis sûre que c'est lui, j'en mettrais ma main à couper! Surtout avec ce qu'il m'a fait subir...

La sonnerie de fin de journée retentit enfin, et je souffle soulagée. Ma journée a été riche en émotion. Plum m'a attrapée dans ses bras à mon arrivée et ne m'a pas lâchée de la journée, même pour manger, jusqu'au dernier cours séparé.

Elle n'a pas arrêté de me dire que je lui ai manqué, ce que je peux bien comprendre parce que j'ai ressenti la même chose. Et nous avons enfin pu parler de tout ce qui nous est arrivé depuis notre séparation.

Je lui ai raconté ma nuit dernière et elle m'a demandé tous les détails croustillants. Non, mais comme si j'allais tout lui raconter! Je ne suis pas folle! Elle a bien eu assez de détail quand je lui ai dit que nous l'avions fait. Que c'était merveilleux, délicieux même si j'ai eu mal. Et ce n'est pas comme s'il n'avait pas fait attention.

Enfin!

Nous rejoignant dans le couloir de l'entrée, nous nous dirigeons vers la sortie bras dessus, bras dessous, heureuses d'être enfin en week-end. Je ne sais pas encore ce que je vais faire ni si je vais le passer avec Matt, *ce que j'espère*, mais rien que de pouvoir souffler me fait du bien.

Nous passons les portes de l'entrée, et voyons tout un troupeau rassemblé sur le parking devant le lycée. Avec Plum, nous faisons les curieuses et nous approchons. Tout en nous dirigeant vers la sortie, j'entends un camarade de classe prononcer «Matt». Mon cœur s'emballe. J'accélère le pas, pousse un peu les élèves de devant et reconnais sa voiture. Il aurait eu un accident?

Je pousse tout le monde sans ménagement en criant après eux pour qu'il se casse de là, mais j'ai dû mal à avancer. Arrivant enfin à sa hauteur, je le trouve couché au sol, inconscient, le visage tuméfié et rempli de sang. Me jetant sur lui à toute vitesse, je l'interpelle, mais il ne répond pas. Je crie pour que l'un de ceux qui se trouvent autour de nous appelle les pompiers, une personne me répond, mais je n'arrive pas à comprendre ce qu'il dit, à cause du brouhaha causé par les paroles qui retentissent de-ci de-là. Mon corps tremble et mes yeux pleurent lorsque je caresse le visage de Matt. Plum en fait autant avec moi, une main dans mon dos pour me soutenir. Un garçon s'approche et se poste devant nous.

— Ly-Las, ça va aller. Les pompiers vont arriver, m'interpelle-t-il.

Perdue dans mes pensées, je ne réponds rien, Plum le remercie pour moi. Je me relève d'un coup et lève la tête vers lui. C'est la même personne qui me parlait de loin quelques instants plutôt.

— Merci, Léo, émis-je en prenant conscience de la distance que j'impose au monde qui m'entoure.

Il hoche la tête de haut en bas et se recule un peu plus loin, sans nous lâcher du regard. Ce qui m'énerve parce qu'il fait partie de la liste que j'ai faite. D'ailleurs que fait-il ici, alors que Plum m'a soûlée parce qu'elle ne l'avait pas vu de la journée au lycée.

Je soupire. Étant à fleur de peau, la moindre remarque que j'entends m'énerve et je n'ai qu'une envie, c'est de casser les dents à tous ces débiles qui n'ont de cesse de critiquer Mattiew par-derrière alors qu'ils ne le connaissent pas.

Les pompiers mettent un temps fou pour arriver. J'ai envie de crier, de hurler, de pleurer encore plus que je ne le fais. Nous entendons enfin la sirène du camion retentir, ce n'est pas trop tôt. Ils se lancent vite à notre rencontre, faisant dégager le monde attroupé autour de nous. Il me demande de me lever et de me reculer aussi. Je ne le veux pas. Plum me force à le faire en me tirant en retrait, mais je reste attentive à ce qu'ils lui font. Ils l'installent sur le brancard et l'attachent. Je le rejoins pour l'accompagner lorsque l'un des pompiers m'arrête dans mon élan.

— Vous faites partie de la famille ?

— Non, je suis sa petite amie, réponds-je le cœur battant à tout rompre.

— Désolé, mais vous ne pouvez pas monter !

Il me ferme la porte au nez et je crie de rage.

Mes mains devant mon visage, je repousse mes cheveux vers l'arrière, mes larmes tombent à nouveau de ce refus. Une douleur me scie le ventre à cause du stress, alors je me plie en deux, accroupie au sol. Plum me serre dans ses bras. Ma tristesse la touche parce qu'elle pleure aussi.

Le troupeau s'étant dissipé, j'entends des pas qui retentissent vers nous. Redressant la tête, je tombe sur Léo.

— Tu veux que je t'y emmène, à l'hôpital ? me demande-t-il.

— Tu pourrais faire ça ?

— Oui, ma voiture est plus loin, là-bas.

— Ce serait super, Léo. Merci.

En me relevant, j'aperçois la voiture de Matt ouverte. J'embarque son téléphone, ses papiers, retire les clés du contact et la referme à clé. Plum me prévient qu'elle ne peut pas venir, je l'embrasse et lui confirme que je lui enverrais des messages lorsque j'aurai des nouvelles de Matt.

Je monte dans la voiture de Léo et me laisse porter.

ACTE 17

Si j'avais su ce qui allait se passer, je ne serais pas allée en cours aujourd'hui. J'ai mal de l'avoir laissé seul et je m'en veux. Pourquoi ces garçons s'en prennent-ils autant à lui? Qu'a-t-il bien pu leur faire pour qu'ils en arrivent à cet extrême? Le tabasser de cette façon? C'est vraiment horrible. Je pleure toutes les larmes de mon corps. Pourquoi ne me dit-il pas tout simplement qui est celui qui lui en veut autant? Pourquoi ne va-t-il pas à la police?

Je ne sais pas, je ne sais plus, je suis perdue. J'aimerais tant pouvoir lui venir en aide pour que nous puissions simplement être heureux après ce lourd évènement.

Je t'en prie Matt, reviens-moi vite. Tu es mon homme, mon amant, mon Roméo depuis notre rencontre. Si tu savais comme je t'aime tant...

ACTE 18

Inspire... Expire... Inspire... Expire... Les vacances commencent bien! Matt est à l'hôpital et moi, je suis complètement perdue par ce qu'il lui est arrivé. Je ne sais vraiment plus quoi penser.

En fermant les yeux, une larme coule le long de ma joue gauche et finit par s'arrêter au coin de ma bouche. Je presse mes lèvres l'une contre l'autre pour retenir le sanglot qui veut sortir. Je ne le peux pas, je ne le veux surtout pas, pas comme ça, ici, maintenant, surtout avec lui à mes côtés.

J'ouvre le pare-soleil et me regarde. Mon maquillage a coulé et je ressemble plus à un putois déguisé qu'à une fille normalement constituée. Sortant une lingette démaquillante de mon sac, je me nettoie le visage. Je me sens soudainement moi. Cette fille simple, celle de ce début d'année qui n'avait encore jamais connu le simple fait d'aimer.

Je repense à Matt, à la façon dont il a été battu, à son visage tuméfié, ensanglanté. Une nausée s'empare de mon estomac et j'oblige Léo à s'arrêter sur le bas-côté. Sortant aussi rapidement que possible du véhicule, je me penche en avant une fois sur le bas-côté de la route pour rejeter le peu que j'ai dans l'estomac.

Mon Matt...

Je sors un mouchoir en papier de la poche de ma veste et essuie ma bouche pour rejoindre mon conducteur de fortune qui m'interpelle depuis cinq minutes pour savoir si ça va.

— Oui, Léo, réponds-je en me rasseyant sur le siège passager.

Ayant un sale goût dans la bouche et avec l'acide y restant qui m'écœure, je demande à Léo s'il a un chewing-gum, ce qu'il me tend. Je sors au passage une bouteille de mon sac de cours et en bois une gorgée avant de mâchouiller la gum sur laquelle je vais passer mes nerfs.

La voiture roule depuis déjà une bonne vingtaine de minutes depuis notre arrêt forcé et mes pensées ne sont tournées que vers Matt. Que s'est-il passé pour qu'il se retrouve dans cet état ? Qui lui a fait cela et pourquoi ?

Je sors son portable de ma poche et passe en revue le répertoire. Un prénom m'interpelle : Inaya. Je réfléchis sur l'endroit où je l'ai déjà entendu et soudain cela me revient. Sa sœur ! J'appuie sur le bouton appeler et porte le mobile à mon oreille. Ça répond au bout de la troisième sonnerie.

— Qu'est-ce que tu me veux tête de mule ?

— Bonjour, Inaya. C'est Ly-Las, je ne sais pas si...

— Si je me souviens de toi, pourquoi m'appelles-tu avec le portable de Matt?

— Pour te prévenir qu'il a été emmené à l'hôpital. Il s'est fait agresser sur le parking du lycée.

— Merde! C'est grave?

— Je ne sais pas. Les pompiers ne m'ont rien dit et n'ont pas voulu que je l'accompagne. Il était inconscient quand ils l'ont emmené. Rejoins-moi au CHU.

— Merci de m'avoir prévenue, Ly-Las.

— De rien, c'est normal.

Je raccroche à peine que Léo m'interpelle en me demandant qui c'était.

— Sa sœur, pourquoi veux-tu savoir?

— Comme ça, pour converser.

— Converser? Tu m'épates avec ton vocabulaire. Et moi qui te prenais pour un attardé vu avec qui tu traînes au lycée! dis-je de colère alors qu'il n'a peut-être rien à voir avec ce que Matt a subi.

— T'es vachement sympa quand tu veux à ce que je vois, grogne-t-il à ma façon de lui répondre.

— Pardon, je ne voulais pas te vexer, m'excusé-je de mon ton orgueilleux alors qu'il m'amène à destination sans lui avoir demandé quoi que ce soit.

Je sais que ma bouche parle toujours plus vite que mon cerveau ces derniers temps, je devrais vraiment faire attention à ce que je dis, un jour cela risque de me retomber dessus.

— Ça va, ne t'en fais pas, mon amour propre en a pris un coup, mais je vais réussir à gérer mes larmes afin que tu ne les voies pas, tente-t-il de blaguer.

Je souris malgré moi de sa répartie.

— Dis-moi, tu sais qui a appelé les pompiers?

— C'est moi. Quand je suis arrivé sur le parking, il était déjà allongé au sol.

— Excuse-moi d'être indiscrète, mais tu n'as pas été de la journée au lycée, alors pourquoi être venu sur le parking?

— J'attendais ton frère.

Je ne réponds rien.

— Comment sais-tu que je ne suis pas venu de la journée? Tu m'espionnes?

— Moi? Non! Mais Plum, oui.

— Ah...

— C'est quoi ce «Ah»...? Vous la rejetez tous sans savoir ce qu'elle vaut. La beauté physique ne fait pas tout. En plus de ça, elle est magnifique et elle a un cœur en or.

— Désolé, je ne voulais pas...

— Quoi? Dire du mal d'elle? Trop tard c'est fait! Même si tu n'as rien dit, tu n'en penses pas moins. Vous me dégoûtez, vous les mecs, encore heureux que Matt ne soit pas comme vous!

— Tu es bien sûr de toi!

— Je sais ce qu'il vaut, même si le début de notre relation a été chaotique. Mais il est tout pardonné.

Je le vois secouer la tête en expirant lourdement.

— D'ailleurs, je sais de source sûre que tu pardonnes trop vite, reprend-il la conversation.

— Ouais, pas la peine de me le rappeler, je suis au courant et Aaron en est la preuve !

Je cesse de parler et réfléchis. Serait-ce Aaron qui lui a fait ça ? Si c'est le cas, je vais lui arracher la tête quand je vais le voir.

— Qu'est-ce qu'il y a Ly-Las ?

— Rien.

— Ne fais pas cette tête, alors. Dis-moi à quoi tu penses.

— À Aaron. Je suis sûre que c'est lui qui lui a fait ça.

— Pourquoi ?

— Entre eux, c'est la guerre depuis le début. Aaron n'apprécie pas que je l'aie refoulé pour Matt. Et entre votre groupe et Matt, c'est assez violent depuis quelque temps. Je ne sais même pas ce que vous lui voulez et pourquoi vous lui faites ça.

Je joue l'innocente. S'il sait quelque chose, je veux le piéger. C'est le seul moyen pour moi de savoir et avancer.

— Et surtout, pourquoi mon frère ne l'aime pas, je me le demande !

— Parce qu'il est certain qu'il va te faire du mal.

— Quoi ?

— Aujourd'hui, nous avons suivi Matt, je ne sais pas ce qu'il t'a dit du fait qu'il n'a pas été en cours, mais je ne pense pas que ce soit pour ce que tu crois.

— Continue, tu m'intéresses.

— Il a fait des recherches sur une certaine Louna.

— Quoi?

— Il voudrait la revoir.

Mes yeux se posent sur lui et je ne peux détourner mon regard. Une soudaine envie de vomir s'empare à nouveau de mon estomac. Ce que je craignais est en train d'arriver.

Mes sentiments sont partagés. Pourquoi mon frère croit dur comme fer que Matt me fera du mal et comment est-il au courant pour cette Louna, d'ailleurs?

— Tu sais qui est cette fille? me demande-t-il.

Je lui fais non de la tête. Je ne veux pas trahir le secret de Matt, même s'il m'a fait des cachotteries. Il est en droit après tout de savoir si elle va bien depuis ces années passées. Enfin, c'est ce dont j'essaie de me persuader.

— Tu n'es pas très convaincante, me soutient-il.

— Non, du tout. Et toi? lui rétorqué-je sur un ton accusateur.

— Non plus, malheureusement. S'il te plaît, ne dis pas à ton frère et Jack ce que je t'ai avoué sinon je vais me faire assassiner.

— Tu crois que ce sont eux qui lui ont fait ça?

— Je ne sais pas.

Je finis le trajet sans broncher, pensant à ce que m'a révélé mon conducteur. Après tout, il n'est peut-être pas dans le lot comme je le croyais, sinon, il ne m'aurait pas avoué ce que mon frère et Aaron savaient.

ACTE 19

Léo se gare enfin sur le parking de l'hôpital. Je souffle tout en tremblant. J'ai l'impression que mon ventre se tortille dans tous les sens tellement j'ai peur de ce que les médecins peuvent nous annoncer, m'imaginant déjà le pire.

— Je te laisse là, je dois y aller.

— D'accord. Merci encore de m'avoir déposée.

— Y a pas de quoi, Ly-Las. Si tu as besoin, appelle-moi.

Il me tend un bout de papier où est inscrit son numéro de téléphone. Je le prends et le range dans ma poche arrière de jean.

— Merci.

— Si tu as besoin de quelqu'un pour te ramener, n'hésite pas, je viendrais, quelle que soit l'heure.

— Ça marche, merci encore.

Je me penche vers lui et l'enlace. Sa tête vient inconsciemment plonger dans mon cou et je suis gênée.

Essayant de le repousser, il me retient de force puis dépose un baiser au creux de mon cou. Un éclair sans coup de tonnerre retentit au même moment. Il ne manquait plus que l'orage pour conclure cette journée totalement pourrie surtout en cette période de l'année.

Réussissant à me défaire avec beaucoup de mal de son étreinte, je ne sais pas comment réagir par rapport à ce qu'il vient de faire. Léo voyant ma gêne caresse ma joue, un second éclair survient, puis il s'excuse. Je n'ajoute rien de plus et sors avant que l'averse ne me tombe dessus.

Je sais que je n'ai pas le droit de réfléchir à ça, surtout en repensant à l'état de Matt, mais son étreinte et son baiser m'ont chamboulée. J'ai toujours été charmée par Léo et la seule barrière qui m'a toujours empêchée de sortir avec lui est Plum. Je ne peux pas rester insensible à ses douceurs, même si j'aime Matt plus que tout.

Reprenant contenance, j'avance lentement vers les urgences. Une file d'enfer me fait face et je vais perdre patience si c'est trop long. Je ne peux pas rester aussi longtemps sans avoir de ses nouvelles. Mon tour arrive et Inaya n'est pas encore là. Je demande tout de même des nouvelles à l'accueil mais la bonne femme ne veut rien me dire.

«Vous n'êtes pas de la famille!», insiste-t-elle.

Je fulmine. Je casserais bien les dents à cette mégère!

M'installer sur l'un des sièges dans la salle d'attente le temps qu'Inaya arrive est ma seule solution. J'ai si mal au cœur, j'ai l'impression qu'il va exploser. Des larmes coulent le long de mes joues et je ne les retiens plus. J'ai tellement peur à présent. Et si ces connards lui faisaient encore plus mal ? Et si jamais ils en arrivaient à le tuer ? Je crois bien que je m'en voudrais toute ma vie et ne m'en remettrais jamais. Je repense à notre rencontre, aux moments que nous avons passés ensemble, à cette intimité que nous avons échangée et à ce que je voudrais encore faire en cet instant au lieu d'être ici à pleurer, à m'inquiéter pour lui.

Trente minutes viennent de s'écouler, j'aperçois enfin Inaya à l'accueil.

— T'es encore là, toi ? dit-elle surprise.

— Oui ! Je veux des nouvelles, mais personne n'a voulu me dire ce qu'il en était !

— Je vois. Je...

Elle est soudain interpellée par le médecin des urgences. Elle s'avance vers lui et se retourne sur moi.

— T'attends quoi ? Une invitation ? me dit-elle en tendant la main.

Je souris sans grande conviction mais la suis soulagée jusqu'au bureau du médecin. Le docteur prévient Inaya qu'ils lui ont administré un calmant pour leur permettre de l'ausculter et lui explique ensuite les résultats des examens.

— Il a une commotion à la tête et deux côtes contusionnées. Nous souhaiterions le garder quarante-huit heures en observation mais il ne le veut pas.

— Soit, dans ce cas, je le ramènerai chez moi.

— Vous allez donc devoir signer une décharge. Connaissez-vous les raisons de cet acharnement sur lui ?

— Non, docteur.

Le regard du médecin se tourne sur moi.

— Moi non plus et quand je suis sortie du lycée, il était déjà allongé au sol, réponds-je tel un automate.

— Bien. Vous pourrez le rejoindre d'ici une dizaine de minutes, le temps que les infirmières finissent les derniers soins et que les papiers soient signés.

— Merci docteur, lance la sœur de Matt alors qu'il est sur le point de fermer la porte derrière nous.

Ravagée par les évènements, j'ai du mal à respirer et les larmes me montent encore une fois aux yeux. Je regrette d'avoir insisté pour que nous vivions notre amour, je n'aurais pas dû. Je m'en veux tant de lui avoir fait subir tout ceci à cause de notre relation. Il est vrai que si j'avais su ce qui nous attendait, je n'aurais pas insisté, mais à côté, je n'aurais pas connu le bonheur d'aimer réellement.

Tout est de ma faute...

Je commence à étouffer sous mes pensées, Inaya attrape mon visage à deux mains et me demande de respirer lentement. Elle me dit que tout va bien se passer, mais je sais que ce n'est pas vrai. Une crise d'angoisse s'empare de moi, elle m'écarte de la salle d'attente pour éviter un attroupement et que l'on me conduise à mon tour en salle de soin puis s'arrête une fois arrivées dehors.

— C'est bon Ly-Las, calme-toi. On ne va pas tarder à le rejoindre.

— Je m'en veux Inaya. Tellement. C'est par mon entêtement qu'il est là. C'est de ma faute !

— Non, Ly-Las, cela n'a rien à voir avec toi. Et tu le sais, alors retire-toi ça de ta petite tête bien faite ! Tu as le droit de pleurer parce que tu as un cœur, mais ne pense pas une seule seconde que tout cela soit à cause de toi. Matt m'a avoué t'avoir mise au courant pour Louna, donc ne crois surtout pas ça.

Je souffle un grand coup et entoure ma tête de mes bras. Accroupie, dans le coin d'un mur, mes larmes coulent de douleur. Inaya s'approche de moi et m'enlace en me berçant.

— Chut ! Ça va aller, je te le promets.

Trente minutes plus tard, je suis enfin calmée. Nous avons soudainement l'autorisation de rejoindre Mattiew dans la salle de soin. Mon cœur bat à toute allure et des larmes coulent involontairement lorsque je le vois.

— Matt ! émis-je en courant jusqu'à lui pour l'enlacer.

Son visage est contusionné de partout. Il a un œil tout gonflé, des balafres ici et là, aussi bien sur les bras que sur son cou et sa tête. Je n'ose imaginer ce qu'il peut se trouver sous la tunique d'hôpital.

— Ly-Las, doucement, princesse.

— Désolée, dis-je dans un soubresaut. Que s'est-il passé Matt, explique-moi !

— Non, princesse. Ne t'en mêle pas.

— Pourquoi?

— Parce que ce sont mes problèmes, pas les tiens!

— Ils me concernent aussi au cas où tu l'aurais oublié!

— Allez, habille-toi, nous coupe Inaya dans notre dispute, ce n'est pas l'endroit ni le moment! Tu as besoin de repos, Matt.

Il secoue la tête en expirant. Je le regarde encore une fois avec tristesse. Je ne sais plus quoi penser, perturbée par les sentiments qui m'envahissent. Il se redresse et sa sœur sort de la chambre. Elle me claque au passage «aide-le» et je la regarde partir, surprise. Est-elle au courant que nous avons déjà fait l'amour...? Je suis sortie de ma réflexion par Matt qui m'interpelle.

— Ly-Las!

J'attrape ses vêtements sur la table à mes côtés et le rejoins. Je défais les liens de la tunique et la dépose au pied du lit. Son torse est dans le même état que le reste de son corps.

— Je suis désolée, Matt. J'ai tellement mal de te voir comme ça.

Ne répondant rien, il passe ses jambes dans son pantalon puis se relève en titubant, je le rattrape de justesse et le redresse. Je suis rongée par l'expression de douleur qu'affiche son visage. Une main devant la bouche, je ronge mes ongles, angoissée de ce qui pourrait encore arriver lorsque soudain, il se penche vers moi, repousse ma main et m'embrasse, me faisant sortir ainsi de mes pensées cauchemardesques.

— Réveille-toi princesse, ce n'est pas l'heure de dormir, ma belle au bois dormant.

Je lui souris puis remonte son jean sur ses hanches. Il s'assoit sur le bord du lit et m'attire à lui.

— Qui aurait pensé qu'un jour tu me rhabillerais ? Ironique, non ? En général, on s'aide à se déshabiller, et on fait l'inverse tout seul.

Je lâche sans le vouloir un rire de fond de gorge.

— Tu restes de bonne humeur malgré ce que tu viens de vivre, c'est ça qui est étonnant.

— Non, c'est parce que tu es là, avec moi. B.I.L.Y., princesse.

— B.I.L.Y., Matt.

Il pose ses lèvres sur les miennes pendant quelques instants, je passe mes bras autour de son cou et il lâche un petit cri de douleurs.

— Excuse-moi, je ne voulais pas te faire mal.

— Ça va, ne t'inquiète pas.

Posant mon front contre le sien, j'inspire profondément son odeur. Les yeux fermés, je reste collée à lui dans le cocon de ses bras.

— J'ai eu si peur, Matt.

Il resserre son étreinte autour de ma taille, me rapproche plus de lui puis pose son front contre ma poitrine. Il reste ainsi sans bouger. Son geste fait battre mon cœur d'une façon irrégulière et des frissons prennent d'assaut mon corps entier. Je sais que c'est lui le bon, celui qu'il me faut envers et contre tout. Qu'ensemble nous ne faisons qu'un.

Il me relâche et se redresse avec beaucoup de mal. Je passe son bras autour de mes épaules pour le soutenir et nous rejoignons sa sœur.

Nous roulons en direction de chez leur oncle. La main de Matt dans la mienne, je ne le lâche pas du trajet, caressant son visage, ses cheveux autant que je le peux pour combler mon manque de lui, à cause de cette horrible journée.

— Tu vas rester tranquille chez Will, compris ? ordonne Inaya à Matt.

— Oui, je serais très sage ! Ne t'en fais pas, dit-il en croisant les doigts et en levant les yeux au ciel sur cette promesse qu'il ne compte apparemment pas tenir.

Elle se gare enfin devant chez son oncle, lorsqu'un homme sort de la maison et vient aider Matt à sortir du véhicule. Je fais le tour de la voiture et l'accompagne jusqu'à la porte avec tous les papiers trouvés dans la voiture de Matt, mais aussi ceux de son hospitalisation. Je les tends à son oncle qui les attrape et referme la porte aussi vite derrière lui.

J'expire une bouffée d'air pour évacuer les larmes bordant mes yeux puis fais demi-tour pour rejoindre sa sœur qui m'attend dans la voiture pour me ramener. Je fais quelques pas quand mon prénom est prononcé derrière moi. Je me retourne et aperçois Matt devant la porte. Je cours vers lui pour l'embrasser et un sentiment de soulagement m'inonde.

— Je viens d'incendier Will quand j'ai vu ce qu'il avait fait, sourit-il contre mes lèvres. Et il s'excuse, il n'avait pas compris que tu étais ma...

— Ta ?

— Petite copine... et ce sont ses mots !

Je ris à mon tour sous la simplicité de ceux-ci parce que nous deux, c'est tout sauf simple... mais tellement plus.

ACTE 20

Inaya klaxonne. Je souffle de ne pouvoir passer plus de temps avec lui. Je l'embrasse une dernière fois avant de rejoindre sa sœur et lui fais un signe de la main avant de monter en voiture, ne le quittant pas des yeux tant que j'ai vue sur lui.

Le trajet se fait dans le plus grand silence, ce qu'a subi Matt tourmente mes pensées m'empêchant de discuter avec Inaya. Celle-ci doit bien le comprendre car elle ne m'adresse pas non plus la parole tout le long du chemin. Une haine indéchiffrable se loge au fond de mes entrailles et je n'ai qu'une envie, faire la peau à ces pauvres connards. Mes nerfs sont tendus et je tremble tant mon énervement est à son apogée. Je suis rongée par la vengeance. Je sais que si je les avais, là, devant moi, je serais capable du pire tellement je leur en veux.

Vingt et une heures pointent à ma montre quand Inaya arrive au croisement situé à une rue devant chez moi pour me déposer. Je la remercie tout en fermant la porte puis avance vers ma maison. Mon frère et sa bande se trouvent encore devant chez moi. Ma rage se propage dans mes veines et j'accélère le pas. Inaya passe à côté de moi, me klaxonne et s'éloigne. Je me mets à courir vers eux.

Repérant un long bout de bois dans le parc à fleurs sur le bas-côté, je le ramasse et m'y accroche de toutes mes forces. Je vais leur faire la peau, je n'en ai rien à faire de ce que je risque, mais ils vont me le payer, ça, c'est sûr !

À quelques pas de celui qui me dégoûte le plus, la colère monte en moi, je ne veux pas seulement me venger comme je l'aurais cru, mais les faire souffrir pour ce qu'ils lui ont fait.

— Eh, bébé ! C'est à cette heure-ci qu'on rentre ? tente Aaron pour plaisanter avec moi.

Je ne lui réponds pas, lève le bâton au-dessus de mon épaule et le baisse violemment contre lui. Il réussit à esquiver mon coup en reculant.

Je glousse intérieurement car aucun de ses potes ne l'aide ou le défends. *Ouais... un pour tous et tous pour un ? Mes fesses, oui !*

— Oh, Ly-Las, calme-toi ! Qu'est-ce que tu fous ? T'es devenue folle ! gémit-il, blême devant ma façon d'agir.

Je le touche enfin en plein dans le ventre, il tombe plié en deux, cloué au sol.

Le poussant du pied, il reste allongé et essaie de reprendre son souffle. Je lui donne un coup de pied bien placé pour qu'il ne se relève pas. Mon frère s'approche, mais je lui interdis en levant contre lui mon arme. Les cris résonnent de partout, je projette à nouveau de toutes mes forces mon bâton sur eux. La rage qui m'habite ne me permet plus de raisonner correctement et je veux vraiment leur faire du mal... et c'est la seule chose qu'ils méritent.

Je suis arrêtée soudainement par Inaya qui m'attrape par les dessous de bras tout en restant derrière moi. Elle me tient dans une position où je ne peux rien faire. Elle m'éloigne du groupe et je crie pour qu'elle me relâche et en même temps, hurle après ces connards à en perdre la voix qu'ils vont tous me le payer.

N'ayant rien compris à la démarche d'Inaya, Jack arrive en courant vers nous et tente de la faire lâcher pour m'aider. Malgré que j'aie essayé de le frapper lui aussi dans ma colère, il n'a pas l'air rancunier.

Elle me lâche, Jack la repousse enfin, et lui crache :

— T'es qui toi pétasse ! Fous la paix à ma sœur et barre-toi !

Les dents serrées, elle s'approche de lui, l'attrape en lui faisant une prise de je ne sais quoi, qui m'épate et Jack se retrouve couché au sol, ses bras coincés dans son dos. Elle le réprimande :

— Ne t'adresse plus jamais à moi comme tu viens de le faire parce que la prochaine fois, frère ou pas de Ly-Las, je te défonce !

Je la regarde médusée par la façon dont elle a bloqué Jack aussi facilement. Moi aussi j'aimerais me défendre comme elle ! Je n'aurais plus jamais peur qu'Aaron vienne encore me chercher des noises.

Je suis surprise par sa manière de se battre et je repense aussi vite à notre première rencontre. Encore heureux que je n'aie pas dû l'affronter devant chez Matt, parce que j'aurais fini à l'hôpital, un bras et une jambe en moins, c'est certain...

Le groupe de gros bras nous rejoint, Inaya se redresse et s'avance vers moi qui ne bouge plus.

— Mais t'es pas bien ou quoi ? Tu n'en as pas eu assez aujourd'hui ? me crie-t-elle après.

Je me reprends et lui réponds :

— Je m'en fous, Inaya. Il faut qu'ils paient !

— De quoi parlez-vous ? Ly-Las ? m'interroge mon frère qui ne comprend rien à notre conversation.

— Tu joues l'innocent, en plus ? le maugréé-je. Va te faire voir, Jack ! Je te déteste tout autant que je hais tout ton putain de groupe de copains, malsains et méprisants, pour tout ce qu'ils sont capables de faire !

Je n'en reviens pas que Jack puisse me faire ça. Je suis sa sœur, alors pourquoi me fait-il autant souffrir ? C'est si absurde de s'en prendre à sa famille de cette façon.

— Ly-Las, je t'assure que je ne sais pas de quoi tu parles !

— Putain, Jack ! Va te faire voir ! Comment tu peux me faire ça ?

Mon frère se retourne en direction de ses potes et leur demande de s'éloigner. Ils obéissent à contrecœur.

— Ly-Las, explique-moi. Il t'est arrivé quelque chose avec Aaron ? dit-il une fois tout le monde loin de nous.

Je ris, mauvaise qu'il tente de jouer à l'innocent. J'ai envie de le tuer, de le tabasser, de lui crier après que ce n'est qu'une enflure de me faire souffrir comme ça.

— Écoute-moi bien, toi, crache Inaya. Je ne te connais pas personnellement, mais pour quelques-uns de ton groupe, si. Je ne sais pas ce que vous trafiquez, mais si vous faites encore du mal à mon frère, je vous tue! Foutez-lui la paix, est-ce que c'est compris?

— Ton frère? Mais c'est qui, putain?

Elle s'approche de lui et l'empoigne par le col de sa chemise.

— Si vous touchez encore une seule fois à Matt, je vous plante! C'est plus clair comme ça, débile?

— Je t'emmerde! Et je n'ai pas touché à ton frère. C'est vrai qu'il m'agace et surtout depuis que je sais ce qu'il a fait à Ly-Las, mais je ne lui ai rien fait, moi! Je t'assure!

Sur cette réponse, je sais que Jack ne lui ment pas. C'est bête à deviner, mais quand il s'énerve sur un truc où il dit vrai, il a une veine sur le front qui apparaît.

Je coupe la sœur de Matt dans sa lancée pour qu'elle le relâche.

— Il dit la vérité Inaya, lâche-le, lui lancé-je sûre de moi. Je me tourne vers mon frère: mais qu'est-ce Matt m'a fait, Jack? Je ne saisis pas ce que tu veux dire.

J'expire en portant mes mains autour de mon visage et inspire profondément pour essayer de me calmer, de tarir les larmes qui pointent leur nez.

— Là, c'est toi qui me mens. Léo m'a tout raconté! me rétorque-t-il en s'énervant.

Je ne comprends pas du tout où il veut en venir. Saurait-il que nous avons couché ensemble? Mais comment l'aurait-il su? J'essaie de le faire parler.

— Raconter quoi, Jack? Putain, mais il m'aime, pourquoi veux-tu qu'il me fasse du mal?

Mon frère perd patience et lâche enfin l'info qu'il détient.

— Dans la cabine d'essayage! Tu crois que je ne l'avais pas vue sur ta tête, la bosse?

Je prends un coup en plein visage. L'histoire lui est arrivée jusqu'aux oreilles, mais détournée de la réalité. Pourquoi Léo lui aurait dit cela? Pourquoi lui a-t-il menti sur mon agresseur?

Je pose une main contre mon cœur. J'ai mal que mon frère croit cela, qu'il puisse penser que je resterais avec Matt s'il m'avait fait cela.

— Jack, il faut que l'on discute. Je n'ai jamais eu autant besoin de toi qu'en ce moment même. Mais je t'assure que ce n'est pas lui qui m'a fait ça.

Mon frère me dévisage bouche bée, sans comprendre où je veux en venir.

— D'accord, rétorque-t-il. On n'a qu'à aller parler à la maison.

— Non, ils ont les oreilles baladeuses! Tous tels qu'ils sont, je ne peux faire confiance à aucun d'entre eux.

— Allons chez mon copain, il est au boulot, nous serons seuls, nous propose Inaya.

— O.K., accepte mon frère, tellement vite qu'il me choque. Je vais prévenir les parents que je pars avec vous.

— Merci, Jack.

Je soupire enfin. Mon frère accepte que je lui explique la vérité... tout ce qu'il se passe autour de moi depuis septembre. En moi-même, je prie pour qu'il me croie réellement. Je sais qu'il est buté et cela me fait peur.

***

Arrivés à destination, mon frère n'est pas à l'aise. Inaya lui propose de s'asseoir à table avec nous ce qu'il refuse. Je me place à côté d'elle et bois un grand verre d'eau. Jack nous dévisage comme si nous lui tendions un piège.

— Calme-toi, beau brun, il n'y a personne d'autre que nous ici, crache Inaya pour le rassurer.

— Il est où Matt, vous m'expliquez ?

— Matt est chez son oncle, Jack, lui dis-je mauvaise. Des gars l'ont tabassé à la sortie du lycée quand il m'attendait.

Je le vois hoqueter de surprise.

— T'es sérieuse ?

Je le dévisage un sourcil arqué, pantoise de sa question.

— À ton avis ? lui rétorqué-je à sa question rhétorique.

— Fait chier ! Je ne pensais pas que c'était vrai. Léo en a parlé tout à l'heure, mais je pensais que c'était une couille, vu que tu n'étais toujours pas rentrée.

— Ouais, j'étais à l'hôpital avec lui.

— Et pour l'histoire avec ta sœur, renchérit Inaya, ce n'est pas mon frère, mais ce pauvre connard d'Aaron. Matt lui a même refait le portrait !

Je pose mon visage pantois sur elle. Matt m'épate tout à coup de raconter ce qu'il se passe entre nous à sa sœur.

— Putain, je vais le buter ! Pourquoi Léo m'a dit le contraire ?

— Parce qu'il veut protéger ses amis, Jack ! grogne-t-elle encore une fois envers la façon laxiste d'agir de mon frère.

— Et pourquoi tu ne m'as rien dit, Ly-Las ? renchérit-il.

— Tu me fais rire ! Vu comment tu réagis quand tu es avec lui et Aaron, tu t'étonnes que je ne t'aie rien dit ! Jack, il y a un gars de ton groupe qui a décidé de s'en prendre à lui en passant par moi ! Et je ne sais pas qui sait, Matt ne veut rien dire.

Mon frère me regarde bouche bée. Il ne sait pas quoi répondre à cette accusation.

— Et qu'est-ce qu'il veut te faire ? demande-t-il sans réussir à comprendre sans qu'on lui fasse un dessin.

Je ne lui réponds pas, rien que d'y penser cela me donne mal au ventre.

— Il veut les séparer, se la faire par tous les orifices possibles et faire d'elle une traînée comme ce qu'il a déjà fait à l'ex de Matt ! crache Inaya sans mâcher ses mots.

Mon frère déglutit avec difficulté, choqué.

— Tu plaisantes ? bredouille-t-il en guise de réponse, en nous dévisageant chacune notre tour.

Je secoue la tête dans un non.

— Tu n'es vraiment au courant de rien, Jack ? lui demandé-je afin de me rassurer.

— Non, Ly-Las, je peux te le jurer sur ce que tu veux ! Tu crois vraiment que je laisserais volontairement quelqu'un s'en prendre à toi ?

— Je ne sais pas Jack, tu es tellement différent lorsque nous ne sommes que tous les deux. Quand tes potes t'accompagnent, tu es un vrai connard.

— Pas en ce qui concerne Aaron, tu le sais !

— Et pourtant, dans la forêt, quand tu m'y as trouvée avec Mattiew, tu as voulu me faire repartir avec lui alors que je te suppliais le contraire. C'est pour cela que je ne t'ai pas suivi !

Mon frère réfléchit à ce que je viens de lui dire. J'ai l'impression qu'il se mord l'intérieur de la joue, car elle se creuse.

— Que j'ai été con...

— Alors, sur ce coup, je ne dirai pas le contraire, mais tu es mon frère. Je te pardonne, Jack, dis-je en l'enlaçant.

— Merci, Ly-Las.

Assise sur une chaise de cuisine, j'écoute Inaya et Jack parler. Il énonce un à un leur point de vue, lorsque mon téléphone sonne annonçant un message. Je le sors de ma poche et regarde qui c'est. Je vois afficher Matt et mon cœur s'emballe. Je le lis alors que mon frère se prend la tête encore une fois avec Inaya.

De Matt à Ly-Las :

« Tu me manques. B.I.L.Y., Ly-Las, rejoins-moi. »

Une envie soudaine de pleurer s'empare de moi. Chaque fois que je vois écrit ou qu'il me dit ce B.I.L.Y., je ne suis plus moi. Je serais capable du pire juste pour lui, pour le retrouver.

Mon frère s'éloigne et sort quelques minutes prendre l'air pour se calmer, je me dirige vers Inaya.

— J'ai besoin que tu me rendes un service, lui demandé-je doucement à cause de la fatigue.

— Je t'écoute.

Jetant un coup d'œil par-dessus mon épaule pour voir si Jack ne rentre pas, je glisse avec l'aide de ma main droite mes cheveux derrière mon oreille et me lance.

— Dis à mon frère que je reste avec toi ce soir, j'ai besoin de voir Matt.

Sa sœur me dévisage, un sourcil arqué vers le haut.

— S'il te plaît, Inaya. Il veut me voir et j'en ai besoin aussi! articulé-je les larmes aux yeux, en prenant mon air de chien battu.

Elle s'approche de moi, pose son front contre le mien et ne me lâche pas des yeux. Une larme coule le long de ma joue. Je me veux sincère par ce regard profond que je lui laisse entrevoir, voulant qu'elle comprenne que je l'aime réellement.

Mon frère rentre et nous aperçoit, il me demande si tout va bien. Inaya lui répond oui, puis ajoute avant que je ne puisse répondre quoi que ce soit d'autre.

— Ta sœur va passer la nuit avec moi, ça te dérange?

Il secoue la tête dans un non et je la remercie en attrapant sa main pour la serrer. Je précise à mon frère de dire à maman que je dors chez Plum, pour ne pas compliquer les choses. Ce qu'il accepte sans arrière-pensée, mais ajoute «fais attention à toi», comme si quelque chose pouvait encore m'atteindre.

Nous raccompagnons Jack dans un lourd silence. Je sais qu'il réfléchit à tout ce qu'il vient d'apprendre et que ce n'est pas simple pour lui. Après tout, ce garçon fait partie de son groupe, il le considère comme un pote. Mais j'aimerais qu'il me réconforte, qu'il me dise que tout va bien se passer. D'ailleurs, je me demande comment il va s'y prendre pour essayer de piéger le gars qui s'en prend à Matt et moi. Mais aussi pour savoir pourquoi Léo et Aaron lui ont menti sur ce qu'il s'est réellement passé au supermarché.

Devant chez moi, mon frère sort sans rien dire, en claquant la porte. J'expire une longue bouffée. J'ai l'impression que Jack a repris son visage de tous les jours et que tout ce que je viens de lui raconter s'est évaporé. Inaya pose sa main sur la mienne et me la serre. Je sais ce qu'elle veut me faire comprendre par cette pression, mais je doute sincèrement que Jack m'aide réellement. Enfin, je ne suis plus sûre de rien. Tout se mélange dans ma tête, d'ailleurs la migraine a fait son apparition et j'ai hâte de terminer ma journée.

Sur la route, Inaya me coupe soudainement dans mes pensées.

— Tu n'as pas faim ?

— Non, je veux seulement voir Matt ! réponds-je tout simplement.

— Soit, mais tu devras attendre un peu, car j'ai une faim de loup !

Elle s'arrête au Mac Drive et se commande deux menus Big Mac. Pour le coup, je me demande où elle va mettre toute cette nourriture, elle qui est aussi fine qu'une aiguille avec des nichons d'enfer.

Elle se pose sur l'une des places de parking et commence à manger. Je m'impatiente et l'odeur qui se dégage des sacs, fait gargouiller mon ventre. Pour le coup, j'aurais peut-être bien dû en faire autant. Inaya tourne son visage vers moi, me sourit puis me lance le menu restant.

— Je m'en serais bien doutée, émet-elle dans un rictus. On ne peut pas résister à un bon Big Mac !

— T'es bien comme ton frère, tu prévois tout, dis-je en plongeant la main dans la boîte à frites.

— Il faut croire que c'est de famille! Mais ne lui répète pas, je lui ai toujours fait croire qu'il avait été adopté.

Un rictus se forme sur mes lèvres et cela me fait du bien de rire et de penser à autre chose.

C'est repues que nous reprenons la route, la musique nous berce et vu l'heure, je comprends pourquoi. Il est 23h30 et toutes les émotions d'aujourd'hui me retombent dessus d'un coup. Je ferme les yeux un court instant, et la seule chose que je vois, c'est le souvenir de Matt étendu à terre.

Je suis sortie de ma léthargie dans un sursaut lorsqu'Inaya m'annonce que nous sommes arrivées. Elle se gare dans l'allée devant le garage de son oncle quand un volet se ferme soudainement et rapidement, ne me laissant pas le temps de voir qui se trouve derrière. Mais je sais que c'est Mattiew vu que c'est la fenêtre de sa chambre.

— Je vais me pieuter ici aussi, je ne tiendrais pas pour la route du retour, me prévient-elle en coupant le contact.

— O.K., lui dis-je soudainement, merci, Inaya.

— Pour?

— Tout et encore plus de me permettre d'être là, pour rejoindre Matt.

— Ne me le fais pas regretter sinon...

— Je sais... la coupé-je.

— Et ne le fais surtout pas souff...

— Ça aussi, je le sais.

Elle sourit et m'ordonne de la suivre, ce que je fais. Nous entrons, elle referme derrière elle à clé. Chez eux, tout est calme, les lumières sont déjà éteintes, une seule passe dessous la porte d'une des chambres qui n'est autre que celle de Matt.

Sans me dire quoi que ce soit, Inaya me quitte et s'avance vers la pièce qu'elle occupe ou occupait, je ne saurais le dire à vrai dire, et moi, je rejoins Mattiew, apeurée. Je vais me retrouver seule avec lui et la dernière fois que cela est arrivé, c'est lorsque nous avons fait l'amour. Il m'avait même rejointe dans ma chambre le soir même en faisant de l'escalade pour passer la nuit avec moi.

J'inspire puis expire profondément. Pourquoi ai-je aussi peur soudainement ? Je déglutis avec difficulté. Comment va-t-il réagir de me voir là, face à lui ? Des papillons prennent d'assaut le bas de mon ventre et mon cœur tambourine dans ma poitrine ; danse des chicas-chicas-boum, brusquement en repensant à nous dans notre intimité. Je ressens encore ses baisers sur mon corps, mes lèvres, que j'en frissonne.

Soudainement, j'ai honte, parce que la seule envie qui s'empare de mon corps, c'est celle de notre mélange ; de notre corps à corps. C'est pathétique ou bien est-ce vraiment l'amour qui me fait ressentir ça ? Je crois que je suis attachée à lui plus qu'il ne le faudrait…

Je secoue la tête, inspire et ouvre la porte.

ACTE 21

'Matt'

Le reflet que me renvoie le miroir me dégoûte. Ma sale tronche pourrait faire peur à un môme. Dommage que ce ne soit pas Halloween, je n'aurais pas eu besoin de me trouver un masque pour ressembler à Quasimodo. Les ecchymoses sur mon corps le colorent de rouge, de bleu et de vert. Je crois même apercevoir du noir à l'arrière de mon dos. Mon cou me faisant trop souffrir, je ne réussis pas à voir correctement derrière moi en tournant la tête. Un vrai arc en ciel.

Je m'avance vers ma fenêtre et regarde dehors. Mon regard se perd dans la noirceur de la nuit et une envie soudaine me prend au dépourvu. Celle de voir Ly-Las, de la tenir dans mes bras. J'ai besoin d'elle. Elle me manque tellement que je décide, sur un coup de tête, de lui envoyer un message.

De Matt à Ly-Las :

« Tu me manques, B.I.L.Y. Rejoins-moi. »

Je repose mon téléphone en expirant et un frisson possède aussitôt mon corps. Je sais qu'il est là, ce connard possessif maladif me regarde, je le sens. Il doit prendre son pied en voyant l'état dans lequel je suis. Il a de la chance que je ne puisse rien faire contre lui à cause de tous ceux qui l'entourent, parce que je lui aurais déjà fait la peau ! Ce mec me dégoûte, il me fait bien remarquer qu'il est intouchable et je me sens faible. Ly-Las ne devrait pas rester avec moi, je vais finir par l'embarquer totalement contre ma volonté dans ce jeu pourri auquel il s'adonne. Je sais que tout ne fait que commencer et j'ai peur de ce qu'il va arriver. Encore une fois. Je ne veux pas qu'il fasse du mal à Ly-Las à cause de moi.

Depuis que nous sommes ensemble, elle souffre par ma faute. Mon passé refait surface et tout ceci va mal finir. Ce connard est bien plus sauvage qu'auparavant. Il n'en était jamais arrivé jusqu'aux mains avec moi. Mais pourquoi maintenant ? Ly-Las l'aurait-elle déstabilisée pour qu'il en arrive à ce sort ? Elle est beaucoup plus caractérielle que Louna cela ne m'étonnerait pas. Et je sais aussi que les potes de son frère la font chier au plus haut point, donc cela ferait une deuxième bonne excuse pour refouler ce con.

Soudain, je sors de mes pensées quand j'aperçois une voiture ralentir C'est Ly-Las et Inaya. Que font-elles ici ? Et ça fait tilt dans ma tête. Mon SMS. Ly-Las l'a pris au premier degré, et ce n'est pas pour me déplaire. Mais après réflexion, je sais que c'est une mauvaise idée. *Je ne suis pas un gars pour elle.*

Ma sœur se gare dans l'allée devant le garage, je ferme mon volet en vitesse. Je n'ai aucune chance de la faire partir cette nuit, je le sais et ce n'est pas encore avec cette phrase pourrie qui ne cesse de me venir en tête que cela va fonctionner. Je la lui ai déjà dite bien trop souvent pour qu'elle ait encore son effet, mis à part me prendre une claque dans la gueule. J'aime Ly-Las. Plus que tout. Et réagir ainsi, c'est ma façon de la protéger… de moi, d'eux, de lui, ce putain de connard possessif maladif !

Si je ne m'étais pas mis avec elle, rien de tout ceci ne serait arrivé. Je vais devoir prendre sur moi pour essayer de ne pas gâcher cette nuit. Je sais que j'aurais mieux fait de ne pas lui envoyer ce message, mais mes mots sont réels. Tous autant qu'ils sont. Elle est devenue mon air, mon oxygène, ma raison de vivre… de survivre même en si peu de temps. trois mois. C'est le nombre qu'il m'a fallu pour que je lui appartienne. TOTALEMENT. C'est inconcevable, incompréhensible, complètement fou, mais c'est comme ça. L'amour tape n'importe quand, sans crier gare.

Debout devant mon lit, le dos tourné à la porte de ma chambre, j'entends le battant de l'entrée s'ouvrir et se fermer. Les filles sont dans le salon, je les entends chuchoter, puis une autre porte se fermer. C'est ma sœur qui a rejoint sa chambre. Je le sais, parce qu'elle se trouve juste à côté de la mienne et la cloison qui sépare nos piaules a bougé lorsque Inaya l'a claquée. J'enfile mon tee-shirt lorsque Ly-Las passe le seuil de ma chambre. Je vois son reflet dans la fenêtre, elle est sublime dans ce jean qui moule son petit cul parfaitement et ce haut qui compresse sa poitrine pour rendre ses seins plus volumineux, me donne de sales idées en tête.

Putain fait chier!

Mon sexe s'étire à cause de ce souvenir... de nous emboîtés l'un dans l'autre. Ça me donne envie d'elle, envie de ne faire à nouveau qu'un, d'être cajolé, embrassé, de prendre soin d'elle, de la consoler. Je ne le devrais pas, surtout après mes pensées d'y a à peine cinq minutes, mais je la veux plus que tout, en tout cas plus que je ne pourrais jamais l'avoir pour le moment: toute à moi, et tout entière. Jamais je n'aurais songé un jour pouvoir aimer à nouveau, être accro d'une fille comme je le suis avec Ly-Las. Je pensais ma vie finie après Louna, mais Ly-Las m'a fait remonter la pente, elle m'a fait redécouvrir ce que vivre voulait dire. Ce qu'était l'amour, le désir de la chair, l'envie d'une seule et même personne. J'espère juste ne pas me planter à nouveau. Et que Dieu m'en garde si cela arrivait, je sais que je finirais six pieds sous terre.

Je caresse des yeux le reflet de son visage dans la vitre. Je n'ose pas me retourner par peur de ce qu'elle pourrait ressentir, de ce qu'elle pourrait penser de moi en me voyant encore une fois dans cet état. Penserait-elle que je suis un lâche, un bon à rien?

Pourquoi je réagis de la sorte? Bonne question! Auparavant, je me serais complètement fichu de ce qu'elle aurait bien pu penser de moi, de mon état.

Tout en expirant longuement, je prends mon courage à deux mains pour lui parler.

ACTE 22

'Ly-Las'

J'entre sans frapper dans la chambre et referme aussi vite la porte derrière moi. Le dos tourné au battant, Matt est face au lit, en train de passer un tee-shirt. Il se fige soudainement en voyant mon reflet dans la fenêtre lui faisant face. Le silence résonne dans la pièce durant plusieurs minutes.

— Quel guide as-tu donc eu pour arriver jusqu'ici[9]? lance-t-il tout à coup.

— L'amour, qui le premier m'a suggéré d'y venir[10].

J'avance rapidement vers lui et entoure son torse de mes bras, en calant ma tête contre son dos.

— Matt...

---

[9] Roméo et Juliette, Acte II, scène II

[10] Roméo et Juliette, Acte II, scène II

Ma voix se tait sans que je ne puisse finir ma phrase. Les larmes qui me gagnent sont bien plus éloquentes que de simples mots. Mon oreille à l'écoute contre son dos, je ressens les battements de son cœur qui sont plus rapide qu'à l'origine. Il ne se retourne pas, ne me tire pas vers lui, la seule chose qui me touche, sont ses mains posées sur les miennes. Le voir aussi calme me perturbe. Lui qui a toujours le mot pour plaisanter, ronchonner, ça me fait bizarre qu'il se taise.

— Regarde-moi, lui demandé-je, mon front entre ses omoplates.

Il ne répond rien, alors je lève la tête et réitère mon ordre.

— Regarde-moi, Matt !

Il fait non de la tête.

— Matt !

— Non, Ly-Las, j'ai honte d'être dans cet état.

Je dépose un baiser entre ses omoplates puis expire.

— Pourquoi m'as-tu demandé de venir alors ? le questionné-je pour savoir le fond de sa pensée.

— Parce que tu me manquais.

— Alors, retourne-toi !

Ce qu'il fait enfin à contrecœur en s'asseyant sur le bord de son lit. Sa tête à hauteur de ma poitrine, il me rapproche de lui et plaque son visage contre. Il dépose ses mains autour de mes hanches, je lève son visage vers le mien tout en lui caressant doucement les cheveux pour ne pas lui faire mal. Mon regard dans le sien, je ne le quitte pas des yeux. Nous

nous jugeons l'un l'autre, comme lors d'une bataille, pour savoir qui gagnera.

Perdant dans cette lutte, je lui énonce enfin ce qu'il attend.

— B.I.L.Y. … B.I.L.Y., Matt. Je suis irrémédiablement amoureuse de toi. Quand je ne suis pas avec toi, c'est comme si l'on m'arrachait un morceau de mon cœur.

Il s'enfonce plus profondément dans le lit, lève l'une de mes jambes pour la passer autour de sa taille, mon genou sur le matelas, et en fait autant de l'autre. Ses mains se posent sur mes fesses et remontent dans mon dos tout en me tirant vers lui dans une lourde pression. Sa bouche prend au piège la mienne dans un langoureux baiser et l'envie qui se propage dans mon ventre me surprend. Elle est plus profonde et plus désireuse que la première fois. Mon cœur s'emballe, bat précipitamment dans ma poitrine, provoquant un halètement furtif entre mes lèvres. Je le désire plus, encore, toujours plus fort et la pression qu'il exerce contre mon corps, me prouve que c'est ce qu'il veut aussi. Sans autorisation, je lui retire son tee-shirt et caresse son torse, ses hématomes, l'embrasse aussi. Il s'allonge sur le lit, je le suis sans quitter sa bouche, ma langue caressant lentement la sienne, délicatement, sensuellement pour que notre désir augmente encore.

Je me maudis, car je le laisse faire, le laisse me déshabiller, me toucher, alors que je devrais l'en empêcher, à cause de son état. Mais il n'y a rien à faire, nous nous retrouvons nus, notre intimité suivant son cours et j'adore ça. Je l'embrasse ici et là, le caresse, le couvre de baisers et il en fait autant, me faisant découvrir par bien d'autres façons que le sexe peut nous amener vers une symbiose inévitable puis tout s'accélère. Malgré la douleur qui parcourt son corps, il passe un préservatif, me place au-dessus de lui et me laisse guider, concluant ainsi l'insatiable envie qui nous torturait depuis que je suis arrivée.

Comblée, je cale mon corps au creux du sien, sa main droite caresse mon épaule, son bras, glissant sur ma hanche puis ma cuisse où il la laisse choir dessus. Sa bouche embrasse avec de doux baisers l'arrière de ma tête.

— Comme un rêve éveillé, je suis aujourd'hui à tes côtés. Pour rien au monde, je ne voudrais te quitter, sauf si ce n'est pour tout recommencer, me chuchote-t-il au creux de l'oreille.

— Matt.

Je me retourne vers lui, caresse son visage tendrement quand mes yeux s'humidifient à cause de ses mots, qui je sais, sont sincères. Je lui chuchote de la même façon :

— Un rêve se réalise aujourd'hui et pour rien au monde je ne voudrais l'échanger, sauf si c'est pour mieux le recommencer.

Mes lèvres rencontrent les siennes dans un doux baiser puis il les relâche.

— Promets-moi de ne jamais me faire de mal, Matt, mendié-je. Je t'aime tellement...

— En aucun cas, tu m'entends ! Jamais, je ne le pourrais. J'ai plein de défauts, mais ma qualité, c'est d'aimer sans compter.

Sur ces derniers mots, nous nous endormons.

***

Je me réveille en sursaut. En ouvrant les yeux, je me demande où je suis, puis tout me revient : chez Matt. Son visage se trouve derrière ma tête, son bras entoure ma taille, et sa jambe bloque les miennes, je ne peux pas bouger sans risquer de le réveiller.

Je ferme les yeux et repense à cette nuit. Cette merveilleuse nuit. Soudainement, je plaque ma main contre mes lèvres, honteuse de ce que je lui ai fait. J'ai osé aventurer ma bouche dans des endroits dont je n'aurai jamais eu idée avant hier. D'ailleurs, je ne m'en serais jamais crue capable. J'avais si peur de mal m'y prendre, mais il m'a vite rassurée lorsqu'il m'a avoué aimer. Ses baisers au Sud, les miens sur son corps pour le découvrir, comme ce qu'il avait fait avec moi la première fois, nous ont encore plus émoustillés, excités, et c'était passionnel. Je découvre des choses dont j'ai déjà entendu parler par les copines et c'est encore mieux que ce qu'elles nous ont déjà raconté.

Je suis sortie de mes pensées par Matt qui dépose un baiser dans mon cou.

— Bonjour, vous.

— Bonjour, toi.

Je me retourne vers lui en passant mes bras autour de son cou. Il tire ma jambe et la pose sur sa hanche pour resserrer notre étreinte. Je sens sa faveur masculine dressée, je me mords la lèvre de désir.

— Tu as bien dormi ? me demande-t-il.

— Comme un bébé. Et toi ? Pas trop douloureux ?

— Oh si tu savais ! Je me demande même comment je réussis à bouger. Je ne sais même pas comment tu fais pour me regarder comme tu le fais. Je me dégoûte moi-même.

— Stop ! Matt. Ne commence pas avec ça. Au contraire, te voir dans cet état me fait réagir. J'ai envie de tuer tous les potes de mon frère même s'ils ne sont pas tous coupables !

Il pose tendrement ses lèvres sur les miennes. Son baiser me fait décoller, fait envoler mon cœur. Je ne comprends pas pourquoi il doit subir tout ça. Bien qu'il soit différent des autres garçons de son âge, il est tendre, doux, gentil, même s'il est maladroit lorsqu'il veut parler des sentiments qu'il ressent. Et je sais pourquoi il est comme ça, ce qu'il s'est passé avec Louna l'a abattu, mais j'ai du mal à avancer sans douter.

Cette fille me reste en tête. Je ne sais toujours pas ce qu'il a l'intention de faire avec elle et ma conversation avec Léo devant l'hôpital me perturbe beaucoup... Qu'a fait Matt de sa journée ? Pourquoi Léo est-il si persuadé qu'il a fait plus que ce à quoi je pensais ? D'ailleurs, à quoi pensais-je réellement ce jour-là ? Même moi, je n'en suis pas vraiment certaine à cause de tout ce que je ressens pour ce qu'il a enduré.

— Dis-moi, Matt, tu comptes faire quoi maintenant avec ce gars qui te veut du mal ?

— Rien de plus. De toute façon, il peut tenter quoi que ce soit, je sais que tu m'aimes et puis, cette fois, je t'ai eu avant lui.

— Tu m'as eu ? répété-je les sourcils froncés.

— Oui, j'ai réussi à coucher avec toi avant qu'il t'ait, ça le fera peut-être reculer.

Ses mots me choquent. Pourquoi pense-t-il directement à cela ? Il joue avec moi ? Léo aurait raison ? Me suis-je vraiment fait avoir par lui ?

Je ferme les yeux en expirant longuement…

— Ce n'est qu'un jeu ? Je ne suis qu'un jeu, c'est ça ? bredouillé-je les larmes aux yeux, en me relevant.

J'attrape mes affaires aussi vite et commence à les enfiler.

— Quoi ? Non, Ly-Las ! Mais… mais qu'est-ce que tu racontes ?

Il tente de se redresser pour me rejoindre, mais il crie de douleur.

— Inutile de bouger, je connais la sortie ! lancé-je en m'avançant vers la porte.

J'attrape la poignée et vais pour l'ouvrir lorsqu'une de ses boots atterrit contre le battant, m'empêchant d'aller plus loin. Il me hurle dessus.

— Je t'interdis de sortir de cette chambre, Ly-Las !

Soudainement j'ai peur. J'aurais pu me prendre sa satanée godasse dans la tête, pourquoi a-t-il fait cela ?

Je ne me retourne pas et reste dos à lui, en tremblant de ce qui m'attend, en pleurant de m'être trompée sur lui. Matt est bien comme les autres, Léo avait raison. Je ne suis qu'une petite fille pourrie qui se fait avoir par tout le monde.

J'entends des gémissements derrière moi, mais je n'ose pas lui faire face.

— Putain Ly-Las, regarde-moi !

Je n'obéis pas.

— Ly-Las, regarde-moi ! Tu m'as dit que tu n'avais pas peur de ce que je représentais, alors regarde-moi et arrête de faire la gamine.

J'expire longuement et me retourne, les yeux en larmes. Il s'avance difficilement vers moi, boitant d'une jambe, le visage crispé par la douleur. Mon Dieu, pourquoi je le fais souffrir ainsi ?

Plus il s'avance, plus je recule contre la porte. Mes yeux se perdent sur son visage et mes perles salées coulent encore plus de le voir pleurer aussi.

— Tu as mal interprété ma phrase, Ly-Las !

— Tu as pourtant bien dit ce que j'ai compris !

— Je me suis mal… Putain Ly-Las ! Je t'assure, ce n'est pas ce que j'ai voulu te faire comprendre !

— Je ne peux pas, je suis désolée Matt, je ne sais jamais si tu me mens ou pas.

Il passe ses mains devant son visage et repousse ses cheveux vers l'arrière. Soudainement, ses poings s'abattent contre la porte, un bras de chaque côté de ma tête.

— Tu sais que je n'ai pas l'habitude d'exprimer correctement mes sentiments, que je fais toujours tout de travers, alors pourquoi ne peux-tu pas tout simplement essayer de comprendre ce que j'ai voulu dire?

Je pleure encore plus en repensant à sa chaussure et ses mains qui me bloquent.

— J'en ai marre Ly-Las, dit-il soudainement en marmonnant entre ses dents, un sanglot coincé dans la gorge. Marre de toujours devoir tout faire pour que tu me comprennes, que tu saisisses que je tiens vraiment à toi.

Mon cœur bat rapidement à cette phrase. Je le sais qu'il m'aime, mais c'est plus fort que moi. Je doute, tellement… Léo a réussi à semer l'incertitude lors de notre conversation et j'ai honte de me l'avouer.

Il inspire, se calme et se reprend.

— Ce n'est pas ce que j'ai voulu dire. Par ma phrase, j'ai espoir qu'il nous foute la paix. J'en ai marre que tu souffres à cause de moi, de mon histoire. Je t'ai amenée contre ma volonté vers ce pervers et je m'en veux, Ly-Las. Je m'en veux parce que je t'aime, et à cause de ça, je n'arrive pas à profiter de toi, de ce que tu me fais ressentir parce que j'ai peur! Et j'ai peur parce que je ne veux pas te perdre.

Mon regard se perd dans ses joyaux humides. Il me rassure encore une fois alors que je ne le mérite vraiment pas.

— B.I.L.Y., Ly-Las.

Son front se pose contre le mien, il reprend notre conversation.

— Crois-moi, je t'en prie. Une dernière fois. Si jamais je sème encore une fois le doute dans ton esprit après aujourd'hui, je partirai, promis.

Je pose mes mains autour de son visage, m'agrippe à ses cheveux qui méritent un rafraîchissement après cette merveilleuse nuit que nous venons de passer. Je lui bredouille sans retenir les larmes qui ne cessent de couler depuis le début de notre dispute.

— Pardonne-moi, Matt. Je m'en veux d'avoir agi ainsi. Je ne sais pas ce qu'il m'a pris.

Si, je le sais très bien, mais je ne veux pas le lui avouer, ce serait lui faire encore plus mal.

Ses bras autour de moi, nous nous échouons à même le sol pour nous consoler l'un l'autre de cette dispute qui a failli mal se terminer.

10/03/2018

Hello mon journal !

Deux mois et demi viennent de passer depuis que Matt s'est fait tabasser. Entre lui et moi, tout roule comme sur des roulettes. Bon, il est vrai qu'elles ont un mauvais équilibre, mais nous tenons le coup.

Comme un vrai petit couple modèle? Non, ce n'est pas encore le cas et ce n'est pas près d'arriver surtout depuis que Poly — que j'aurai bien tué, ce qui est toujours le cas maintenant — a avoué à ma mère que Matt et moi nous nous fréquentions… Genre, il claque ça, l'air innocent. «Mais Ly-Las, de toute façon, Matt sera avec toi, vu que tu sors avec». Non, mais de quel droit vient-il se mêler des conversations que je peux avoir avec ma mère? Espèce de sale con!

J'ai cru que maman allait faire une syncope! Aïe!

Elle m'a expressément ordonné de rompre avec lui. Non, mais elle est totalement folle! J'ai trop souffert jusqu'à maintenant pour que nous nous séparions à cause d'elle… ou de Poly… ou bien des deux. Ce qui m'a fait encore plus rire c'est son reproche: «Voilà pourquoi tu te comportes bizarrement ces derniers temps, il te bourre le crâne!» Je n'ai pu m'empêcher de lui rire au nez, ce qui m'a valu d'être privée plusieurs jours de sortie, et Matt m'a encore plus manqué. Plum est venue me tenir compagnie, tout en me faisant passer quelques petits cadeaux de mon Roméo préféré. Enfin… Tout est enfin terminé. Et j'en suis bien contente.

La semaine, on se voit en cachette. Soit chez lui, soit à la bibliothèque, mais aussi au bord du lac où nous nous sommes donné rendez-vous la première fois que nous sommes sortis ensemble, depuis les retours des rayons du soleil sont apparus. Sauf que maintenant nous y restons jusqu'à la nuit tomber pour voir le coucher de soleil ainsi que l'apparition des étoiles dans le ciel. Je trouve cela magnifique et encore plus lorsque je suis avec lui. Nous sommes allongés sur les sièges avant et regardons à travers le toit panoramique l'étoile du berger briller et le premier qui la trouve fait un vœu. C'est enfantin, mais on s'amuse et j'aime ça. Bon, il nous arrive aussi de déraper et que l'on ne se regarde pas que dans le blanc des yeux. Tu comprends, c'est la vie de couple, non ?

Plum m'a fait le reproche d'aller moins la voir, mais elle ne m'en veut pas. Elle sait que cela vient du fait que ma mère me casse les pieds à espionner mes messages, mes appels, et j'en passe. Elle comprend que je profite plus de Matt. Elle assure grave ma copine et je l'aime pour ça ! Et encore plus quand elle me couvre auprès de ma mère. Des petits mensonges, rien de grave, évidemment.

Mon frère, lui ne se mêle pas de mon cas. Il me laisse vivre de mon côté, mais ne veut rien entendre pour le moment. Il m'a avoué qu'il faisait des recherches, qu'il essayait de voir ce que cela donnait du côté de ses copains, mais que rien ne lui vient aux oreilles pour l'instant. Il ne m'a pas reparlé de ce que Léo et Aaron lui ont dit à propos de la cabine d'essayage, alors j'espère seulement que mon frère ne laissera pas tomber. J'en ai tellement peur. Jack est super, mais quand il est avec eux : sa bande, il n'est plus pareil. Je n'arrive pas à savoir pourquoi il change autant…

Bon, je te laisse, Mattiew ne va pas tarder à venir me chercher pour aller au bord du lac. Eh bien qu'il ne fasse pas très chaud, aujourd'hui, j'ai trop hâte !

Tchao !

Me regardant une dernière fois dans le miroir, j'expire longuement. Quel mensonge vais-je devoir encore une fois trouver pour ma mère? J'en ai plus qu'assez de cette situation. Mon anniversaire est dans deux semaines et je serai enfin libre de mes propres fréquentations.

En descendant les escaliers, je suis interpellée par Poly, qui est installé dans la salle à manger. Je grogne intérieurement, il ose encore une fois me parler alors que je l'en ai interdit depuis le jour où il m'a balancée.

— Quoi Poly? lâché-je, désinvolte, de la cuisine.

Il me rejoint aussitôt, je suis des yeux sa démarche chaloupée. Depuis sa transformation, je dois avouer que le regarder m'est beaucoup moins difficile qu'avant. J'adore son regard noisette, chose que je n'avais jamais remarquée avant, à cause de ses lunettes de grand-père.

— Tu vas me pardonner quand? Je t'assure que je ne savais pas que tes parents n'étaient pas au courant pour Matt, dit-il les bras croisés.

— C'est peut-être con, mais je ne réussis pas à te croire.

— C'est peut-être con, mais ne crois pas que l'on soit tous contre toi, Ly-Las. J'ai très bien compris que je ne te plaisais pas, alors pourquoi rester en mauvais terme?

Un rictus en coin se forme sur mes lèvres. Je donne un coup d'œil derrière lui et y vois toute la satanée bande de cons.

— Tu oses encore me demander pourquoi?

— À cause d'Aaron?

— Pas que. Mais il en fait partie.

Poly secoue la tête dans un non.

— Tu es vraiment une psychopathe quand tu t'y mets !

— Tu crois vraiment ça ? Je te rappelle qu'il a essayé de me violer !

— C'était il y a plusieurs mois de ça et tu lui as pardonné !

— Pardonné ? Tu crois vraiment ? Certes, je lui parle quand je suis obligée, mais c'est tout. Je ne pourrais pas lui pardonner. Imagine que si Matt n'avait pas été là, ça aurait mal fini !

— Matt… encore une fois… tu n'as que ce nom à la bouche ! N'as-tu jamais pensé une seule fois que c'était peut-être un coup monté entre eux ? Que faisait-il là-bas, comme par hasard, ce jour-là ?

— Laisse tomber, Poly. J'avais oublié que toi aussi, tu étais contre lui… Après tout, c'est ton concurrent direct !

Le contournant, je sors de chez moi en colère. À peine ai-je mis un pied dehors que mon téléphone sonne. C'est Matt. Je réponds à son appel.

« Salut princesse. Ça va ? »

« Oui et toi ? Tu arrives vers quelle heure ? »

« Je suis désolé, je ne peux pas venir pour le moment, je dois aider mon Beauf au Need »

« Ah… »

« Tu es déçue ? »

« À ton avis ? »

«Je te promets de me faire pardonner. B.I.L.Y., Ly-Las, j'essaie de faire au plus vite pour te rejoindre un peu plus tard.»

«B. I. L. Y., Matt.»

Une larme perle sur le coin de mon œil. Il ne manquait plus que ça. Je m'assois sur le banc du jardin, mes jambes pliées sur l'assise que j'entoure de mes bras. Mon menton posé sur mes genoux, je pense à ce que vient de me dire Poly. Je doute que ce soit vrai, mais comme par hasard, il reprend ce que m'a dit Léo, il y a quelques mois. Mes pensées sont soudainement interrompues par les potes de mon frère qui partent. Une fois tranquille, Jack me rejoint, s'asseyant à côté de moi.

— Ça va, chamelle?

— Si on veut.

— Que se passe-t-il?

— Je devais voir Matt, mais il vient d'annuler. Du coup, je me retrouve seule.

— Comment ça va vous deux?

— On fait aller. Apparemment, pour le moment, il n'a pas eu de nouvelles du connard.

— C'est une bonne chose, non?

— Oui et non. Je m'attends au pire quand ça va frapper…

— Je comprends. Bon, je dois y aller, je vais voir une amie. Tu veux que je te dépose quelque part?

— Chez Plum, si ça ne te dérange pas.

— Allez, en route chamelle! prononce-t-il en me poussant de l'épaule, ce qui me fait rire.

Je monte en voiture et me laisse porter. Mon téléphone sonne, c'est un message de mon Roméo.

«Un jour, une princesse rencontra un gros crapaud, et au lieu de le repousser, elle l'embrassa. Ce crapaud était heureux, mais pourquoi avait-elle fait ça? Fort heureusement, il comprit par la suite que pour cette princesse, l'apparence n'avait pas de frontière.

Alors, rien que pour ça, un jour, je décrocherai la lune pour toi, même si je dois donner ma vie pour te l'offrir. Je t'aime Ly-Las...»

Mon cœur se pince à la lecture de ses mots. Je lui en veux tellement de m'avoir plantée, mais après ça, c'est impossible que je reste fâchée.

«Je parie que je suis le crapaud!» lui réponds-je ironiquement.

«Je valide ton choix petite idiote. B.I.L.Y, princesse.»

«Je t'aime, Matt. Tout autant que cette princesse au cœur d'artichaut.»

— Rhô! Comme c'est beau l'amour! me taquine mon frère, à cause de mon air niais sur mon visage.

— Je t'emmerde Jack! grogné-je en le tapant sur l'épaule.

Il ricane et reporte son regard sur la route.

Je rempoche mon téléphone et me laisse imprégner par la musique qui se diffuse dans l'habitacle. Je suis surprise, ce n'est pas la même que d'habitude qui tourne en boucle.

— Où as-tu découvert ça ? demandé-je à mon frère.

— Tu es certaine de vouloir le savoir ?

— Bien sûr, sinon, je ne te le demanderais pas !

— C'est la sœur de Matt.

— La sœur de mon Matt ?

Il hoche la tête dans la positive.

— Mais tu l'as revu quand ?

Il ne me répond pas, que me cache-t-il ?

— Jack !

— Je ne l'ai pas revue physiquement, je communique avec elle par mail. On s'échange des informations sur nos recherches.

— Ah ! Donc tu as eu des nouvelles en ce qui concerne Matt ?

— Non !

— Non ? Mais tu viens de…

— Je ne te dirai rien Ly-Las, ne cherche pas.

Je le dévisage et grogne entre mes dents. Pourquoi me cache-t-il tout ce qu'ils ont sur son cas ?

À cas désespéré, n'appartient que le désespoir…

Je me sors de la tête cette phrase juste acceptable pour la rime et continue de rêvasser.

La voiture s'arrête sur le trottoir juste devant chez Plum. Mon regard se perd sur les deux personnes qui se trouvent dehors. Ma bouche tombe, grande ouverte. Poly et Plum ensemble, mais que lui veut-il? Je ne m'attendais pas du tout à ça...

Mon frère se tape une barre de rire à n'en plus finir pour je ne sais quoi, je le tape sur le bras pour qu'il arrête, lorsqu'il coupe soudainement son moteur pour sortir. Je le retiens par le bras pour avoir des informations sur le pourquoi il réagit comme ça, mais il tire tellement fort qu'il me fait tomber à la renverse, sur le siège conducteur. J'ai tout juste le temps de me rattraper avec l'aide de mes bras sur le siège pour ne pas me ratatiner le visage contre.

— Sale con!

Détachant ma ceinture, je sors en trombe de la voiture. Mon frère s'arrête face à eux en croisant les bras après une tape dans la main à Poly, et moi, je l'agresse aussitôt arrivée, alors qu'il n'a rien demandé.

— Tu fous quoi, ici?

— Ly-Las? Mais tu n'es pas avec Matt? me demande Plum, surprise.

— Non, il a annulé! Je tourne mon visage vers Poly: et lui, il t'emmerde, c'est ça?

— Non, pas du tout, ce n'est pas ce que tu crois, me répond Poly sur un ton agacé.

Mon amie a les larmes aux yeux et je ne sais pas pourquoi. Je fonce sur Poly et tends les mains vers lui pour le pousser afin de lui éclater la gueule, mais Jack me retient par le bras.

— Lâche-moi, Jacky! C'est une manie chez toi de me retenir pour que je ne défonce pas tes potes ou quoi?

— Chamelle, calme-toi! Il ne va pas l'emmerder, ils étaient juste en train de parler. Tu sais quand un gars et une fille sont ensemble, bien souvent, ce n'est pas pour tricoter ou se faire agresser, surtout quand la fille se trouve devant chez elle…

Je dévisage mon frère, lui reprochant du regard d'être si peu futé. Déjà que Poly essayait de me faire la morale il y a à peine une heure, alors je n'ose même pas imaginer ce qu'il essayait de lui dire.

— Embarque ton connard de copain et tout de suite, Jack.

— Ly-Las, arrête! me crie ma copine, je la regarde ne comprenant pas pourquoi.

— Laisse tomber, Plum, je repasserai plus tard quand elle ne sera plus là.

Plum a le visage crispé, ses sourcils font une vague au-dessus de ses yeux, comme à chaque fois qu'elle se retient de pleurer. Je suis perdue, je ne veux que la protéger de ces gars pathétiques, pourquoi réagit-elle ainsi avec moi?

Poly et mon frère s'avancent vers la voiture, montent dedans et Jack démarre aussitôt. Poly jette un dernier coup d'œil vers nous et fait un signe de la main, auquel ma copine répond. Je dévisage Plum, un regard interrogateur, de tout ce suspense qui plane autour de nous.

— T'es vraiment chiante quand tu t'y mets! articule-t-elle en y mettant l'intonation, les bras croisés contre sa poitrine.

— Quoi? Je te viens en aid…

— Tu ne m'aides pas du tout, Ly-Las, tu viens juste de virer le seul garçon qui s'intéresse vraiment à moi depuis je ne sais combien de temps! Pour une fois qu'un garçon ne se tourne pas vers toi, il faut que tu fasses tout foirer!

Là, ma belle Plum, tu as tout faux. Il s'intéresse à moi, mais je l'ai refoulé!

Ne voulant pas lui faire de mal, je ravale ma salive et me mords les lèvres afin de ne pas lui avouer la vérité.

J'expire lourdement en fermant les yeux.

— Pardon Plum, je n'avais pas compris. Il m'a encore fait chier tout à l'heure avant qu'il parte de chez moi, alors je croyais que…

— Je sais, il m'en a parlé, il a voulu faire la paix avec toi et tu l'as encore accusé du pire. C'est bon Ly-Las, fous-moi la paix pour aujourd'hui, je ne veux plus avoir à faire à toi! clame-t-elle en se tournant vers la porte d'entrée.

Sous le choc, je regarde celle-ci se refermer derrière elle. Ma meilleure amie qui me laisse en plan, alors que je pensais bien faire.

Faisant demi-tour, j'expire lourdement. C'est bien ma veine d'avoir un copain et une amie, mais qu'aucun des deux ne veuille me voir! Décidée à traîner, je rentre à pied chez moi. J'en aurai pour un bon moment, mais au moins, je serai tranquille et pourrai réfléchir à ce que j'ai fait.

Marchant tranquillement, je me dis que j'ai bien fait de m'être laissée tenter par mes ballerines, je n'ose imaginer l'état de mes pieds si j'avais mis mes talons. Soudainement, j'entends quelqu'un siffler. Ne sachant pas si c'est après moi, je ne m'arrête pas ni me retourne. Quand les pas derrière moi s'accélèrent, je devine par les traînés de pieds qui retentissent qu'il y a plusieurs personnes. Jetant un coup d'œil par-dessus mon épaule, j'aperçois trois personnes. Le black et ses deux potes de la fois dernière, dans le bus.

Fait chier!

Accélérant le pas, je me mets à courir une fois le virage emprunté. Comme si je ne pouvais pas être tranquille jusqu'au bout pour une fois…

À bout de force par cette course de plusieurs minutes, je souffle découragée de remarquer qu'il me reste encore plus de la moitié de la route à faire jusqu'à chez moi. Lorsque ma course est tout à coup freinée en tombant pile-poil en face d'Aaron, Léo et… le gars de la dernière fois dans la forêt, que Matt voulait défoncer pour avoir posé ses yeux sur moi.

Je trouve que c'est quand même une grosse coïncidence…

M'arrêtant, je reste plantée sur place, bouche bée, en regardant devant et derrière moi. Je suis prise au piège par le groupe de garçon qui m'horripile le plus et de l'autre, par le groupe de macaque en chaleur qui m'a rattrapée.

Je baisse les bras et abandonne totalement. Pour me faire agresser, autant l'être par ces macaques, ce sera moins douloureux. Chacun des groupes est arrêté à quelques pas de moi, mon cœur palpite dans ma poitrine comme un dingue et pour une fois, je n'ose rien balancer à qui que ce soit. Je reste prisonnière de mon mutisme d'effroi.

— Ly-Las rentre chez toi, on s'occupe d'eux! s'écrit soudainement Léo.

— Quoi? bredouillé-je, avec incompréhension par leur façon d'agir.

Serait-ce à cause de Léo qu'ils ne vont pas s'en prendre à moi?

— Casse-toi! s'énerve Aaron, que je n'obéisse pas plus vite que ça.

Je me recule sur le côté et les vois s'avancer vers les macaques. Alors que Léo et le gars de la forêt sont déjà en train de se battre, Aaron, qui se trouve à l'écart d'eux, s'arrête soudainement et se tourne vers moi. Il tend la main munie d'un couteau.

— Dégage tout de suite, ou sinon, je me mets sur toi!

Prenant peur, je file à toute vitesse à sa menace. Depuis ce qu'il m'a fait, je me méfie vraiment de lui, ce gars a un gros problème psychologique, ce n'est pas possible autrement.

Un coup d'œil à ma montre, je vois que j'en ai encore pour un petit moment avant d'arriver chez moi. À bout de souffle depuis que je me suis sauvée de cette bagarre, je me pose contre le muret d'une maison et commence à pleurer. Je n'en peux plus, mon cœur a mal, pourquoi Matt n'est-il pas là? J'ai besoin de lui, besoin de ses bras. Je cherche après mon téléphone, mais ne le trouve pas. Où peut-il bien être alors que je l'avais sur moi lorsque Jack m'a emmenée chez Plum.

Sans faire attention, une voiture s'arrête devant moi, me faisant sursauter lorsque la personne à l'intérieure me hèle.

— Ly-Las !

Essuyant les larmes de mes joues, je relève la tête et vois Léo. Il sort de sa voiture et me rejoint.

— Ça ne va pas ? me demande-t-il en voyant ma tête.

Je la secoue de gauche à droite. Plus rien ne va, je suis complètement perdue par tout ce qui arrive depuis ces derniers temps.

Il passe son bras autour de mes épaules et me tire vers sa voiture. M'installant sur le siège passager avant, il referme la porte une fois assise et reprend la route jusqu'à chez moi dans un long silence.

ACTE 23

'Matt'

Mon téléphone sonne, je l'attrape et consulte mon message :

«Aujourd'hui est un grand pas pour les connards, et une douleur cinglante pour les lopettes dans ton genre, ducon. Je l'aurai bientôt, rentre-le-toi dans ta petite tête!»

«Tu vas crever!»

«Tu vas finir au même endroit que ton ex!»

J'expire lourdement et efface les messages.

C'est ce connard maladif. Il n'arrête pas de me menacer depuis que je suis sorti de l'hôpital. Je n'ai rien dit à Ly-Las ne voulant pas lui faire peur, je tais toutes ses menaces. Elle va m'en vouloir si elle l'apprend, mais c'est pour son bien que je fais ça. Et puis, j'ai commencé à réfléchir à un plan d'action pour lui tendre un piège et il va falloir que j'éloigne ma Juliette le plus possible pour que rien ne lui retombe dessus.

Alors que je devais partir rejoindre Ly-Las, mon Beauf me demande de l'aide pour des créations. Après le service qu'il m'a rendu avec le dossier sur Louna, je ne peux lui refuser. Il tient un commerce de tatouage et piercing, de nom NeedTatoo. Il connaît ma passion pour le dessin et a tout de suite su, dès qu'il a gravé sur ma cuisse le dernier que j'avais moi-même dessiné, qu'il ferait de moi sa relève lorsque je serai prêt. Il représente une ligne de vie, suivi d'un cœur formé par les lettres B.I.L.Y. Je m'en fiche complètement de ce qu'il me propose pour le moment, à partir du moment où je m'amuse en créant, c'est tout ce qui m'importe. Et ce n'est pas comme si c'était la première fois que j'allais faire des pochoirs pour certains de ses clients !

J'appelle Ly-Las pour la prévenir que je ne peux pas venir. Je lui dis que je fais au plus vite et qu'elle me manque. Elle a l'air déçu, ce que je peux comprendre. J'avais tellement envie aussi de me retrouver avec elle, je suis triste d'entendre sa petite voix dans le téléphone.

Raccrochant, je suis Caleb jusqu'à sa voiture.

— T'es prêt ? me demande-t-il.

— Je te suis frérot.

Ce n'est pas mon frère, mais depuis le temps qu'il est avec ma sœur, cela revient au même. Il a été là quand on a eu besoin d'aide au décès de ma mère. Et c'est une chose que je ne pourrais jamais oublier. Il m'a permis, avec mon oncle, quand il était là, de rester dans le droit chemin avant que l'histoire avec Louna n'éclate. Mon oncle, devant souvent s'absenter pour son travail, même parfois pour plusieurs semaines, Caleb a été en quelque sorte le grand-frère dont j'avais besoin pour garder la tête hors de l'eau.

Il ne s'est jamais gêné pour me mettre une raclée quand je la méritais. Mais ce qu'il s'est passé avec Lou' m'a complètement fait perdre pied, même lui ne savait plus quoi faire. N'ayant jamais affronté ce genre de chose dans sa vie, il a été perdu de me voir m'autodétruire comme je l'ai fait.

Il a sept ans de plus que ma sœur, mais l'âge n'a jamais été un problème pour ma mère et mon oncle, à partir du moment qu'il la respectait, c'était tout ce qui les importait.

Ne pouvant pas rester sur les paroles de ma princesse, je lui envoie un message pour la faire sourire et qu'elle seule comprendra.

« Un jour, une princesse rencontra un gros crapaud, et au lieu de le repousser, elle l'embrassa. Ce crapaud était heureux, mais pourquoi avait-elle fait ça ? Fort heureusement, il comprit par la suite que pour cette princesse, l'apparence n'avait pas de frontière...

Alors, rien que pour ça, un jour, je décrocherai la lune pour toi, même si je dois donner ma vie pour te l'offrir. Je t'aime Ly-Las... »

Je l'envoie et attends sa réponse impatiemment. Ce qui se fait quasiment aussi vite.

« Je parie que je suis le crapaud ! »

« Je valide ton choix petite idiote. B.I.L.Y., princesse. »

« Je t'aime, Matt. Tout autant que cette princesse au cœur d'artichaut. »

Je souris à ses réponses. Elle a toujours une connerie à sortir quand j'essaie d'être sérieux et romantique. Même si j'avoue que me traiter de crapaud n'est pas forcément la meilleure solution pour le romantisme. Mais entre ça et finir comme Roméo et Juliette, j'avoue que j'opte vite pour la première solution.

Roméo et Juliette... Dire que tout vient de là. Merci, Shakespeare d'avoir créé cette sublime pièce pour mettre sur mon chemin un bout de bonheur inattendu.

Mon Beauf se moque de la tronche que je fais. Je l'insulte de con et l'informe, au cas où il n'aurait pas compris, que j'ai cette tête à cause de lui pour la simple et bonne raison, que je ne verrai pas ma moitié tout de suite. Il s'arrête enfin devant la boutique et je sors de la bagnole, lui emboîtant le pas. Lorsqu'il passe le seuil de la porte, il sort un joint et l'allume :

— Tu fermes ta gueule et tu ne dis rien à ta sœur ?

Je souris à son ordre et lui tends la main.

— Seulement si tu me laisses tirer dessus.

— Sale con !

— Je sais, Poussin !

Il me donne une tape derrière la tête et je ris de son surnom. Il me le file et m'explique ce qu'il attend de moi. J'ai trois pochoirs à faire, pour trois personnes différentes. Il y a écrit sur une feuille ce qu'ils aimeraient comme dessin, ce qui doit être absolument présent à l'intérieur et quelques notes supplémentaires pour m'aider à sa construction.

— Je serai payé? demandé-je instinctivement à mon Beauf.

— Tu changes d'avis sur ma proposition?

— Pas pour le moment, c'est juste que j'aie besoin de tunes pour l'anniversaire de Ly-Las, c'est dans deux semaines.

Il réfléchit plusieurs minutes, puis accepte ma proposition.

— Cent cinquante euros pour les trois dessins et une promesse que tu m'appartiens si tu te lances dans les tatouages. Tu as des mains en or, Matt. Ce serait dommage de ne pas t'en servir.

Je me passerais bien de la fin de sa proposition, mais je n'ai pas le choix. Je ne sais pas encore ce que je vais lui acheter, mais il me faudra au moins ça pour lui offrir ce dont elle rêve en secret.

— Marché conclu!

Caleb n'est pas au courant de ce qu'il se passe à nouveau avec l'autre connard maladif et possessif. Je n'ai pas voulu que ma sœur lui en parle. Je veux me démerder seul, parce que je sais que je peux y arriver. Personne ne sait qui est ce con à part mon oncle, je ne leur ai jamais dit, pourtant, ce n'est pas comme s'ils ne me l'avaient jamais demandé. Mais je me suis promis que je me vengerais et le ferai enfermer. Plus ça avance et pire c'est. Je reçois même des menaces sur mon téléphone, sans savoir comment il a fait pour avoir mon numéro.

Depuis que Jack est au courant de ce que je subis, il est sympa avec moi. Il réussit à me faire face sans que je le dégoûte. En même temps, quand on n'a pas les vraies infos sur moi, c'est sûr et certain que je ne peux qu'être mal vu par les autres !

Je dessine, gomme, rectifie, le retranscrit sur une feuille propre, et ce durant trois longues heures. Le tout enfin terminé, je donne à Caleb le travail effectué, les clients vont passer en début de soirée voir si cela leur plaît. Il pose ma tune sur la table, je l'attrape et la range dans mon portefeuille. Le plus dur, maintenant sera de savoir quoi acheter à cette tête de linotte !

Mon téléphone sonne, c'est Inaya.

« Ouais ? »

« Je suis avec Jack, rejoins-nous chez lui, on doit parler. »

« De ? »

« Tu sais très bien, Matt. »

« Viens me chercher, je suis au Need et je n'ai pas ma voiture. »

« On arrive. »

Elle est sérieuse ? On ? Ne me dis pas qu'elle est encore avec Jack ! Depuis plusieurs jours, ils ne se quittent pas, et pas moyen de savoir ce qu'ils font !

Me postant sur le devant de la vitrine, un pied en appui sur le mur, je sors un clope et l'allume. En tirant une longue latte, je sors mon téléphone. Pas de message. Je me demande bien ce que fait Ly-Las.

J'entends un klaxon et relève la tête. C'est ma sœur. Elle crie par la fenêtre d'écraser ma clope et en bon petit frère, je lui lève fièrement mon majeur. Je sais que je l'ai mise en rogne en faisant ça, alors j'envoie un SMS à Caleb.

«Attention, v'la ma sœur et en rogne, en plus, cache ton joint!»

Une réponse retentit aussi vite:

«Qu'est-ce que tu as encore fait, p'tit con?»

Je laisse en suspend son message et file m'asseoir à l'arrière de la bagnole une fois garée sur le bas-côté. Elle me crie après et je ne l'écoute pas. Inaya rentre dans la boutique et en ressort cinq minutes plus tard toute mielleuse. Je ricane de la voir aussi gaga, une fois qu'elle a retrouvé son «poussin».

Remontant derrière le volant, elle démarre. Je suis soudainement sorti de mes pensées:

— Ly-Las ne devait pas être avec toi? me questionne ma sœur.

— Si, mais ton mec a eu besoin de mon talent. Ce n'est pas de ma faute s'il ne sait rien faire de ses dix doigts.

Elle me fait une grimace dans le rétroviseur et je ris.

— Bah pourquoi tu ne l'as pas prise avec toi? me questionne-t-elle soudain.

— Parce que je n'y ai pas pensé.

Sur ce coup, je n'ai pas assuré, j'aurais pu y songer de moi-même…

— Tu sais ce que fait Ly-Las, Jack ? me renseigné-je.

Je vais surement la voir, vu que je vais chez elle avec ma sœur et son frère.

— Normalement, elle est chez Plum, je l'ai déposée là-bas et suis reparti avec Poly avant qu'elle ne lui saute au cou ! me dit-il en riant.

— Poly et Plum ? bredouillé-je, surpris.

— Apparemment, mon vieux ! Je ne m'y attendais pas non plus.

Je secoue la tête de gauche à droite. J'espère seulement qu'il ne jouera pas avec elle et ne la fera pas souffrir. Plum ne mérite pas ça, c'est une gentille fille, bien qu'un peu soûlante, surtout quand elle parle sans s'arrêter, mais gentille. Et avec les nouveaux potes à Poly, je m'attends au pire venant de sa part.

Ma sœur se gare sur le bord du trottoir devant la maison des parents de Jack quand en sortant de la voiture, j'aperçois un peu plus loin, le long du trottoir d'en face, celle de Léo. Il est à l'intérieur et une personne se trouve à ses côtés. Soudainement, mon cœur s'emballe. Je prie intérieurement pour que ce ne soit pas Ly-Las, elle ne peut pas me faire ça. Pas avec lui.

La porte s'ouvre sur ma nana qui sort tranquillement. Elle s'avance vers nous, ses chaussures dans une main, se retourne sur Léo, elle lui fait un signe de celle qui est libre. Je serre les poings afin de ne pas me jeter sur la caisse de cet enfoiré. Ly-Las arrive face à moi, son maquillage a coulé et a le nez rouge. Je sais qu'elle a pleuré, mais pourquoi ? Pourquoi ne m'a-t-elle pas appelé ? Pourquoi est-elle avec lui dans sa voiture ? Va-t-elle me quitter ?

Elle s'arrête en me faisant face. Léo passe à nos côtés lentement et me jette un regard de connard, heureux d'avoir réussi à semer le doute dans ma tête. Il lève deux doigts vers moi, pour imiter la forme d'un pistolet et à l'aide du pouce, appuie sur la décharge imaginaire. Par ce geste, il me fait bien comprendre qu'il connaît mon point faible et qu'il m'a eu. Je suis tétanisé. Après ça, plus aucun doute, elle va me quitter. La preuve en est, elle ne m'a même pas sauté dans les bras pour m'embrasser.

Jack coupe le silence auquel je fais face.

— Tu foutais quoi avec Léo ?

Elle ne répond pas et reste fixée sur moi.

— Ly-Las, réponds-moi !

— Matt, il faut que l'on parle, lance-t-elle sans répondre à son frère.

Mon souffle se coupe à l'instant même où ses mots sortent de sa bouche. Ma sœur intime à Jack de nous laisser tranquille et le tire vers chez lui. Ly-Las s'approche de moi, je recule de trois pas.

— C'est bon, j'ai compris… soufflé-je en faisant demi-tour pour rebrousser chemin.

— Matt, ce n'est pas ce que tu crois !

Je m'arrête et me retourne vers elle :

— Et que crois-tu que je présume Ly-Las ? Je te vois sortir de la voiture de ce con toute défigurée et sans chaussures à tes pieds. Puis tu veux que l'on parle, à quoi d'autre pourrais-je penser, dis-moi ! Parce que là, je ne sais plus !

Elle se met à pleurer et je me sens perdu de la voir réagir de la sorte.

— Ly-Las…

Elle s'avance à pas de loup en lâchant ses chaussures au sol et vient se blottir dans mes bras.

— Qu'est-ce qu'il y a Ly-Las, il t'a fait du mal ?

Elle fait non de la tête.

— J'ai besoin de toi Matt, ne pars pas, s'il te plaît.

Sans lui rétorquer ni lui adresser aucune parole, je file ramasser ses chaussures et reviens vers elle. Me tournant, dos à elle, je l'invite à me monter dessus.

— Allez, je t'amène dans ta chambre, grimpe !

Elle obéit sans se faire prier et, une fois installée, dépose un baiser au creux de mon cou. J'avance jusqu'au sous-sol, monte l'étage vers le rez-de-chaussée puis encore un pour atterrir au premier. Quand j'emprunte le couloir pour me diriger vers la chambre de Ly-Las, Jack sort de sa piaule et m'interpelle. Je me tourne vers lui et le vois sourire de la situation dans laquelle je suis, avec sa sœur sur mon dos. Je le préviens que j'arrive, que nous devons parler avant.

Arrivés dans la pièce, je me place dos au lit et la lâche, Ly-Las se laisse tomber dessus et ne bouge pas. Je prends son lait démaquillant, du coton, contourne le lit et me mets à genoux au niveau de sa tête. J'enduis le coton de la lotion et lui passe sur son visage pour la démaquiller, elle garde les yeux fermés durant toute la durée du soin.

— Parle-moi, Ly-Las, qu'est-ce qui ne va pas ?

— J'ai failli mourir, Matt.

— Quoi ? crié-je, paniqué par son aveu.

Elle m'explique ce qu'elle a vécu cet après-midi, ce qu'il s'est passé avec Aaron lorsqu'elle était pétrifiée de peur. Des larmes bordent ses yeux et je me sens totalement impuissant face à sa peine. J'essuie celle qui glisse le long de son œil jusqu'à son oreille. Mes mains de chaque côté de son visage, mon regard se perd dans le sien, humide, et je craque. Mes lèvres prennent au piège les siennes, ma langue se faufile dans sa bouche à la rencontre de la sienne, explorant chaque recoin. Mon cœur s'emballe, palpite comme un fou et je ressers ma prise autour de son visage, en pressant plus fortement nos bouches l'une contre l'autre. Un frisson m'emporte dans un sentiment que je ne voulais plus ressentir, celui auquel je suis confronté depuis que je sors avec elle. Je la tire vers moi, elle atterrit la tête contre mon bras, les pieds sur le lit et je l'embrasse encore plus passionnément. Ma main sur le coin de son visage la maintient fermement au creux de ma paume. Je caresse sa pommette de mon pouce, mon regard se perd à nouveau dans ses yeux. J'embrasse son nez, pose mon front contre le sien puis en inspirant profondément, je lui avoue :

— J'ai eu si peur tout à l'heure lorsque tu es descendue de la voiture de Léo.

— Peur de quoi, Matt?

— Que tu me quittes... j'ai vraiment cru que tu allais m'annoncer ça lorsque tu m'as dit vouloir me parler.

Elle empoigne mes cheveux de ses deux mains, pose un petit baiser sur mes lèvres et me dit:

— B.I.L.Y., Matt. Ça n'arrivera jamais, tu m'entends!

Je suis insatiable. Je viens de la quitter et j'ai déjà envie de faire demi-tour pour la retrouver. Mon dernier tatouage lui a beaucoup plu. L'endroit aussi. Elle trouve cela classe. Je lui ai parlé du loup que j'ai l'intention de me faire et elle en est déjà fan. Grâce à ça, je pense savoir quoi lui offrir pour son anniversaire, elle n'aura plus qu'à choisir le dessin qu'elle veut.

Je rejoins ma sœur et Jack environ une heure trente plus tard. Debout face à la porte, je replace correctement mes fringues et entre dans la pièce, ma sœur relève la tête vers moi et me regarde tout sourire. Pourquoi pouffe-t-elle comme une débile? Elle tape sur le bras de Jack qui relève son visage vers moi et en fait autant.

— Mais qu'est-ce qui vous prend à la fin?

— T'aurais au moins pu remettre ton tee-shirt à l'endroit, m'avoue enfin ma sœur.

Je regarde mon col comme un con et lui fais un fuck.

— Et aussi te refaire une petite coupe vite fait. Il me semble pourtant que ma sœur à un long miroir sur pied dans sa chambre, non ?

Je lève les yeux au ciel puis retire mon tee-shirt pour le retourner.

— Je vous emmerde ! braillé-je en me mettant à leur hauteur.

— Je ne vois vraiment pas ce que te trouve ma sœur ! marmonne Jack, un rictus au coin de la bouche.

Je le repousse d'un bras et il tombe à la renverse, ce qui nous fait rire.

— Bon, on a environ une heure devant nous avant que Ly-Las nous rejoigne, leur dis-je prévenant, elle a filé sous la douche.

— O.K., donne-moi les nouvelles du connard.

CONNARD : son surnom est un message codé pour que personne ne sache de qui on parle et aille tout lui balancer.

Je lui énonce les messages qu'il m'a envoyés aujourd'hui. Jack et ma sœur savent enfin qui est ce connard maladif. Je leur ai avoué avant hier. Le frère de Ly-Las n'en revient toujours pas. Lorsqu'il a su, il a dû s'asseoir durant plusieurs minutes, tellement le nom qu'il a entendu l'a choqué. Y a des personnes à qui on ne s'attend pas et quand il a su que c'était LUI, je l'ai vu blanchir, ravaler difficilement sa bile et depuis il a du mal à traîner avec ses potes. Ce qui m'arrange, vous l'aurez compris. J'ai du mal à cacher tout ceci à Ly-Las, mais je n'ai pas le choix. Bien qu'elle fasse partie intégrante du «drame», je dois la garder à distance. Je ne veux pas qu'elle se sente coupable de quoi que ce soit, parce qu'il faut le dire, elle en serait capable!

Jack m'ordonne d'envoyer un SMS à connard, afin de le provoquer. Ça fonctionne. Il me donne rendez-vous au lac. Je lui réponds O.K. et lui donne l'heure.

«20h»

Je coupe mon téléphone, redescends au rez-de-chaussée avec Jack et ma sœur. On grignote un bout le temps que Ly-Las finisse de se préparer puis je passe du temps avec elle. Je demande en messe basse à Inaya ses clés de voiture:

— Allez! Ne fais pas ta connasse, file-les-moi, je te la rendrai en entier!

— Et moi je vais faire quoi en t'attendant?

— Bah tu dois encore voir un truc avec Jack pour ton pc, t'as oublié?

J'insiste sur ce fait, car je sais que Ly-Las se demande pourquoi nous sommes arrivés à trois alors que nous ne traînons jamais ensemble.

Elle grogne en serrant les dents de s'être fait prendre au piège et moi, je souris de toutes les miennes. Elle me donne ses clés en tapant lourdement dans ma main et j'embarque Ly-Las d'une main sur ses reins. Elle monte dans la voiture, je démarre et file aussi vite.

Sur la route, je m'aperçois que quelque chose intrigue Ly-Las, je la vois ronger ses ongles et lorsqu'elle se fait mal, elle me questionne enfin:

— Pourquoi ta sœur et toi êtes arrivés avec mon frère dans la voiture d'Inaya ?

— Parce que ma sœur avait besoin de l'aide de ton frère pour son pc, et comme il n'avait pas tout le matos adéquat pour vérifier, je ne sais quoi, ils sont partis chez toi ensemble.

— D'accord, et toi alors ?

— Ils sont venus me chercher au Need, vu que je n'avais pas ma voiture. Comme les places de parking sont restreintes, Caleb m'a embarqué avec lui tout à l'heure. J'avais l'intention d'attendre devant chez toi jusqu'à ce que tu arrives.

— D'accord. Et c'est quoi le Need ?

— L'entreprise de mon beau-frère. Il est tatoueur et a sa propre boîte.

— Oh c'est sympa. J'aimerais bien y faire un tour, un de ces jours.

— Sans soucis, princesse. Mais dis-moi Ly-Las, pourquoi ne m'as-tu pas appelé lorsque tu as eu ton souci avec les macaques ? demandé-je sans m'énerver qu'elle soit revenue avec Léo.

— Je n'avais pas mon téléphone, je n'ai pas mon téléphone, d'ailleurs. J'ai dû l'oublier dans la voiture de Jack lorsque j'en suis descendue pour agresser Poly, ce dont je ne suis pas fière… Tu savais qu'apparemment lui et Plum…

— Oui, la coupé-je, ton frère m'en a parlé et je t'avoue que cela m'arrange. Le savoir loin de toi me réconforte. Un de moins à dégager ! dis-je en rigolant.

Un rictus se dessine sur le coin de sa bouche et je mords ma lèvre à cause de cette envie de l'embrasser.

— Tu m'emmènes où ?

— Surprise !

Elle fait une grimace qui fait bouger son nez à la façon de ma sorcière bien-aimée et j'en ris. J'attrape sa main, entrecroise mes doigts au creux des siens, et roule sans m'arrêter jusqu'à destination.

Je gare la voiture sur le bas-côté, en sors et rejoins Ly-Las. Nous sommes sur l'aire de repos de Scary Hall, c'est la seule idée qui m'est venue en tête pour être tranquille. Je sais qu'il y a très peu de chance que quelqu'un vienne nous embêter ici. Quoi que... C'est ce qui est arrivé la fois dernière dans la forêt, j'en viens à me demander si nous ne sommes pas suivis...

Je m'allonge dans l'herbe sous les arbres pour profiter du beau temps et de ma B.I.L.Y. Elle se pose perpendiculairement à moi la tête sur mon torse, attrape mon téléphone et met en route Spotify en fond sonore. On observe les nuages hauts dans le ciel, elle chantonne les musiques qui sortent de l'appareil et je la traite de casserole, ce qui la fait ronchonner. Se redressant soudainement, elle vient se placer à califourchon sur moi. Elle tente, je ne sais quoi, peut-être de me bloquer les bras pour m'infliger sa sentence, mais j'emprisonne ses mains sans difficulté. La tirant contre moi, je bloque ses bras sur le côté de mon visage et la regarde intensément.

Ses yeux sont brillants, comprenant alors qu'elle apprécie ce tête-à-tête, j'embrasse le bout de son nez.

— B.I.L.Y. patate, lâché-je en caressant sa joue.

Elle forme un «o» avec ses lèvres et je ris.

— Je t'aime, crapaud, me répond-elle.

Déposant un baiser sur son menton, je rétorque :

— B.I.L.Y., chamelle.

— Toi, tu traînes trop avec mon frère !

Posant à nouveau un petit baiser sur ses lèvres, je reprends :

— B.I.L.Y., Princesse.

Sans rien dire, ses deux joyaux plongent dans les miens, elle m'embrasse langoureusement et je la resserre contre moi, approfondissant notre étreinte et notre baiser. Quand je la relâche, elle me souffle :

— B.I.L.Y., Roméo.

Soudain, une chanson passe, une musique que je ne peux apprécier tant le rythme et les paroles sont horribles, j'attrape mon téléphone et change le son.

— Ne m'en veux pas, princesse, mais mes oreilles vont finir par fondre !

Je pivote sur le côté en la faisant descendre de dessus moi, me redresse en lui tendant la main qu'elle attrape aussi vite pour se relever. Je mets en route la chanson que j'ai choisie et lui articule :

— Rock and roll baby !

Elle éclate de rire et je la tire contre moi pour danser.

ACTE 24

'Ly-Las'

Matt a été un vrai trésor. Ce petit moment en tête à tête de quelques heures m'a rempli le cœur comme je ne l'aurais jamais cru. Je suis triste qu'il doive me quitter pour partir avec sa sœur et mon frère, rejoindre je ne sais qui je ne sais où. Des fois, j'ai l'impression qu'il me cache des choses et cela me fait du mal. Il m'a pourtant promis qu'il ne ferait plus jamais rien pour le remettre en question au risque de me perdre. Alors, je dois lui faire confiance et croire en lui, en ses promesses. Parce que je l'aime.

Ce connard le laisse tranquille pour le moment, c'est un soulagement. J'ai tellement peur de ce qui l'attend que je pourrais mourir à chaque fois qu'il me quitte, c'est affolant.

La voiture se gare devant chez Plum. Je dois absolument m'excuser pour ma réaction de tout à l'heure avec Poly. Le souci avec lui, c'est qu'il a été l'un des premiers à m'avoir importunée lorsque je me suis mise avec Matt parce qu'il voulait lui aussi tenter son coup avec moi. Mais le pire, c'est qu'il traîne également avec les potes de mon frère et j'ai peur qu'il se rapproche d'elle pour jouer avec ses sentiments afin de m'atteindre.

Enfin, comme il m'a si bien dit, tous ne sont pas contre moi, et ce que je comprends — en espérant bien avoir compris — dans cette phrase, c'est sa façon à lui de me prévenir qu'il apprécie vraiment Plum. Alors, je vais tenter de me faire pardonner, en espérant qu'elle accepte.

J'embrasse Matt une dernière fois, mon cœur bat de façon démesurée. Comment est-ce possible de ressentir cela juste avec un baiser ? Quand ses lèvres relâchent les miennes, une envie de pleurer envahit mon cœur parce que je sais qu'il sera loin de moi. Mes sentiments jouent au yoyo et je ne me comprends plus. Matt comprend mon état juste en me regardant, je n'arrive pas à croire qu'il lise aussi facilement en moi.

Il recule son siège et me demande de venir sur ses genoux.

— Ici, devant chez Plum ?

Il secoue la tête dans un oui.

— On va juste parler, pas…

Il se tait et fait le geste de ses bras pour ne pas dire l'action.

— Tu fais ton timide avec moi ? Oh, c'est trop mignon !

— Arrête tes conneries et viens sur moi !

Un sourire mielleux se dessine sur mes lèvres et je soulève mon popotin du siège pour le poser sur ses genoux. Il maintient mon dos d'un bras, passe l'autre dans mes cheveux et finit par poser sa paume sur ma joue.

— Ça va aller, Ly-Las, on se revoit demain au lycée.

— Je sais Matt, mais tu me mets dans un tel état émotionnel que te quitter m'est difficile.

Il m'embrasse à nouveau et je me comble de cette douceur afin d'obtenir le courage dont j'ai besoin pour partir. J'approfondis mon baiser et finis par mordre sa lèvre inférieure. Je sais l'effet que cela produit sur lui et j'en profite.

— Ly-Las…

Je l'interromps en l'embrassant à nouveau. Ma main glisse vers son entrejambe et attrape la bosse qui est née par ce simple échange. Mes joues s'échauffent de mon audace, mais passe outre parce que ça lui plaît.

— Je veux juste que tu aies un souvenir de moi pour patienter jusqu'à demain et que tu reviennes vite me voir.

— Ne me tente pas, parce que sinon, ce soir, j'escalade le mur de ta chambre !

— Même pas cap !

Mordant dans sa lèvre d'une façon sensuelle, il glisse sa main entre mes jambes, s'arrêtant sur mon pubis. Ma respiration se coupe net, il souffle face à ma bouche :

— C'est ce qu'on verra, princesse !

Il fait prisonnières mes lèvres, en inspirant l'air que je retenais aussitôt sa phrase terminée.

— Maintenant, file, sinon je risque de te faire des choses là où il ne faut pas.

Un rictus s'empare de son visage et je sors par la porte de son côté. La refermant, je me penche par sa fenêtre.

— Au revoir, Roméo, ne fais pas trop de bêtises sans moi.

— À tout à l'heure Princesse, me prévient-il en m'embrassant dans le cou, sous l'oreille.

Je caresse sa joue puis m'avance vers la maison. Sur le perron, je me retourne et vois le véhicule s'éloigner pour devenir un petit point noir, jusqu'à ce que je ne le voie plus. Comprenant alors qu'il est temps pour moi de rejoindre mon amie, je frappe à sa porte et c'est son père qui répond.

— Bonjour, Monsieur Strophe, Plum est là ?

— Bonjour, Ly-Las, oui, elle est dans sa chambre. Vas-y monte.

— Merci.

Il me laisse entrer et je me dirige vers les escaliers de l'étage. Je retire mes chaussures et monte vite. Frappant de notre petit code à sa porte, j'attends qu'elle énonce d'entrer, mais rien ne vient. Je frappe à nouveau, la porte s'ouvre sur le qui-vive.

— Qu'est-ce que tu fous là ? m'agresse-t-elle sans me ménager.

— Je suis venue te parler de cette aprèm. Je peux entrer ?

Elle souffle et ouvre en plus grand pour me laisser passer le chambranle de la porte. Debout devant son lit, je me tourne vers elle. Elle repousse lentement la porte jusqu'à la fermer, puis se retourne vers moi, elle croise ses bras devant sa poitrine et patiente le temps que je commence mon explication. Mais vu que rien ne vient, elle ronchonne :

— Dépêche-toi, je dois partir d'ici trente minutes.

Je la dévisage, un regard interrogateur.

— Tu vas où ?

— Ça ne te regarde pas. Allez, accouche !

J'expire discrètement, ferme les yeux afin de ne pas me fâcher pour la façon dont elle me répond.

— Plum, je suis désolée d'avoir agi comme je l'ai fait avec toi et Poly. Veux-tu bien me pardonner ?

Elle reste muette, alors je me rapproche d'elle.

— S'il te plaît Plum, émis-je en faisant la moue.

Elle rit de la tête que je fais et je la serre dans mes bras.

— Je m'en veux tellement Plum, je t'assure.

Ses bras passent autour de ma taille et elle me serre contre elle.

— Excuses acceptées, Ly-Las, mais promets-moi de ne plus jamais recommencer.

***

Une semaine…, j'ai attendu après Matt bien sagement dans ma chambre et il n'est jamais venu. Il m'avait pourtant laissé croire qu'il me rejoindrait par la fenêtre et j'étais déjà heureuse de pouvoir le voir secrètement, sans que mes parents le sachent. J'ai attendu après lui tous les soirs, au lycée, toute la journée et il n'est jamais venu. Je me demande bien ce qu'il se passe pour qu'il me laisse sans nouvelle. J'ai essayé de faire cracher mon frère vu qu'il traîne avec sa sœur, mais il n'a rien lâché non plus, le con.

J'inspire et expire longuement.

J'ai peur tout à coup. Notre conversation avec cette Louna me revient en pleine face et je me dis que peut-être il n'a fait que me mentir. Tout ce qu'il m'a dit jusque-là n'a été que mensonges. Des larmes bordent mes yeux quand je suis coupée dans mes pensées par un craquement dans les escaliers.

— Je crois que le fantôme est de sortie aujourd'hui !

J'entends ricaner.

— Et qu'il a appris à parler aussi !

— Las-Ly !

Maïna apparaît soudainement sous l'arcade, je lui tends les bras pour l'accueillir.

— Tu pars aujourd'hui, Las-Ly ? Parce que moi je veux rester avec toi.

— Non, aujourd'hui, je ne fais rien. Tu veux aller te promener avec moi ?

— Oh oui ! J'aimerais partir avec toi et ton copain, il était trop gentil, regarde, j'ai encore son bracelet.

Mon petit cœur se fend encore une fois de comprendre qu'en ce moment, il ne brise pas un cœur, mais deux.

— Je vois ça ! Même le mien ne se trouve plus à ton bras, c'est pour dire ! Tu l'aimes plus que moi ?

— Nonnnn ! T'es ma meilleure petite sœur du monde, Las-Ly.

— D'accord, je te crois. Je vais voir ce que je peux faire dans ce cas, mais je ne te promets rien, il faut que je demande la permission à maman pour t'emmener avec moi, d'accord ?

— Oui !! Merci, Las-Ly !

— Ly-Las, ma chérie, pas Las-Ly ! la repris-je en l'embrassant sur le sommet de la tête.

— Oui, mais moi, j'aime t'appeler Las-Ly, y a que moi qui t'appelle comme ça, t'es ma sœur rien qu'à moi.

Je l'enlace le cœur rempli de bonheur. Ces mots ne pouvaient pas mieux tomber en ces derniers jours où j'ai du mal à savoir où est Matt et ce qu'il fait.

Descendant les étages, je lui demande de m'attendre au salon, le temps que je me prépare. Impatiente, elle me demande toutes les cinq minutes si je suis prête, cela m'agace, mais je prends sur moi. Elle n'a que cinq ans.

Pendant que je m'habille, j'envoie un message à ma mère pour lui demander la permission d'emmener Maïna à la fête foraine. Je n'ai pas le temps d'enfiler mon pantalon que sa réponse retentit aussitôt.

«Oui, mais tu fais attention.»

En ce moment même, je remarque que la confiance en moi règne, c'est sûr…

Une fois prête, je prends mon portable et appelle Matt. Sa tonalité laisse place au répondeur, encore une fois. Je descends les escaliers, les larmes aux yeux, pour rejoindre ma sœur au rez-de-chaussée et réessaie.

— Zut! Il ne répond toujours pas.

Je prends la veste molletonnée de Maïna, lui enfile, place un petit béret sur sa tête et entoure son cou d'un foulard. Je sonne encore une fois Matt, mais il ne répond toujours pas. Je prépare le petit sac à goûter de ma sœur puis enfile à mon tour, ma veste pour sortir. Nous voilà partis pour le centre-ville. Il fait frais aujourd'hui, et je me dis que j'aurais dû me couvrir un peu plus. Il y a la fête foraine, je sais que Maïna adore ça et qu'elle sera sage.

Elle court quasiment tout le long du trajet et je me crève à la poursuivre pour qu'elle ne se fasse pas mal, renverser ou qu'elle ne glisse. C'est du sport les enfants l'air de rien, et je crois que cela me coupe mon envie d'en avoir avant au moins mes trente-cinq ans. J'entends déjà ma mère dire : «Que Dieu te bénisse ma chérie!» non, mais il faut que j'arrête sinon je vais finir en hôpital psychiatrique…! Enfin, en même temps, cela me permet de ne pas penser à l'absence de Matt.

Arrivées, Maïna court aussi vite dans les bras de Plum qui m'a rejointe sur un coup de tête après lui avoir annoncé par message que j'emmenais ma sœur à la fête foraine. Je me voyais déjà m'ennuyer, et elle a sauvé ma journée !

— Salut Plum ! Merci d'être venue.

— Avec plaisir. J'avais besoin de bouger, mes parents n'arrêtent pas de me prendre la tête parce que je n'ai pas de petit copain à mon âge ! Je n'en reviens pas.

— Tout le contraire des miens… Mais je croyais que toi et Poly…

— C'est le cas ! me coupe-t-elle, mais mes parents ne sont pas au courant et puis je ne sais pas si je vais leur dire. Comme tu ne l'apprécies pas, je ne sais pas si je vais continuer avec lui, parce que ça m'emmerde d'être avec lui sans pouvoir être avec toi… Au fait, Matt ne vient pas ? essaie-t-elle de changer de conversation.

— Non, Plum, ne réagit pas comme ça à cause de moi. Je sais que nous sommes en froid pour le moment, mais je ne veux pas être un souci entre vous. Je ferai des efforts quand il sera avec toi, je te l'ai promis !

— Rhô, merci, Ly-Las. Je t'adore, émet-elle en m'enlaçant.

— Je t'adore aussi, Plum.

Je garde son étreinte contre moi pour me remonter à bloc, de son amour. Je sais que nous nous sommes éloignées ces derniers jours alors, il est temps d'y remédier.

— Pour Matt, je n'ai pas réussi à l'avoir au téléphone. Ça fait une semaine que je n'ai pas de nouvelle et qu'il ne vient pas en cours… Maïna voulait le revoir et vu qu'il lui avait promis, je me suis dit que c'était une bonne idée, mais bon…

j'ai du mal à trouver des excuses pour le voir, mais là, qu'il m'ignore de lui-même, c'est juste horrible…

Je pose ma tête sur l'épaule de ma copine, mais Maïna me tire aussitôt par le bras.

— Las-Ly, je veux faire ce manège, là, celui-là !

On se dirige vers la file et patientons derrière le monde. Maïna se montre insupportable en criant après les personnes pour qu'elles avancent plus vite. Je lui demande d'arrêter, elle se met à pleurer.

— Non, ne pleure pas ma puce, c'est juste que les gens ici sont aussi impatients que toi, il faut que l'on fasse tous la queue, on n'a pas le choix, tu comprends ?

Elle hoche la tête dans un oui, tout en faisant du boudin. Plum la prend dans ses bras pour la porter, ce qui la refait sourire. Je souffle, soulagée. Je ne veux pas qu'elle passe une mauvaise journée par ma faute.

Je reprends mon téléphone et tente à nouveau d'appeler Matt, quand lorsque sonne le premier bip, une sonnerie retentit au même moment à l'extérieur. *Sa musique !* Je fais sonner à nouveau et regarde autour de moi, je le vois enfin, devant la file à quelques pas de moi.

— Matt ! Matt !! crié-je après lui.

Il ne répond pas, ce que je peux comprendre. La musique retentit tellement fort tout à coup, que j'ai moi-même du mal à entendre mes pensées. Je refais sonner son téléphone, le vois le sortir, regarder et le ranger.

La vache, il ignore mes appels !

Je demande à Plum de rester avec Maïna, ce qu'elle accepte. Je passe par-dessus les barrières et m'avance vers lui. Une fois proche, je l'interpelle, mais ma voix se coupe lorsqu'il pose sa main sur une épaule.

— Mat...

Je ne peux finir ma phrase. Son visage se pose sur moi, puis retourne sur la personne qui l'accompagne, puis sur moi.

Une fille...

Je fais marche arrière lorsque l'accès pour le manège s'ouvre. Je m'enfuis lâchement, sans demander qui c'est. J'ai peur de ce qu'il pourrait me dire, m'annoncer. J'ai mal, car il a rejeté mes appels et je bous parce qu'il ne me donne pas de nouvelle depuis une semaine et qu'il est, ici, avec une fille. Dont je suis certaine que c'est CETTE FILLE.

Je cours vers la grande roue et pars me cacher derrière. Je ne veux pas le voir, ne veux pas lui parler. Je pleure, j'ai mal. Cette douleur de l'amour me persécute, troue mon cœur. Pourquoi? Pourquoi me fait-il ça? Pourquoi m'esquive-t-il pour retrouver une autre? Pourquoi est-il avec une autre, avec ELLE?

M'affalant contre la caravane, j'entoure mes jambes, et ne m'arrête plus. Je voudrais disparaître encore une fois et ne plus jamais me relever. Il m'a trahie, m'a eue en beauté et je n'ai rien vu venir. Je meurs à cet instant. Mon cœur se détruit, éclate en lambeau. Qu'ils aillent tous au diable!

Mon téléphone sonne, je vois afficher un message de Léo. C'est un MMS. J'appuie sur lire et tombe sur une photo de Matt qui enlace cette nana. Mon cœur se déchire encore une fois et je remets le peu d'aliments que j'ai dans l'estomac. Ne voulant pas affronter celui qui me détruit en ce moment, j'envoie un message à Léo pour lui dire où je me trouve et qu'il me ramène.

Au diable ses promesses, au diable son amour. Et s'il avait tout inventé avec cette fille et cette histoire avec ce garçon ? Au point où j'en suis, je ne peux que le croire. Je ne peux que croire ce que tous ont contre lui. Que j'ai été bête de m'être laissée avoir... Et dire que sa sœur et mon frère sont tombés dans le même piège et qu'eux y croient toujours... pire peut-être même qu'ils sont de son côté...

Je le vois qui court en me cherchant, mais je reste cachée. Il crie après moi, je ne réponds pas. Il m'a fait mal. Il m'a trahi, a trahi mon amour. De quel droit se permet-il de me faire cela ? J'ai toujours été honnête avec lui et il me fait ce coup bas, je n'en reviens pas.

Mon regard se pose dessus et j'ai une soudaine envie de vomir encore une fois. Elle est avec lui, le tient par le bras, lorsqu'il s'arrête. Ce que je craignais le plus est arrivé. Je suis sûre que c'est elle... Louna.

Toutes les larmes de mon corps coulent le long de mes joues. Je suis totalement abattue par tout ceci et je ne pense qu'à m'évader, loin de tout, loin de lui.

Je sors de ma cachette et tombe face à eux. Il va pour s'approcher de moi et je l'en empêche. L'arrêtant dans son élan en tendant la main vers lui.

— Ly-Las, ce n'est pas ce que tu crois...

Mes lèvres se mettent à trembler, m'empêchant de répondre quoi que ce soit. Je maintiens mon ventre qui se tord dans tous les sens et un haut-le-cœur me monte à la gorge.

— Je te déteste Matt... Tu...

— Laisse-moi t'expliquer avant de faire n'importe quoi ! quémande-t-il avant que je ne finisse ma phrase.

Je ravale ma bile prête à sortir. N'importe quoi ! Il rigole, j'espère. Je le retrouve en présence d'une nana que je ne connais pas, qu'il prend dans ses bras et je ne dois rien faire ?

J'inspire et lui dis au même moment où Léo et son petit groupe nous font face :

— Ne t'approche plus jamais de moi...

— Non, Ly-Las, attends...

Je cours en direction opposée pour retrouver les garçons face à moi. Matt m'interpelle encore une fois, mais je ne me retourne pas.

L'amour est traître et nous emporte dans les fins fonds d'un trou noir sans que l'on ne s'y attende. Ma vie est, je le sais d'avance, terminée. J'avais confiance en lui, foi en ses paroles, en ce qu'il a vécu et je sais à présent que tout ceci n'était que mensonge...

ACTE 25

'Matt'

Ça fait une semaine que je n'ai pas mis un pied au lycée, mon oncle va certainement me tuer lorsqu'il reviendra de France pour mes absences injustifiées. Enfin, injustifiées pour lui, pas pour moi. Avec tout ce que je subis avec eux, elles sont justifiées et plus d'une fois!

J'avais promis à Ly-Las de passer la voir chez elle, il y a sept jours et je n'ai pas pu. On s'est fait agresser lorsque nous sommes partis rejoindre ce connard maladif au lac. Ils étaient à quinze et ça a failli tourner au drame. Une chance pour nous d'être arrivés sur place bien avant qui que ce soit. Notre plan, à Jack, ma sœur et moi, a été un véritable succès malgré la catastrophe pendant cette rencontre. Je me suis pris un coup de couteau dans le ventre par Aaron pour bien me faire comprendre que je ne devais plus m'approcher de

Ly-Las si je ne voulais pas qu'il lui arrive quelque chose. Jack s'est fait tabasser puis menacer de subir le même sort s'il n'arrêtait pas les frais de suite et Inaya, bien qu'elle en ait ratatiné plusieurs, n'y a pas échappé non plus. Un coquart et le nez cassé, la pauvre, elle a encore plus envie de les éclater. Son poussin nous a pratiquement tués quand il nous a vus débarquer le soir chez lui parce que c'était l'endroit le plus près. J'ai fini à l'hôpital avec quatre fils en souvenir, mais on a enfin notre putain de preuve.

Aujourd'hui, j'ai rendez-vous dans le centre-ville avec une personne essentielle dans cette histoire qui me permettra de tout dévoiler lorsque le moment sera venu.

Mon téléphone sonne, je l'attrape et le sors, c'est Ly-Las. Je sais que je vais me faire taper sur les doigts lorsque je lui expliquerai mon recul, mais je n'ai pas le choix que de la garder éloignée de moi. Son frère en est conscient, il a bien vu que ces cons ne rigolaient pas et il me soutient, alors que ma sœur m'ordonne de tout expliquer à Ly-Las. Que cela risque de mal finir entre nous si je ne lui avoue pas tout ce qu'il se passe réellement avec ces tarés. Mais je ne peux pas. Je ne veux pas qu'elle intervienne dans l'acte final que je réserve à ce connard ; ces connards. Et je veux la protéger, coûte que coûte.

Putain, quelle vie de merde que je me tape quand même, encore heureux que j'aie trouvé de quoi m'accrocher pour ne pas penser au pire parce que sinon j'aurais vite coulé. Toute cette histoire me fatigue plus que je ne l'aurais pensé et si je tiens le coup, c'est pour ELLE. Ma Ly-Las. Putain, elle me manque trop. Je deviens songeur lorsque je regarde les photos de nous.

Debout devant le stand des machines à pinces, j'attends patiemment qu'arrive Frederike. Elle vient de m'envoyer un message pour me dire qu'elle n'en a pas pour longtemps. J'inspire et expire lourdement. Ça fait plusieurs années que je ne l'ai pas revue et j'ai peur de sa réaction.

— Salut, entends-je derrière moi.

Je me retourne pour lui faire face.

— Salut, Fred.

Elle me serre dans ses bras et je suis étonné par sa réaction. Je ne pensais pas qu'elle aurait réagi aussi calmement avec ce qu'il s'est passé auparavant.

— Comment vas-tu ?

— On fait aller… Tu sais depuis que… enfin, tu vois.

— Oui. Je suis tellement désolé, Fred.

Elle inspire longuement avant de recracher doucement l'air de ses poumons.

— Si je t'ai contactée, aujourd'hui, c'est parce que j'ai besoin de ton aide Fred, cet enfoiré recommence. Je sais que cela ne sera pas facile, mais j'ai besoin de toi.

Mon téléphone n'arrête pas de sonner et je pense savoir qui sait. Au bout de la troisième fois depuis que je suis arrêté ici, je le sors et regarde, c'est bien Ly-Las. Sans répondre encore une fois, je le range dans ma poche.

Fred essuie une larme qui coule le long de sa joue, puis secoue la tête dans un oui. Je la serre dans mes bras.

— Merci, Fred. Tu vas lui sauver la…

Je ne peux finir ma phrase, coupé par la prononciation de mon prénom qui retentit tout à coup. C'est ma Ly-Las, elle est là, juste en face de moi. J'ai à peine le temps de réagir qu'elle se sauve sans exiger une explication.

— C'est qui? me demande Fred.

— Celle que je dois sauver. MA copine.

Je pars en courant vers l'endroit où je l'ai vu se diriger, Fred sur les talons, pour tenter de sauver les apparences, qui je sais vont être difficile à lui faire comprendre. Je commence à croire qu'Inaya avait raison, j'aurais dû tout lui expliquer pour lui éviter ça.

Debout face à la grande roue, je la cherche du regard. Fred me rejoint enfin et m'attrape le bras. *Fait chier!* Soudain, la troupe de connards arrive vers nous. Je ne sais pas pourquoi, mais je sens qu'un putain de coup monté va avoir lieu. Puis Ly-Las me fait enfin face, elle me regarde le visage haineux, j'ai mal de la voir dans un tel état…

— Ly-Las, ce n'est pas ce que tu crois… tenté-je de lui expliquer, en m'avançant vers elle, mais elle me coupe dans mon élan.

— Je te déteste, Matt… Tu…, sa voix est coupée par un sanglot.

— Laisse-moi t'expliquer avant de faire n'importe quoi! dis-je encore une fois.

Le groupe de connards s'arrête enfin, Léo et Aaron me regardent un sourire aux lèvres et je n'ai qu'une envie leur rentrer dans le lard.

— Ne t'approche plus jamais de moi..., lâche-t-elle soudain sans que je ne m'y attende.

— Non, Ly-Las, attends...

Elle s'avance vers Léo sans me regarder, je l'interpelle encore une fois et elle ne réagit pas.

Mon monde s'écroule à nouveau et bien que cette fois j'ai voulu faire bien, elle m'a, elle aussi, filé entre les doigts.

Je suis raide comme un piquet, abasourdi par la situation à laquelle je ne m'attendais pas. Fred pose sa main sur mon épaule en signe de compassion, et je me mets à hurler :

— Fait chier ! J'ai tout foiré !

— Non Matt, peut-être pas. Tu vas la sauver, on va la sauver. Je te le promets. Il est hors de question qu'elle finisse comme ma sœur.

— Non, tu ne comprends pas, je lui avais promis de ne plus jamais rien faire pour qu'elle puisse encore douter de moi, et que si jamais ça arrivait, je la laisserai en paix…

— Bah alors accroche-toi, tente tout pour lui faire comprendre que tu regrettes ce qu'il y a eu pour pouvoir lui expliquer exactement ce qu'il s'est passé.

ACTE 26

'Ly-Las'

19/03/2018

Cher journal

Deux jours : Les ébauches de l'amour sont-elles vraiment si difficiles à gérer ? Moralité, aimer, c'est perdre sa liberté...

Tchao.

J'essuie les larmes qui coulent le long de mes joues avant qu'elles ne s'échouent sur les pages de mon carnet. Comme depuis ce fameux jour, je n'ai pas le moral. J'ai mal de ce que Matt m'a fait subir. Pourquoi ? Quel est son but pour me faire endurer tout ça ?

Mon téléphone ne cesse de sonner depuis que c'est arrivé et j'ai dû le mettre en mode silence sans vibreur pour que ma mère cesse de me demander qui c'est. Je n'en peux plus. Pourquoi s'entête-t-il à me biper alors qu'il sait très bien que je ne lui répondrais pas ? Il croyait vraiment pouvoir se jouer de moi ?

Je me déteste tellement de l'aimer autant... Je me dégoûte également de dépendre autant de lui. Il me manque. Sa présence me manque... Son être me manque... Comment a-t-il pu me rendre tant accro à sa personne ? C'est incompréhensible.

Claquant la page de couverture de mon carnet secret, je le lance aussi vite dessous mon matelas, il est temps pour moi d'aller au lycée. Après un dernier coup de poudre sous mes yeux pour cacher leur rougeur, je descends les escaliers à une vitesse phénoménale et sors sans prendre le temps de déjeuner.

Marchant dans l'allée du couloir, Léo arrive devant moi. Son regard compatissant me met en rogne, mais je ne le lui montre pas. Après tout, c'est moi qui l'aie appelé pour m'aider.

— Hello, ma belle. Comment vas-tu ?

— Ça va, merci, Léo, dis-je sans m'arrêter, sans le regarder.

Je ne veux pas lui faire face, j'ai trop honte de ce que je ressens. C'est trop dur de comprendre que Matt s'est bien joué de moi et qu'ils avaient raison de me mettre en garde contre lui. Et moi comme une idiote, je n'ai rien écouté. Pourquoi ai-je été aussi têtue ?

Léo m'attrape par la main pour m'arrêter, je me retourne sur lui, les larmes aux yeux.

— Lâche-moi, s'il te plaît.

— Mais…

— Léo ! Je n'ai aucune envie de parler.

Il me relâche et je cours pratiquement pour m'enfuir.

— Je t'avais prévenu Ly-Las. Une fois qu'il rend les filles accros à lui, il les quitte comme de la merde… crie-t-il, conscient de la douleur qu'il provoque en énonçant ses mots.

Sa phrase me détruit plus que je ne le suis déjà, mes larmes coulent à nouveau le long de mes joues et je cours jusqu'aux toilettes des filles m'enfermer…

'Matt'

Ça fait deux putains de jours que je ne cesse de l'appeler et rien n'y fait, elle ne me répond pas. Je veux bien croire que j'ai merdé, mais pourquoi refuse-t-elle de me répondre, ne serait-ce que pour m'engueuler, me dire qu'elle me déteste, qu'elle voudrait m'étrangler.

Je voudrais pouvoir lui expliquer qui est Fred et pourquoi elle était avec moi. Il est vrai que je n'ai pas d'excuse pour la distance que je lui ai imposée, mais si elle pouvait me répondre, je lui avouerais ce que j'ai l'intention de faire pour arrêter connard.

La porte de ma chambre s'ouvre en grand, ma sœur et Jack passent le seuil en riant et je les incendie.

— Vous ne pouvez pas me foutre la paix? C'est trop demandé?

— Matt, la ferme! Je t'avais prévenu, tu ne peux t'en prendre qu'à toi.

— Inaya…

Je me tais, je sais qu'elle a raison. Putain quel con je fais…

— Tu as réussi à lui parler? veut savoir Jack.

Je secoue la tête dans la négative.

— Elle ne me répond toujours pas.

— Tu veux que je discute avec elle? me demande-t-il à nouveau.

— Non. Je veux qu'elle accepte de me parler d'elle-même.
Je ne veux pas quémander quoi que ce soit des autres.

— Et si jamais elle ne veut pas te répondre du tout ? Tu
y as pensé ?

— Ouais, Jack, mais j'aviserai le moment venu. Vous savez
tout comme moi de quoi sont capable connard et sa bande !
Et en sachant comment réagira Ly-Las, dès qu'elle saura,
elle se jettera dans la gueule du loup pour lui demander des
explications qui ne feront qu'empirer les choses. Elle risque
gros.

Nous expirons à l'unisson et je tente à nouveau d'appeler
Ly-Las.

— Tiens-nous au courant, d'accord ? rétorque ma sœur.
On file rejoindre Fred pour lui expliquer notre plan.

— Ça marche. À plus.

Ma sœur me rejoint puis me prend dans ses bras en
me chuchotant qu'elle est désolée que tout se soit déroulé
comme ça.

'Ly-Las'

17/04/2018

Cher journal

1 mois : Je pense que oui. Aimer est difficile, surtout quand notre moitié nous manque. J'en perds mon «je» pour ne penser qu'au «nous». C'est affolant. L'un n'existe pas sans l'autre, mais j'essaie. Je fais de mon mieux.

Romance, nuance, distance. Trois mots qui forment une consonance et qui sont étroitement liés, mais qui nous consomment tel un serpent qui mange sa souris. Il l'avale vite, mais la digère lentement.

L'amour rime avec aigreur d'estomac. Rime avec douleur éloquente, quand plus rien ne va. Pourquoi ? Pourquoi lui ? Pourquoi moi ? Pourquoi nous ? J'y croyais tellement...

Ses appels ont diminué, passant de cinquante à cinq par jours... Suis-je si peu attachante ? Je ne vaux absolument pas le coup ? Je pensais vraiment qu'il aurait insisté plus que ça. Que tout ce que Léo ne cesse de me répéter depuis ce jour est faux.

La vie est si étrange... On peut être aimé, mais aussi, être oublié en si peu de temps...

Mon frère ne cesse de me questionner sur ce qu'il s'est passé parce qu'il ne comprend pas mon changement de fusil d'épaule. L'enflure qu'il est n'a même pas prévenu mon frère de ce qu'il m'a fait ? Ou est-ce tout simplement une façon d'apprécier ce qu'il me fait ?

Je voudrais mourir en cet instant, ne plus jamais vivre ce moment douloureux.

Tchao...

'Matt'

Je n'ai jamais vu les jours passer aussi lentement. Je n'arrive pas à croire ce qui se passe et surtout que je ne puisse rien faire de plus pour lui parler. *Fait chier!*

Je suis pris au piège d'un côté avec connard qui m'empêche d'expliquer à Ly-Las la raison de ce qu'il s'est passé et de l'autre parce que je ne veux pas d'intermédiaire pour discuter avec elle. Je veux qu'elle accepte de me parler parce qu'elle le veut, pas parce qu'on l'aura obligée à m'écouter.

Je suis mal en point. Ly-Las me manque plus que tout et je sens que je vais finir par la perdre. D'après Jack, connard est toujours dans les parages depuis notre séparation et cela ne me plaît pas. Je sens qu'il va vouloir panser ses blessures, celles que je lui ai faites sous son instruction l'autre jour lors de l'embuscade au Lac, c'est ça le pire. Je sais que Jack tente au max de les garder à distance, mais ce con a plus d'un tour dans son sac, notamment celui de moins traîner avec lui depuis quelque temps. Il profite du rapprochement de Plum et Poly pour traîner avec elle.

Tournant en rond, de colère, je me fracasse la main contre une pierre, reprenant ainsi mes vieilles habitudes. Ça sent mauvais, je vais finir par flancher…

« Crois en toi, Matt. Crois en ce que tu veux, en ce que tu souhaites. »

Les paroles de ma grand-mère retentissent soudain dans ma tête. J'inspire longuement et expire de la même façon.

Je dois garder espoir. Tout finira bientôt, avec ce que nous avons prévu d'ici la fin de l'année, il va tomber. Je reprends espoir grâce à ça.

Ly-Las, si tu ne veux plus de moi, j'aurai au moins fait une bonne action. Celle de clouer ce con qui a tant fait de mal autour de moi.

Mes appels ont beaucoup diminué, à quoi bon continuer à l'appeler autant de fois dans une journée pour que cela finisse toujours de la même façon ? Elle ne me répond jamais et ça m'énerve, faisant passer mes nerfs en frappant sur tout ce qui m'entoure...

Demain, je reprends le lycée sous les avertissements de mon oncle. Je vais la croiser et je ne sais pas si je vais y arriver...

— Putain, B.I.L.Y. Ly-Las... Tu me manques trop, si tu savais.

'Ly-Las'

17/05/2018

Cher journal

Deux mois. Ce constat me paraît ahurissant. Comment en est-on arrivé là ? Faire comme si rien n'était arrivé. La douleur m'emprisonne. Je suis morose. Je veux ma symbiose, ma drogue, ma dépendance. Où est-il ? Que fait-il ? J'ai mal, j'ai le mal de lui. Je suis sèche, complètement. Plus aucune larme ne se trouve dans mon corps. Banalité ? Certainement, mais je m'en fiche complètement.

Je le croise dans les couloirs du lycée, il passe sans me regarder. Nos cours en commun, il n'y assiste plus, m'évite complètement au détriment de ses études. Je ne comprends pas pourquoi il réagit comme ça. Certes, il ne veut peut-être plus me voir, mais est-ce vraiment nécessaire de ne plus venir en cours? Son diplôme est important alors pourquoi s'entête-t-il à tout gâcher jusqu'au bout? A-t-il peur de ma réaction envers lui? Bien qu'elle soit justifiée, je sais me tenir et ne pas faire d'esclandre devant tout le monde…

Je suis passée devant chez lui pour essayer de lui parler ce que je n'ai pas réussi à faire lorsque j'ai vu cette FILLE sortir de chez lui. Je suis perdue, pourquoi suis-je toujours autant accrochée à lui, alors qu'apparemment il n'en a plus rien à faire de moi?

Pourquoi? Pourquoi me fait-il ça? Je l'aime tellement…

Tchao.

Je referme mon carnet et me tourne sur le dos. Je suis lasse. Accablée par toute cette douleur qui s'empare de moi. Il m'a trahie et je n'arrive pas à l'oublier. Je ne peux pas continuer et faire comme si de rien n'était. C'est impossible. Je lui en veux. Je ne suis plus, je ne respire plus. Mon cœur saigne à cause de lui. Mon sang brûle dans mes veines et une folle envie de hurler s'empare de moi, mais je me retiens.

Une perle coule le long de ma joue, je ne peux la retenir. Une autre suit le même trajet et je ne vois plus rien. Ma vue est brouillée par cette cruelle peine. Je me rappelle ses sourires, ses baisers, ses caresses. Cette façon qu'il avait rien qu'à lui de me rendre unique. Mon cœur résonne contre ma poitrine à ces souvenirs, le hérissement de mes poils accompagne prestissimo mes battements pour me rappeler encore une fois ce qu'il m'oblige à vivre, à ressentir par sa faute.

C'est dur de remonter la pente quand on aime autant. Je commence à me demander si je vais y arriver.

'Matt'

Je ne sais plus quoi faire… je l'ai perdu… je n'ose même plus la regarder parce que la seule expression qu'elle affiche, c'est la tristesse à cause de ce qu'il s'est passé. Je me dégoûte d'être autant à la merci de CONNARD. Nos cours en commun je les sèche. Mon année va être foirée, je le sens. Je vais être bon pour les cours de rattrapage cet été, quelle merde…

Plus qu'un mois, et j'aurai au moins ma vengeance sur connard. En espérant que je réussisse à sauver Ly-Las de son tour malsain. Avec Fred, Jack et Inaya, nous travaillons activement à notre coup monté. Tout devient clair, s'éclaire, illumine mon quotidien à comprendre que je vais enfin arriver à mes fins.

Pour Ly-Las, je ne peux rien faire de plus. Alors j'ai abandonné, arrêté de croire en ce nous qui me plaisait tant et cela me fait mal à un point que je n'aurais jamais cru possible, à cause de tout ce que j'ai subi auparavant. Mais voilà, la vie ne se contrôle pas…

'Ly-Las'

02/06/2018

Soixante-quinze *satanés* jours sont passés depuis notre «séparation». J'ai mal au ventre rien qu'en y repensant. Je ne supporte plus la situation. J'ai trop mal et j'ai besoin de savoir, de comprendre qu'il me dise si tout n'a été que mensonge depuis notre rencontre. Allez, je me lance.

Tchao.

Décidée à enfin comprendre ce qui lui est passé par la tête, je lui envoie un message pour qu'il m'avoue la vérité, parce que je mérite au moins ça.

De Ly-Las à Matt:

«Dis-moi pourquoi tu as fait ça, Matt. Dis-moi ce que j'ai fait de mal pour mériter ce coup bas…»

C'est horrible, malgré la douleur que je ressens je n'arrive pas à lui en vouloir. Il me manque. Ses baisers me manquent, son être me manque tant.

J'ai beau lui envoyer le même SMS depuis plusieurs jours, je ne reçois jamais de réponse. Puis soudain, je repense à une conversation que nous avons eue après une dispute, il y a quelque temps :

— *Crois-moi, je t'en prie. Une dernière fois. Si jamais je sème encore une fois le doute dans ton esprit après aujourd'hui, je partirai, promis…*

Je crois que j'ai tout fait foirer… qu'il tient parole. J'ai mal. Je ne peux m'en prendre qu'à moi. Ne pas avoir répondu à ses appels et ses messages au tout début n'arrange pas les choses. Je suis la seule fautive…

Midi sonne. Je prends mon plateau et m'installe sur une table. Seule. Le déjeuner me paraît fade. L'amour qui règne en temps normal pour ce temps passé avec lui me manque. Je retire ce que je viens de dire. C'est lui qui me manque, il me manque terriblement, même après ce qu'il m'a fait. Ce n'est pas croyable ce qu'il me fait ressentir même après sa trahison.

Je meurs un peu plus chaque jour. Mon cœur se décompose chaque matin, chaque fois que je regarde mon téléphone en croyant avoir une réponse de sa part.

De Ly-Mas à Matt :

«Pu… Tu me manques, Matt…»

Voilà à quoi j'en suis réduite. Devoir lui envoyer un message pour être sûre que ce NOUS était bien réel.

Heureusement, ma journée se termine. J'en ai plus que marre d'être seule. Quand Plum a cours ailleurs, je n'ai plus personne pour me divertir et c'est là le plus dur. Je perds la face et m'assombris, repense encore à la mort, ce lieu où au moins je serais libre.

Je m'assois à ma table. Le cours de théâtre ne va pas tarder à commencer. Nous devons passer à l'orale sur le thème du discours de la mariée. Pourvus qu'il y ait beaucoup d'élèves à passer avant moi. Je ne m'en sens pas capable. Je n'ai pas le moral. Depuis quelques mois, je ne suis pas en classe. Mes notes ont chuté et je ne sais même pas le nombre de cours que je n'ai pas copié.

Tout le monde est installé, la prof regarde la liste des élèves, par manque de chance, mon nom est tiré. Un hasard pas aussi innocent que l'on pourrait le croire, ce dont je ne peux douter. Ne participant plus à l'oral, c'est le seul moyen pour la prof de me faire réagir. Je me place face à eux, ceux qui vont me lancer les premières lignes, pour continuer sur un texte inventé, créé, mais où tous les sentiments qui vont sortir sont eux bien réels, sont ceux que j'aurais aimé lui dire un jour, dans plusieurs années. Je sais que c'est bête de penser au prince charmant, mais je croyais tellement en nous...

— Ly-Las, s'il te plaît, un discours ! me demande-t-on, un verre levé en ma direction.

— D'accord. Alors, de tout mon être, je lui appartiens. Jamais je n'aurais cru, un jour, rencontrer une personne comme lui. Je savais qu'il était spécial, je le sentais par tous les pores de ma peau. Chaque caresse, chaque baiser et chaque rencontre, mon cœur explose en mille morceaux.

Ce que je souhaite lui demander en ce jour spécial ? Rêve-moi, comme moi, je rêve de toi depuis ses dix dernières années. Chaque pensée et chaque nuit, je t'imagine différent pour pouvoir t'aimer un peu plus chaque jour.

Invente mes désirs, imagine mes dons et mes lacunes afin de mieux me connaître un peu plus chaque jour. C'est ce que je fais avec toi depuis toutes ces années. Je t'ai fait pleurer de joie lors de ma réponse à cette demande en mariage, je t'ai libéré de tes talents ainsi que de tes désirs avec ses petits jeux auxquels nous passons notre temps à inventer.

Modèle mon être en un songe meilleur, comme je l'ai fait pour toi. Je t'ai inventé en un homme parfait pour trouver la monotonie et ainsi aimer un peu plus chacun de tes défauts. Je profite de cet homme exemplaire que j'ai créé à ma façon depuis ces dix années.

Rêve-moi, je t'en conjure et plus rien ne nous séparera. Je t'appartiens de toutes les façons possibles depuis que je t'ai dit oui devant l'autel.

Je te suis fidèle corps et âme, fais de moi ton essentiel comme je l'ai fait avec toi.

Enfin, toutes ces choses pour te dire que je t'aime et que je suis fière d'être devenue ta femme !

Je reprends mon souffle et pars m'asseoir à ma place en n'écoutant déjà plus la prof. Gribouillant sans cesse son prénom sur ma feuille, je finis par soupirer de douleur pendant que cette envie de pleurer envahit mon corps. Une larme coule, pourtant je ne lui ai rien demandé. Levant la main, je prétexte à la prof une envie pressante pour me cacher. Elle me laisse partir, sans me demander plus de précision. Je cours jusqu'aux toilettes m'y enferme et, là, je pleure alors que je croyais avoir déjà tout donné.

L'intercours sonne, je reçois un message de Plum qui me demande où je suis passée. Je lui réponds que je suis enfermée dans les toilettes et que je me sens mal. Des vibrations, des pas rapides et un gros boum quand la porte s'ouvre. Je sors de ma cachette et fonds en larmes dans ses bras.

Elle m'enlace, me réconforte.

— Reprends-toi, Ly-Las. Ne te laisse pas abattre par tout ça.

— Je l'aime Plum, comprends-le. J'ai mal de ne plus le voir. Je veux mourir, s'il ne revient pas.

— Non, tu ne le peux pas ! J'ai besoin de toi. L'amour, ça va et ça vient. Tu t'en remettras. Tu verras, dans quelques mois on en reparlera tout en rigolant.

— Non. Plum, pas cette fois, je n'y arriverai pas, ça fait trop mal…

ACTE 30

Dans quatorze jours, c'est la fête de fin d'année, elle aura lieu au lac Depelo. Les garçons ont prévu pas mal d'activité et je n'ai vraiment pas envie d'y participer. Me retrouver avec autant de monde me fait déjà peur et je ne veux surtout pas voir Matt. Je n'ai aucune nouvelle depuis notre séparation et il n'a même pas répondu à ma putain de question. Il faut croire qu'il est beaucoup plus occupé par sa nouvelle copine que de devoir rendre des comptes… Mon cœur saigne toujours de cette séparation, bien que cela fasse un peu plus de trois mois qu'il m'a quittée, mais j'essaie de me reprendre pour avancer et grâce à Plum, je commence à sortir la tête de l'eau. Je m'entends même bien avec Poly, c'est pour dire, et je ne m'y attendais pas du tout.

Je descends les escaliers de ma chambre et croise mon frère dans le couloir. Depuis ma séparation avec Matt, il me parle que très peu et je ne comprends pas trop pourquoi. Après tout, je n'ai rien fait, moi, là-dedans. Je sais que j'ai toujours soutenu Matt, mais ce n'est pas comme si ce qu'il m'avait fait, je l'avais inventé. J'ai été témoin, acteur de la scène…

— Ça va, Chamelle ? me demande mon frère sans que je m'y attende.

— Ouais…

— Tu files où comme ça ?

— Je vais rejoindre Plum, pourquoi ?

— Elle sera avec toute la bande, je parie ?

— Tu as tout compris…

— Ly-Las, fais gaffe…

— Putain, Jack, tu ne vas pas recommencer ?

— Je te dirai toujours la même chose, Ly-Las, parce que je tiens à toi et que je veux que tu ouvres les yeux.

— Matt t'a menti, Jacky, quand vas-tu enfin le comprendre ? Il m'a fait du mal et tu continues de le soutenir, c'est à toi qu'il faut ouvrir les yeux, bordel ! Je l'ai vu en face de moi avec cette putain d'ex' alors que je n'arrêtais pas de l'appeler depuis une semaine parce que je n'avais pas de ses nouvelles !

— Tu saurais tout ce que je sais, tu ne penserais pas ça, Ly-Las.

— Alors, explique-moi, qu'est-ce que tu attends ? Je serais curieuse de savoir ce qu'il t'a raconté pour que tu le soutiennes autant !

— Les apparences sont parfois trompeuses, c'est tout ce que je peux te dire, mais essaie de me faire confiance, comme lorsque toi, tu m'as demandé de te faire confiance avec lui, quand je ne le supportais pas.

— Ouais bah, c'était une erreur monumentale! J'aurais mieux fait de me casser une jambe que de me laisser croire en lui. D'ailleurs, tu lui feras bien comprendre que je le déteste profondément pour ce qu'il m'a fait.

— Ly-Las!

— Merde, Jack! Tout est fini, tu comprends?

J'essaie de garder mon calme et de ne pas pleurer en lui disant ceci, ce qui reste encore difficile pour moi. J'ai moi-même du mal à croire en mes paroles parce que je l'aime toujours, mais je dois me faire une raison. Celle de m'être fait avoir surtout en repensant au silence de Matt sur mes messages.

Le cœur battant, je descends l'étage restant sans me retourner. Je n'arrive pas à deviner ce que lui sait alors que moi, je ne suis au courant de rien. *Putain!*

Debout devant l'arrêt de bus, je patiente depuis environ trente minutes. J'en ai encore au moins pour autant d'attente avant que le bus n'arrive. J'étais tellement en colère à cause de la conversation avec mon frère que je suis partie pour ne plus lui faire face. Je sais que cette bande me cache quelque chose, mais je n'arrive pas à comprendre quoi et ça m'énerve plus que je ne pourrais le croire.

Une voiture s'arrête devant moi, me sortant de ma rêverie. Me penchant un peu vers la fenêtre côté passager avant qui s'ouvre, je fais face à Léo qui est au volant.

— Tu montes ?

— Léo ! Tu vas où ?

— Au supermarché, répond-il. Je rejoins aussi la bande.

Je reste hésitante et il le devine.

— Monte, je ne vais pas te sauter dessus !

Sa rétorque me fait sourire et j'ouvre enfin la portière pour m'asseoir. Il se penche vers moi pour me faire une bise sur la joue.

— Je suis content d'être passé par ici, sinon tu aurais été confronté à toute une bande de crasseux puants, lance-t-il en riant.

J'en fais autant sans pouvoir m'en empêcher. J'ai besoin de cette distraction pour ne plus penser à l'entrevue avec mon frère, de ne plus penser à Matt qui ne cesse de se réintroduire dans mes pensées sans que je ne le veuille.

Il allume la musique et démarre enfin. Le regard concentré sur la route, il file à toute vitesse sur la voie rapide lorsqu'il me demande soudain.

— Alors, ça va mieux, toi ?

— Ouais, dis-je soulagée. Je commence à reprendre du poil de la bête, même si c'est difficile.

— Je n'en doute pas. Mais en même temps, je vais me sentir moins stupide en te demandant si tu veux m'accompagner à la fête de fin d'année au lac.

— Le grand Léo n'a pas encore de cavalière ? Que c'est étonnant !

— Oh si, il y en a à la pelle, mais elle ne m'intéresse pas. Il n'y en a qu'une depuis quelque temps qui m'intrigue et c'est toi.

— Moi ? émis-je dans un large sourire. On se demande bien pourquoi.

Il s'arrête à un feu rouge et pivote sa tête vers moi.

— Parce que je te trouve intéressante et jolie, m'avoue-t-il en plaçant une mèche de cheveux derrière mon oreille.

Je souris discrètement, mais suis mal à l'aise. Mon cœur n'est pas prêt, mais je dois me forcer à sauter le pas pour oublier. Pour l'oublier.

— Tu n'es pas obligée de me répondre maintenant, Ly-Las.

— Merci, Léo. Tu sais, c'est encore difficile pour moi.

— Je sais. Mais rassure-toi, si nous y allons tous les deux, ce sera en ami pour commencer, si cela peut te mettre à l'aise afin d'accepter.

— Mais c'est que le grand Léo a un cœur, dis-moi ! le taquiné-je gentiment.

Il me regarde en mordillant sa lèvre du bas et je rougis. Sa main se dirige vers mon visage et, de son pouce, il vient caresser ma pommette.

— On va faire un deal, tu veux bien ?

— Dis toujours.

Il se gare enfin sur le parking du supermarché, éteint le contact et pivote vers moi. De sa main gauche, il pousse ses cheveux en arrière puis se penche près de mon visage et attrape ma main, à laquelle il lie ses doigts aux miens.

— Tu passes l'après-midi avec moi et si tu passes un bon moment, tu acceptes de m'accompagner à la fête du Lac, lâche-t-il doucement.

Mon visage fait à présent face au sien, je lui parle aussi discrètement :

— Et je gagne quoi dans l'histoire ?

— Deux rendez-vous avec moi.

— T'es con...

— Je plaisante ! Je dirai une bonne après-midi et une bonne soirée, mais surtout t'éviter de trop penser à ce que tu ressens en ce moment même et que je devine dans ton regard.

Je dévie la tête pour qu'il ne puisse plus lire la tristesse dans mes yeux, mais il pivote mon visage vers lui de sa main libre.

— Non, Ly-Las, regarde-moi.

Levant les yeux vers les siens, il tire nos mains liées vers sa bouche et embrasse le dos de la mienne.

— Je te promets que ça va passer, Ly-Las. Je sais que je suis arrivé au mauvais moment, j'en suis conscient, mais je peux t'aider à aller mieux, d'accord ?

— Laisse-moi un peu de temps, Léo, tu veux bien ?

Il secoue la tête dans un oui et caresse ma joue de son pouce.

— Ça marche. Bon, on y va ?

Je lui réponds oui et nous sortons du véhicule. Il me rejoint en me tendant son bras et on avance vers le centre commercial. Une fois devant la glacerie, il pose son bras autour de mes épaules pour m'attirer à lui.

— Allez, Ly-Las, souris, je suis là pour te faire passer la meilleure journée de ta vie !

Tout le petit groupe est déjà installé à une table sur la terrasse. Plum lève la main quand elle nous voit pour nous faire signe et nous montrer où ils sont installés. Un large sourire barre son visage lorsqu'elle nous voit collés l'un à l'autre.

— Ah ! Vous voilà enfin ! J'ai cru que vous n'arriveriez jamais ! lance-t-elle, aussitôt que nous lui faisons face.

M'installant à la place libre à ses côtés, Léo attrape la chaise sur l'emplacement de derrière et l'installe près de moi en demandant à son pote Dean de se pousser.

— Elle était impatiente de pouvoir commander sa glace, nous explique discrètement Poly, dans un merveilleux sourire.

— Ça, je n'en doute pas, c'est une sacrée gloutonne, ma Plum !

— Hé ! Je t'interdis de prononcer ce mot devant eux !! grogne-t-elle, mal à l'aise à cause de son copain, tout en me tapant le bras.

— Aïe ! crié-je en riant aux éclats.

— Oui, mais je t'aime comme tu es, ma gloutonnette, lui bredouille Poly en lui pinçant la pommette avant de l'embrasser. Ce qui me fait rire.

Je repousse Plum de l'épaule.

— Allez prendre une chambre, vous m'écœurez! leur craché-je, de tout l'amour qui nous entoure. Ce qui fait rire tout le monde.

Notre commande passée, la serveuse nous apporte peu de temps après nos coupes de glace. Plum se lèche déjà les babines, et je lui vole une fraise tagada dans sa crème chantilly à peine la coupe posée sur la table.

— Ha!!! Voleuse!!!! tente-t-elle de rattraper son bonbon, en vain.

— Tiens, prends un peu de ma banane, va! marmonné-je en mâchouillant ma fraise, tout en lui tendant ma coupelle de verre.

— Tu sais très bien que je n'aime pas la banane!

— À ton avis, pourquoi je prends toujours ça? Hein! lui avoué-je enfin en reposant la coupe sur la table.

Je ris de la tête de morue qu'elle fait lorsque Léo m'en vole un morceau.

— Moi en tout cas, j'adore ça! lance-t-il content de sa pique en mettant dans sa bouche sa cuillère. Je le regarde ahurie qu'il ait osé toucher à mon fruit sacré.

— Sois purifié, esprit du mal!! dis-je en riant tout en essayant de le chatouiller.

Il m'empêche de le toucher jusqu'à me bloquer les mains et me tire vers lui.

— Tu sais ce qui est arrivé au dernier qui m'a fait ça ?

Je lui fais non de la tête, un rictus dessiné sur mes lèvres.

— Tu es sûre de vouloir le savoir ?

Répondant oui dans un hochement de la tête, tout à coup, de son doigt, il me tartine le visage avec de la chantilly.

— Ah, c'est dégueu, arrête, Léo ! Non ! Non ! Lâche-moi ! Bah !!

Tout le monde éclate de rire, et surtout, ma super copine qui n'en perd pas une miette de me voir aussi légère depuis des lustres.

J'attrape dans mon sac un petit paquet de lingettes et me lève pour rejoindre les toilettes.

— J'arrive, je vais me nettoyer.

Je lève un doigt accusateur vers Léo :

— Et tu n'as plus intérêt à toucher à ma banane sinon !

Il attrape ma main et la tire vers lui, me faisant tomber sur ses cuisses.

— Sinon quoi ? souffle-t-il en mordillant sa lèvre du bas.

Mon cœur déraille. Il sait que cela m'a toujours attirée, je le sais parce qu'il ne le fait qu'avec moi, mais je me force à faire comme si de rien n'était.

— Ne me tente pas Léo, je peux faire très mal... dis-je en me levant pour me diriger vers le magasin.

Il retient ma main et tire à nouveau vers lui :

— Donne-moi ça, je vais te nettoyer

— Non, Léo, c'est bon. Lâche-moi, ma glace est en train de fondre, laisse-moi vite partir me nettoyer.

— Tu te laisserais faire, ça irait plus vite.

— Tu me laisserais partir, on aurait déjà fini depuis un bail et peut-être même terminé notre glace.

Son regard dans le mien, je ne baisse pas les yeux, histoire de lui faire comprendre que je suis déterminée.

— Pourquoi tu ne veux pas me laisser faire ?

— Parce que je suis assez grande pour le faire moi-même et pas devant tout le monde en plus, la loose.

— Ce n'est que ça qui te gêne ?

— En partie, oui.

— O.K.

Il me relâche, je me redresse sur mes jambes, lorsqu'il en fait autant. Il me porte soudain sur son épaule, ce qui me fait crier à n'en plus finir. J'ai beau lui demander de me déposer au sol, il n'en fait rien, continuant sa route jusqu'à la porte des toilettes, où il me pose enfin.

— Tin, t'es lourd Léo sérieux ! craché-je, en replaçant mes vêtements correctement. Imagine si j'avais mis une jupe ou une robe ? Encore heureux que tu ne puisses pas rentrer dans les toilettes des DAMES ! le nargué-je, certaine d'avoir gagné.

— Tu crois vraiment que c'est ce qui va m'en empêcher ?

Je ne réponds pas et lui tends la main.

— Je peux avoir mes lingettes? dis-je au bout d'un moment de silence.

Son sourcil droit s'arque et il me pousse soudainement, vers le toilette pour handicapé. Collée à la porte, lui placé devant moi, il me bloque contre, un sourire pendu sur ses lèvres et place mes cheveux derrière ma tête. Soudain, il l'ouvre en grand et me pousse à l'intérieur où il ferme à clé aussitôt que nous sommes rentrés.

— Voilà, nous ne sommes plus que tous les deux, maintenant, tu vas te laisser faire, dit-il en me poussant contre le lavabo.

Ses doigts autour de mes hanches, je sens une douce chaleur s'ancrer dans mes veines. Je ferme les yeux et expire discrètement.

Tout ce que je ressens me fait penser à Matt. Pourquoi est-ce si difficile de me le sortir de la tête même lorsque je suis en face d'un autre garçon?

Sa main insistante sur ma hanche remonte le long de ma taille. Son bassin me bloque en appui sur le mien et il sort enfin une lingette du paquet. D'une main dans mes cheveux, il agrippe l'arrière de ma tête et de l'autre, il s'applique à la tâche dont il s'est accommodé. Doucement et sans appuyer, il essuie jusqu'à ce que plus rien ne soit visible sur mon visage.

— Voilà, madame est toute propre, expire-t-il, sa bouche tellement proche de la mienne que je sens son souffle rebondir contre mon visage.

J'ouvre les yeux et déglutis. Mon regard plonge dans le sien, mon cœur palpite aussitôt dans ma poitrine. J'ai peur… peur de me retrouver dans cette position et d'être obligée de faire une chose dont je n'ai pas envie.

Il caresse ma pommette de son pouce et approche de mon visage lorsque sa bouche dévie de mes lèvres et vient s'abattre sur ma joue. Lorsqu'il la quitte, il me chuchote à l'oreille :

— N'aie pas peur de moi, Ly-Las, je t'ai dit que j'irai doucement. L'as-tu déjà oublié ?

Je secoue la tête dans un non en étant soulagée. J'ai vraiment cru qu'il allait tenter quelque chose, et je me maudis moi-même à cette pensée. En cet instant, je me demande si ce n'est pas plutôt moi qui hésite afin de me permettre d'oublier celui qui est toujours dans mon cœur.

Il lie ses doigts aux miens, me sortant de mes pensées, et ouvre la porte afin de rejoindre notre groupe. Assis, Aaron nous rejoint quelques minutes plus tard, un sourire perché à ses lèvres. Je me demande encore ce qu'il a prévu comme coup foireux. Bien qu'il traîne avec nous, bien qu'il ait essayé lui aussi de me prévenir pour ce que me ferait endurer Matt, je ne lui ai toujours pas pardonné pour ce qu'il m'a fait subir dans la cabine d'essayage.

Il s'assoit en face de nous et me lance un clin d'œil.

— C'est bon ? lui demande aussitôt Léo.

— Tout est O.K.

Je regarde mes deux interlocuteurs tour à tour et leur demande enfin :

— Qu'est-ce qui est bon ?

C'est Léo qui me répond aussi vite.

— Ça fait un bail qu'Aaron a des vues sur la serveuse et il vient de l'inviter à venir avec lui à la fête samedi.

Je me penche vers l'arrière et regarde de qui il me parle.

— Elle n'est pas un peu trop vieille ? demandé-je innocemment en voyant clairement la différence d'âge entre eux.

Cette fois, c'est lui qui prend la parole.

— C'est dans les vieilles marmites que l'on fait les meilleures soupes !

Tout le monde éclate de rire, sauf moi. Je trouve cela trop absurde qu'une femme âgée d'environ de cinq ans de plus que lui veuille l'accompagner à la fête de fin année du lycée.

— Tu es vraiment pathétique quand tu t'y mets, on te l'a déjà dit ?

— Ce n'est pas parce que toi tu aimes te taper des gamins que nous sommes tous pareils, Ly-Las...

Léo pose sa main sur ma cuisse et la presse doucement.

— Aaron, tu ferais mieux de fermer ta grande gueule ! lui balance Léo.

Ils se dévisagent puis Aaron détourne enfin les yeux. J'inspire profondément et expire de la même façon afin de ne pas faire une rétorque qui pourrait faire empirer les choses. Je repousse ma coupe sur le milieu de la table en soupirant.

— Tu ne finis pas ta glace ? m'interroge Léo.

Je lui fais non de la tête et lui explique la raison.

— Mon appétit vient d'être coupé.

Léo me ramène chez moi bien avant l'heure que je ne le voulais. Il s'excuse pour ce qu'Aaron m'a dit et je le remercie de vouloir me défendre. Je l'embrasse sur la joue et le quitte sans rien ajouter d'autre, rentrant chez moi, le cœur douloureux. Ce con a tout gâché, putain, moi qui pensais aller mieux, c'est raté…

'Matt'

J'ouvre le clavier et regarde encore une fois ses messages qui datent de début juin. J'appuie sur répondre en inspirant profondément, ferme les yeux et laisse tomber encore une fois. Ça fait quinze jours que j'essaie de lui répondre, mais je n'y arrive pas. Et au point où j'en suis, autant continuer à faire le mort même si je vais sans doute le regretter. Enfin, je sais au moins que je la protège en restant aussi éloigné d'elle que possible. Après tout ce temps passé à tenter de la joindre sans réponse, elle s'est enfin décidée à m'appeler pour savoir ce qu'il s'est passé. Ce qui me fait le plus souffrir, c'est de ne pas lui répondre surtout lorsqu'elle me dit encore m'aimer.

Rangeant mon téléphone dans ma poche, je monte dans ma voiture et prends la route jusqu'à chez Fred où toute la bande m'attend. Après trente minutes de route, je me gare devant la maison et m'avance vers la porte d'entrée qui s'ouvre sans me laisser le temps d'y frapper.

— Salut, on t'attendait, m'accueille aussitôt notre amie.

Je suis Fred jusqu'au salon et prends sur moi pour ne pas leur parler des messages de Ly-Las. Ça fait plusieurs jours que j'hésite, mais cela ne ferait qu'empirer les choses avec son frère. Il ne cesse de me répéter que je ne suis qu'un con pour ne pas aller la voir afin de tout lui expliquer, ce que je ne peux nier. Je suis certain d'un côté que ma sœur y est pour quelque chose dans cette histoire. Elle n'a de cesse de me répéter la même chose depuis que le drame avec Fred et Ly-Las est arrivé.

Nous faisons un débriefing vite fait sur ce que nous avons prévu ce week-end puis enfin un listing sur le matériel.

— On a tout ce qu'il faut, affirme Jack. On va enfin l'avoir cet enfoiré.

À sa phrase, je me sens soulagé, mais je suis vite rattrapé lorsque mon téléphone sonne et que je vois ce qui est affiché. C'est un message de lui. Connard. Il y avait bien longtemps que cette enflure ne m'avait pas textoté. J'appuie sur lire et tout ce qui se trouve sur le bureau voltige sans que je ne puisse réfléchir un seul instant à ce que je fais. Fred qui était dans la cuisine en train de préparer les sodas arrive en courant vers nous. Quand elle voit le bordel que je viens de mettre chez elle, elle me hurle dessus.

— Non, mais ça ne va pas! Pourquoi tu as fait ça, t'es débile ou quoi?

Penché sur le bureau, je sens mon cœur se serrer dans ma poitrine. Cette photo aura ma peau et je sais qu'il le sait. Je devine combien il doit jubiler de son côté pour m'avoir envoyé cette photo de Ly-Las et lui coller l'un à l'autre devant cette porte. Pour le coup, j'ai envie de tout casser.

Je tente de reprendre mon souffle lorsqu'Inaya s'approche de moi et qu'elle pose sa main sur mon épaule, alors que Fred me gueule encore dessus.

— Matt, qu'est-ce qui ne va pas, parle-moi.

Un grelot sort de ma bouche et je ne peux rien dire de plus. Ma sœur trouve mon téléphone, le prend en main et le déverrouille. Elle tombe aussitôt sur la photo.

— L'enfoiré! lâche-t-elle sur le qui-vive en lançant le téléphone à Jack.

Elle va pour poser sa main sur moi, lorsque je la repousse méchamment, la faisant reculer de plusieurs pas jusqu'à manquer de tomber. Jack la rattrape de justesse avant qu'elle ne s'écrase au sol. De colère envers connard, tout en m'avançant vers la sortie, je grogne que je vais lui faire la peau, qu'il va me le payer. Inaya demande à Jack de me retenir, ce qu'il tente de faire, mais je lui balance mon poing dans la tronche, il l'évite de peu l'empêchant de me stopper dans mon avancée.

— Casse-toi, Jack, je ne veux pas te faire de mal.

— Arrête tes conneries, Matt. Si tu fais ça, tu vas tout gâcher. Et réfléchis, c'est un piège pour t'attirer jusqu'à lui et encore te faire passer pour le plus con. Il sait que ça va te mettre en rogne alors essaie de ne pas tomber dedans!

Mes larmes coulent involontairement de mes yeux et je n'arrive plus à réfléchir à la situation de par la colère qui imprègne mes nerfs. Je me débats contre lui. Il passe derrière moi et me bloque les bras avec les siens. Il me demande de me calmer et je n'y arrive pas. Je me retrouve contre ma volonté, accroupi au sol, Jack derrière moi qui me dit que ça va aller. Je pleure, vide mon cœur devant eux et je n'en ai rien à faire.

— Je ne peux pas laisser passer ça, Jack. Je n'y arrive pas. Il n'a pas le droit de la toucher…

— Je sais Matt, je suis d'accord avec toi et ça me fait chier de voir cette photo, mais si tu y vas, tu vas tout gâcher. On aura notre vengeance, je te le promets. Mais ne fais pas de connerie pour ce pauvre con!

Putain c'est trop dur à supporter. Je vais avoir du mal à continuer sur cette lancée. Encore heureux que la fête au lac arrive bientôt, sinon je me le serais fait, c'est sûr.

Ly-Las, je suis tellement désolé de t'avoir embarquée dans cette aventure sans le vouloir. J'aurais tellement voulu tenir mes promesses, réussir à te faire croire en mes mots qui étaient plus que vrais, en l'amour que j'ai pour toi, alors que tu te trouves loin de moi… que tu n'es plus à moi…

ACTE 32

'Ly-Las'

Assis sur le banc, dans le square du centre-ville, je dévisage tout le monde. Nos amis sont en train de s'amuser comme des fous alors que ma conversation avec Léo part à la dérive et il me dévisage d'un regard désapprobateur. Lui expliquer que j'ai toujours sur le cœur ce qu'Aaron m'a fait dans la cabine d'essayage est difficile à comprendre pour lui. Il tente de me présenter son point de vue sur ma façon de voir les choses et je me renfrogne qu'il ne puisse accepter mon ressenti sans qu'il ait à y ajouter son grain de sel. Je sais que c'est son ami, mais c'est plus fort que moi. Bien qu'il se soit excusé, je n'arrive toujours pas à lui faire confiance. Voyant que je commence à m'énerver, il me demande :

— Ça te dit d'aller au bord de mer ? Ça te fera du bien.

Je réfléchis en restant muette.

— Allez, Ly-Las. Rien que tous les deux, sans ces fouteurs de merde. Pour qu'ils ne gâchent pas notre après-midi comme la dernière fois.

— Oui, mais Plum?

— Elle n'est pas perdue, elle est avec Polyvan. En plus, elle ne fait même pas attention à toi en ce moment, tu l'as bien remarqué, non?

— C'est vrai, mais je vais avoir l'impression de l'abandonner.

Se redressant devant moi, il me tend la main. J'y glisse la mienne au creux, me tirant vers lui, ses bras m'entourent aussitôt. Il embrasse mon front puis plonge son regard séducteur au creux du mien, mon cœur bat la chamade dans ma poitrine lorsqu'il me parle sans quitter mes yeux.

— Je t'assure que non.

— Je n'ai aucune affaire sur moi.

— Je te dépose les récupérer et on y va! Rien de plus simple.

Il repousse ma mèche qui retombe sur mon visage derrière mon épaule et vient caresser ma pommette. Sa bouche s'avance vers mon oreille où il me chuchote:

— S'il te plaît!!

Il presse ses lèvres l'une contre l'autre pour finir par mordiller celle du bas. J'aime quand il fait ça, ça le rend tellement irrésistible que je ne peux rien lui refuser.

— Bon d'accord! Juste pour te faire plaisir, alors.

Il me soulève et me fait tourner sur nous-mêmes, me faisant rire aux éclats. Il me repose au sol et lance à qui veut l'entendre :

— Les gars, ne nous attendez pas, Ly-Las et moi avons prévu une sortie tous les deux jusqu'à pas d'heure pour ne plus voir vos sales gueules !

Il me quitte pour aller chercher sa veste par terre sur l'herbe un peu plus loin, et Plum me rejoint, sourire aux lèvres.

— Amuse-toi et profite Ly-Las, tu verras, Léo n'est pas si con qu'il peut en avoir l'air.

— Je sais, Plum. Je t'aime.

Elle m'envoie un baiser de la main et rejoint son amoureux. Léo me demande si je suis prête, ce que je lui confirme. Il lie ses doigts aux miens et me tire avec lui vers sa voiture. Je monte du côté passager, lui derrière le volant et allume le moteur. Le faisant gronder, il part soudain à toute allure. Les yeux rieurs, je souris à la vue qui s'empare de moi. Le ciel bleu, le soleil haut et chaud, le vent à la brise légère qui s'enlise dans mes cheveux. À tout. Léo me rejoint dans un éclat de rire pour une blague moisie qu'il vient de me sortir et sa main se cale sur ma cuisse. Je l'agrippe de la mienne et la serre doucement. Il ne la quitte pas jusqu'à devoir se garer sur le parking pas loin de la mer du Coty.

Je sors du véhicule avec entrain, Léo me rejoint aussitôt. Une fois sur le sable, j'inspire de grandes bouffées d'air iodé, puis retire mes chaussures pour marcher pieds nus sur le sable, Léo en faisant de même. Déposant tout notre attirail sur la serviette de plage que j'ai prise chez moi en même temps que mes affaires, nous nous dirigeons enfin tout droit vers l'eau pour y tremper nos pieds. Sa fraîcheur me surprend malgré l'heure avancée de l'après-midi, mais ils s'y habituent vite. Assise sur ma serviette, je ferme les yeux et me laisse imprégner par ce qui m'entoure, le vent souffle dans mes oreilles et pourtant, je réussis à entendre la légère expiration qui vient de retentir juste derrière moi. Je me retourne sur Léo, un sourire pendu à mes lèvres.

— Alors, comment tu te sens ?

— Bien. Légère. Soulagée. Et c'est grâce à toi. Merci, Léo.

— Je t'en prie, Ly-Las. Installe-toi. Je vais nous chercher un truc à grignoter juste là derrière.

— D'accord, expiré-je de façon lasse des sentiments que je ressens tout à coup. Il part à reculons en m'envoyant un baiser papillon que je rattrape pour le poser sur ma joue et me retourne. Je me déshabille pour profiter du soleil et patiente son retour.

Je sens tout à coup un truc froid collé dans mon dos et je crie. Léo se met à rire aux éclats en me montrant la bouteille de soda fraîche puis me tend les sandwiches, lance les boissons à côté de moi et retire à son tour son short et tee-shirt. Je le regarde faire sans le moindre scrupule et lui souris pleinement lorsqu'il s'assoit pour manger. Une fois fini, il se lève, me tend la main que j'agrippe, il me redresse et je me retrouve sur son épaule. Courant tout droit vers l'eau, il nous jette dedans d'un coup et je crie de surprise, ce qui le fait rire comme un taré. Tentant de le faire couler à son tour, je me retrouve plus souvent sous l'eau que lui.

Fatiguée, je me jette sur son dos et le laisse me porter jusqu'à la serviette de plage où il me fait redescendre doucement. L'heure tardive a laissé place au vide autour de nous, mis à part quelques bandes de copains par-ci par-là encore sur le sable. Rhabillés, nous levons le camp pour ramener les affaires dans la voiture. Le coffre ouvert, Léo dépose le tout à l'intérieur puis se retourne sur moi. En appui, il lève un doigt vers moi en me demandant d'approcher. Ses mains se posent sur mes hanches, me rapprochant encore plus près de lui et je le laisse faire.

— Alors cet après-midi, tu en as pensé quoi?

— C'était magnifique, Léo. Merci de m'avoir fait penser à autre chose.

— J'ai gagné le droit d'être ton cavalier pour la fête au lac, alors? me demande-t-il en mordillant sa lèvre du bas.

Je lui réponds dans un sourire.

— Oh oui! Et plus encore.

— Ça m'intéresse. Et quoi d'autre? Je suis curieux, mendie-t-il, sa bouche face à la mienne.

Tellement proche que nos souffles se mêlent déjà.

Sa main se pose sur le côté de mon visage, son pouce caresse ma joue, puis ses doigts agrippent l'arrière de ma tête. Il ne bouge pas et attend que je le lui confirme sa pensée.

— Embrasse-moi, Léo.

Sa bouche se pose sauvagement sur mes lèvres et sa langue prend possession de la mienne aussitôt. Mais… rien n'est magique. Le baiser auquel je m'attendais n'est pas sensuel, pas tendre, juste sauvage. Ses mains me touchent de façon assez suggestive et je commence à regretter. Je remonte ses mains lorsqu'elles dévient trop bas sur mes fesses et je fais tout pour qu'il lâche mes lèvres en douceur sans que cela paraisse à contrecœur. Je pose mon front contre le sien et ferme les yeux, reprends ma respiration pour lui faire face sans qu'il ne réussisse à lire mon ressenti à travers mon visage.

— J'attendais ça depuis tellement longtemps… je pourrais t'embrasser toute la nuit, dit-il presque dans un chuchotement.

Un sourire se perche sur mes lèvres, mais rien ne sort de ma bouche. Il sort son téléphone et le dresse devant nous pour faire un selfie.

— On fait une photo pour immortaliser cette journée ?

Je lui fais oui de la tête et me tourne dos à lui. Collée contre son torse, son bras libre entoure mon cou. Le cadrage parfait, il me demande de le regarder, ce que je fais et sans que je ne puisse réagir ses lèvres se posent à nouveau sur les miennes puis le flash retentit.

Matt, je suis désolée. Désolée de m'être laissée aller, d'essayer d'avancer pour t'oublier. Je ne peux plus vivre de cette façon. Je dois profiter et ne plus me laisser mourir pour t'avoir trop aimé, t'avoir

trop donné, d'avoir cru en toi, en tes mots que j'aurais tellement voulu
vrais…

Vingt heures. Léo me raccompagne enfin après une longue journée. L'air frais m'a fait un bien fou même si Matt a encore envahi mes pensées. Léo a été un amour bien qu'il m'ait impressionné avec ses baisers possesseurs.

Enfin devant chez moi, je l'embrasse d'un petit baiser sur ses lèvres et descends du véhicule. Après un au revoir de la main, je cours rapidement vers chez moi et entre. La maison est plongée dans le noir et tout est calme en bas. Une légère lumière reflète dans le couloir et du peu qui passe, je comprends que cela vient du couloir de ma chambre. Retirant en vitesse mon manteau, je le pose sur le dossier de la chaise et j'en fais autant avec mes chaussures, les jetant au passage, aux pieds des escaliers. Montant deux par deux les marches des deux étages, j'arrive à destination et tombe sur ma mère assise dans mon lit, en train de lire mon journal intime.

— Maman… mais qu'est-ce que tu fais ? lui demandé-je, un air ahuri en la voyant faire, alors que je comprends très bien qu'elle lit mon intimité.

Mon cœur bat à tout rompre de comprendre qu'elle a peut-être lu ce que je ne voulais pas qu'elle sache. Son regard se lève sur moi, il est colérique, sévère et je voudrais m'enfuir face à tant de contrariété. Une ride entre ses deux sourcils froncés s'est formée et je comprends que ce que je craignais est arrivé.

— Ly-Las... comment...

Je comprends qu'elle ne sait pas aborder le sujet sans une once de colère et que les mots qu'elle retient sont certainement une gifle dont elle ne me fait pas part.

Elle expire puis se lance :

— Dis-moi, il t'a forcée ce Matt ? grogne-t-elle, le souffle court.

— Quoi ? Forcée à quoi ? demandé-je innocemment, histoire de ne pas aborder le sujet avec elle.

— Ne fais pas comme si tu ne savais pas de quoi je parle !

Expirant pour dégager le stress que je porte sur mes épaules depuis que je l'ai vu ici même, je lui réponds calmement :

— Il ne m'a rien forcé du tout ! Comment as-tu pu trahir la confiance que j'avais en toi en lisant mon journal ! essayé-je de changer de sujet.

— Et toi Ly-Las ? Comment as-tu pu trahir la confiance que j'avais en toi en couchant avec un garçon que je t'avais expressément demandé de ne pas fréquenter ?

Je réfléchis un instant et reprends :

— Pourquoi, tu es en train de me faire comprendre que si ça avait été quelqu'un que tu approuvais, tu t'en serais fichée ?

— Ce n'est pas ce que j'ai voulu dire ! Alors, ne change pas de sujet ! Pourquoi Ly-Las ? Pourquoi avoir fait ça à ton âge ? Tu me déçois !

— Parce que je l'aime, maman ! Tout simplement.

Ma mère se passe une main sur le visage avant de me lancer :

— Tu vas arrêter les frais tout de suite, Ly-Las, parce que là, tout ça, ça va mal finir ! Tu n'as pas l'âge d'aimer, pas l'âge de coucher avec qui que ce soit, Ly-Las !

Moi qui commençais à me sentir mieux par rapport à la situation avec Matt, parler de ça avec ma mère me fait mal. Je retiens mes larmes en lui annonçant mécaniquement la situation.

— Tu as l'air d'oublier que je suis majeur maman…

— Tant que tu seras chez moi, tu obéiras à ce que je te dis ! répond-elle méchamment.

— De toute façon ; la question ne se posera plus, ne t'en fais pas !

— Comment ça ?

— Parce que nous ne sommes plus ensemble !

Elle émet un rire qui me fait mal au cœur. Comment peut-elle sourire alors que je souffre ?

— Je suis certaine qu'il t'a quittée juste après avoir couché avec toi ?

— Non ! réponds-je férocement.

Ma mère en fait autant.

— Ne prends pas sa défense ! S'il t'a fait du mal, nous irons porter plainte !

— Je ne le fais pas ! Il ne m'a rien forcé du tout. J'avais juste envie de le faire avec lui parce que je l'aime. Il a été

mon premier amour et il le restera jusqu'à ce que je réussisse à l'oublier!

Ma mère me gifle pour ce que j'ose lui avouer. Je tiens ma joue de la main droite, les larmes aux yeux.

— Tu vas vite l'oublier, crois-moi. Parce que je vais vraiment m'énerver et tu vas le regretter! Ce garçon n'est pas quelqu'un de bien, il t'aurait respectée, il n'aurait pas couché avec toi! Ce n'est pas le genre de chose que l'on fait à ton âge, Ly-Las! finit-elle de dire en claquant la porte de ma chambre pour rejoindre le rez-de-chaussée.

Je crie et me laisse tomber sur mon lit, laissant extérioriser ma peine dans de longs soubresauts.

***

Enfin calmée, je prépare un de mes sacs avec des vêtements de rechange et descends rejoindre le monde en bas. J'entends mon père se disputer avec ma mère.

Debout dans la cuisine, je bouscule mon frère qui rentre à peine et m'interroge du regard en voyant ma tête. Ma mère me demande où je vais et je ne lui réponds pas, j'interpelle mon père :

— Papa, je vais dormir chez Plum. Je rentre dans quelques jours.

— Tu ne vas nul...

— Laisse-la tranquille, la coupe mon père. Ta fille n'est plus une enfant. Laisse-la respirer !

Voir mon père se rebiffer contre ma mère m'étonne alors je le remercie des yeux.

Il s'approche de moi et m'embrasse sur la tête et me chuchote :

— Profites-en, ma puce. Les examens sont terminés, rien ne peut être changé.

— Merci, papa.

Je l'enlace et file aussi vite. Mon frère me suit dehors et m'interpelle pour savoir ce qu'il s'est passé. Je le remballe et pars sans me retourner.

'Ly-Las'

Avec Plum, nous filons en direction du lac Depelo, c'est son père qui nous y dépose. Elle voulait absolument y aller en métro, mais son paternel a tellement insisté qu'elle a cédé. Elle a énormément de chance d'avoir des parents aussi gentils et présents. Jamais ils ne sont déçus de ce qu'elle entreprend alors que ma mère, me regarde toujours avec cette impression qui me fait passer pour une mauvaise fille depuis septembre. Je ne comprends pas sa façon d'agir alors que j'ai à peine fait un quart de ce que mon frère leur a fait subir depuis l'adolescence...

J'inspire et expire longuement afin de revenir à Plum qui ne cesse de parler tellement elle est excitée.

Poly l'a invitée à la fête et elle a hâte de voir les feux d'artifice qu'ils — la bande à mon frère — vont faire exploser en fin de soirée pour clôturer leur rassemblement. Ce n'était pas prévu au programme, mais ils ont l'intention de le faire quand même sans compter sur l'autorisation du lycée. Ce que je hais dans ce genre de sauterie finale, c'est que ça finit forcément dans le sens exact du terme. C'est souvent dans ce genre de divertissements que les filles de première et terminale perdent leur virginité.

Arrivés à destination, nous descendons du véhicule en riant. La voiture s'éloigne et nous montons vers la colline l'une accrochée au bras de l'autre. Du monde danse en rythme avec la musique qui gueule des enceintes et résonne tout autour de nous. Je revois cet endroit où Matt et moi étions venus pour notre premier rendez-vous. Je ferme les yeux et inspire profondément. Je nous imagine à nouveau assis sur notre serviette, moi à le dévisager, cherchant absolument à comprendre ce qui le rendait si unique, si attrayant, si attirant. J'inspire et expire longuement.

Quelle perte de temps !

Plum saute soudain sur place en hurlant. Je me demande bien ce qu'il lui arrive et lorsque je me retourne, je découvre au loin Poly. Je lui lance un faux sourire afin de ne pas lui montrer l'enthousiasme qui me guette à me retrouver seule et lui lance en m'éloignant de ne pas faire de bêtise, lorsqu'elle m'interpelle :

— Ly-Las, tu es sûre que ça va aller.

— Oui, ne t'en fais pas.

— Tu sais que tu peux rester ?

— Oui, mais non, merci. Je ne veux pas tenir la chandelle quand vous allez…

Je les identifie à l'aide de mes deux index qui se touchent par leur extrémité afin de les imiter s'embrasser.

Mon petit jeu de doigts la fait rire et elle me lance un baiser papillon. Je l'attrape puis resserre contre moi ma veste pour le vent qui vient de s'infiltrer à l'intérieur, me donnant froid. Je regarde le ciel. La beauté de ses couleurs a disparu et de gros nuages gris les remplacent.

Je me retourne et sursaute tout à coup, Léo me fait face, je ne sais pas depuis combien de temps il est là, mais je suis surprise par sa proximité qui me permet de sentir les effluves d'alcool de son haleine.

— Salut, Ly-Las. J'espérais bien te voir ce soir.

— Salut, Léo, tu m'as fait peur.

— Je ressemble tant que ça à un monstre ?

— Pas du tout, c'est juste que je ne m'attendais pas à te voir derrière moi.

Il sourit un peu comme s'il était fier de lui et me redemande :

— Tu te sens mieux que cet aprèm ?

Je hoche la tête dans la positive.

— Merci encore de m'avoir raccompagnée.

— Il n'y a pas de quoi Ly-Las. Je peux bien faire ça pour la sœur de mon pote, m'avoue-t-il en attrapant une mèche de cheveux sur le devant de mon épaule pour jouer avec.

Il la replace derrière mon oreille et passe son bras autour de mon cou.

— Allez, suis-moi, je te paie une bière.

Il m'attire avec lui vers le bar, plusieurs personnes nous sourient, d'autres nous dévisagent puis nous nous arrêtons. Je suis gênée par sa façon de se tenir avec moi devant tout le monde. Les trois quarts des personnes féminines qui se trouvent ici aimeraient tant être à ma place que cela me met mal à l'aise. J'ai l'impression d'être jugée comme une fille facile, qui veut se taper tous les mecs en concurrence.

Léo remplit deux gobelets et m'en tend un. Je dévisage sa main.

— Allez, juste un verre!

— Si ma mèr…

— Et comment veux-tu qu'elle le sache ta mère? Elle n'est pas ici que je sache, me coupe-t-il.

— C'est vrai.

J'attrape le verre et bois une longue gorgée.

— Voilà, Ly-Las. Alors, c'était dur?

Je souris en essuyant ma bouche de la main et lui réponds non. Il trinque à nouveau avec moi et je rebois une gorgée. Je me détends doucement grâce à son sourire qui me met aussitôt à l'aise, même lorsqu'Aaron nous rejoint pour parler au creux de l'oreille de Léo. Je me racle la gorge de façon peu gracieuse pour leur faire comprendre que je suis là, Léo me jette un coup d'œil en souriant et Aaron repart par où il est arrivé sans me regarder.

— Pardon, il avait une info importante à me transmettre.

— Tu t'es pris pour Sherlock Holmes ? Tu es celui qui doit trouver le meurtrier, c'est ça ?

Un sourire sensuel apparaît sur son visage, celui qui fait fondre toutes les nanas qu'il croise sur son chemin et je me sens mal à l'aise de le dévisager de cette façon si suggestive, lui faisant entrevoir ce que je ressens. Depuis que nous avons passé plusieurs jours ensemble, j'ai compris qu'il me plaisait, que j'aimerais me laisser à aller plus loin avec lui, mais y a toujours Matt dans ma tête qui cherche par tous les moyens à me faire sentir mal à l'aise lorsque Léo m'embrasse. À trop vouloir les comparer, je n'arrive pas à l'apprécier comme il se doit. Et malgré tout ce que Matt m'a fait, je n'arrive pas à passer au-dessus de ce que je ressens encore pour lui.

— Tu sais Ly-Las, dit-il en passant son bras autour de mon cou, je suis content que l'on se retrouve ici, aujourd'hui. Je commençais à croire que je te fais peur depuis que nous sortons ensemble.

— Me faire peur ? répété-je de façon moqueuse. Pourquoi tu penses ça ?

Il s'approche de moi, son visage face au mien et me souffle :

— Parce que tu m'évites depuis que nous avons passé un CAP.

Je lui réponds avec le même entrain, en plongeant mes yeux dans les siens :

— Tu ne me fais pas peur Léo.

Il mord sa lèvre du bas, se penche vers moi, une main sur ma taille et me chuchote au creux de l'oreille.

— Heureux de l'apprendre alors.

Mon cœur s'emballe à sa proximité plus que provocante. Il m'embrasse encore une fois et je réponds à son baiser sauvage. Sa main se pose sur mes fesses, me rapprochant de lui.

— Cul sec ! tape-t-il son verre contre le mien.

Je ris et l'avale d'une traite.

— Je t'adore déjà ! lâche-t-il une fois mon verre vide.

Il me tire vers la piste de danse et je me mets à bouger au rythme de la musique. Lui face à moi s'active dans le même déhanché et je ris. Je me sens tout à coup légère, insouciante et ne pense plus à quoi que ce soit. Juste à moi et lui dans cette danse. Ses mains se posent sur mes hanches, sa bouche embrasse mon cou, me chuchote des mots au creux de l'oreille et un autre verre de bière me fait face.

— À nous, Ly-Las.

Il entrechoque son gobelet au mien et je le vide encore une fois.

Ma tête me tourne, je tangue et ne me sens pas bien. Je demande à Léo de m'aider à me mettre sur le côté et il me soutient, m'emmenant dans la partie verte peuplée d'arbres et d'arbustes. Me collant contre l'un des troncs, il m'embrasse alors que je refuse, me caresse alors que je lui demande d'arrêter. Me bloquant, je ne peux pas bouger, ne peux me défendre à cause des vertiges qui prennent d'assaut ma tête, lorsque soudain, je tombe. Un cri retentit, puis un autre et...

— Inaya appelle les pompiers et occupe-toi d'elle. Je vais faire la peau à ce connard!

C'est mon frère qui a parlé, j'entends ce qui se passe, mais n'arrive pas à ouvrir les yeux.

'Matt'

Un regard vers le ciel, la fin de journée commence à laisser place à la nuit. Je conduis toute notre bande jusqu'au Lac pour ne rien rater. Mon téléphone sonne, ne pouvant regarder, je demande à ma sœur de le faire. Elle l'attrape et lis le message. Son regard s'assombrit et je lui demande ce qui ne va pas.

— Rien, c'est encore connard qui cherche à te narguer.

— Laisse-moi voir!

— Trop tard, je l'ai supprimé.

— Putain Inaya, tu fais chier! crié-je à son encontre.

— Je sais, mais on a besoin de toi avec toutes tes capacités.

J'expire agacé, mais elle n'a pas tort. Si je voyais encore une fois une photo d'eux, je ne sais pas comment je réagirais surtout en le voyant là-bas.

Nous arrivons enfin au Lac. L'ambiance est déjà présente, les élèves s'amusent alors que moi, je ne cherche qu'une personne : Ly-Las, mais je ne la vois pas. Avec la bande, nous

nous mettons chacun en place attendant que le rideau se lève, et je n'ai qu'une hâte, c'est de voir sa réaction.

La soirée a déjà bien commencé et je ne vois toujours pas Ly-Las. Ne viendrait-elle pas ? Je m'énerve de ne pas savoir et attrape un verre. Il faut que je me détende, alors je le bois cul sec.

Jack ne l'a pas vu depuis plus d'une semaine. Elle est restée chez Plum due à une énième dispute avec sa mère de ce qu'il m'a raconté. Il n'a pas su me dire la raison de cette engueulade, mais voyant comment sa mère réagissait lorsqu'elle était avec moi, je ne doute pas que cela soit en rapport.

Soudain, j'entends le rire de Plum retentir. Je le reconnaîtrais entre tous même dans une salle remplie de trompettes en plein concert. Discrètement, je m'avance vers elle et lui lance :

— Salut Plum.

Elle se retourne, un sourire sur ses lèvres.

— Matt ! crie-t-elle en me serrant dans ses bras. Comment vas-tu ?

— Ça va. Poly est sympa avec toi ?

— Oui, Matt. Il est super. Regarde ce qu'il m'a offert.

Elle me tend la main et me montre un bracelet où est inscrit son prénom. C'est assez too much, je l'avoue, et je ris.

— Il te va à ravir !

— Merci.

— Tu es venue seule ? demandé-je avec impatience.

Elle me fait non de la tête.

— Elle est avec Léo quelque part. Elle a du mal à avancer depuis que... enfin tu vois.

Je lui réponds oui de la tête et frotte l'arrière de mon crâne avec ma paume.

— Merci de m'avoir donné des nouvelles d'elle, c'est vraiment sympa de ta part.

— De rien, Matt, mais ce que tu lui as fait l'a complètement brisée et je t'en veux.

— Je me doute... Mais le pire dans tout ça, ce n'est même pas ce qu'elle croit.

— Qu'est-ce que tu racontes ?

— Fred n'est pas la fille qu'elle croit, ce n'est pas Louna !

— Je ne comprends rien, Matt.

— Je sais, mais tu vas tout comprendre dans pas longtemps, ne t'en fais pas. Fais gaffe à toi jusqu'à ce soir, d'accord ?

— Promis.

Je l'embrasse sur la joue et file à la recherche de Ly-Las. Soudain, l'écran plat s'allume, coupant la musique pour être remplacée par l'image fixe d'une fille. C'est elle, Louna. Ce qui laisse place au chuchotement des personnes présentes. Tous se demandent pourquoi cette fille est affichée et je ne peux m'empêcher de la regarder.

Je reste fixé devant l'écran comme je l'ai été devant lui lorsqu'il m'a menti sur son rapport avec Louna. Du moins jusqu'à ce que j'entende Jack hurler. Je cours vers lui et vois au loin Ly-Las allongée sur le sol. Me dirigeant vers elle, je me jette quasiment par terre à ses côtés et parle à ma sœur.

— Dis-moi qu'elle va bien ?

— Elle respire, mais ne réagit pas. Je ne sais pas ce qu'il lui a fait, mais on dirait qu'elle est droguée.

Tout tourne au quart de tour et je devine qu'il lui a fait quelque chose. Un truc dont Fred m'avait parlé peu après la mort de Louna et dont j'étais resté sceptique ; ce que Léo nous a avoué lors de notre bagarre ici même, il y a quelques semaines.

Les nerfs à vif, j'embrasse son front et me redresse. Me retournant, je cours vers Jack et Léo. J'attrape ce dernier par le col de sa chemise et le bouscule de toutes mes forces.

— Comment tu as pu faire ça, connard !

Mon poing atterrit sur le coin de sa mâchoire, je le redresse, et lui mets un coup de boule. Il recule de plusieurs pas jusqu'à tomber, les fesses au sol. Je redresse son torse vers moi et lui lance mon poing dans la tronche sans m'arrêter, jusqu'à ce qu'intervienne Fred.

— Matt, arrête.

Léo se redresse sur ses jambes et regarde Fred sans comprendre ce qui se passe.

— Louna ? Mais c'est impossible.

— Non, Léo. Je suis Frédérique, sa sœur. Elle, c'est Louna, lui dit-elle en lui montrant l'écran.

— Je n'ai rien à voir avec la mort de ta sœur, alors fous-moi la paix.

— Tu en es sûr ?

— Certain, pétasse ! grogne-t-il en crachant un filet de sang au sol.

— Dommage pour toi.

Elle se tourne vers l'écran et allume la vidéo.

«Il m'a violée. Il a abusé de moi après m'avoir droguée à la soirée d'Aly. Il a fait croire à mon copain que je l'avais trompé avec lui, a fait croire à tout le monde que j'avais couché avec lui volontairement avant de me faire passer pour une pute au lycée. Il m'a traîné dans la boue, lâche-t-elle en larme.

— Pourquoi ne portes-tu pas plainte, Louna, lui demande une voix dont on ne voit pas le corps.

— Personne ne me croira, Fred. C'est de Léo Basiro qu'on parle. Le mec qui a tout ce qui veut, qui il veut et quand il veut. Il ne me reste plus qu'à mourir, Fred. Ma vie est détruite à cause de lui…»

J'ai le souffle coupé aux paroles qui sont prononcées. Cela me donne la nausée.

Cette conversation, je ne l'avais jamais entendue. Fred n'a pas voulu nous faire écouter la piste et je comprends maintenant pourquoi. Je m'en veux encore une fois d'avoir cru qu'elle avait couché avec lui de son plein gré. Je m'en veux tellement… Je me suis toujours fait avoir par tout ce que Léo m'a toujours dit et je m'en veux de l'avoir abandonnée à son sort alors qu'elle avait besoin d'aide plus que jamais après cet acte. Si je ne l'avais pas laissée, elle serait peut-être encore en vie…

Puis surgissent ses paroles de vérité qu'il nous a avouées lors de notre rencontre il y a quelques semaines, ici.

Léo regarde la vidéo sans bouger, sans savoir quoi dire et j'ai encore plus envie de le tuer. Pour elle, pour Ly-Las, pour tout le mal que j'ai subi par sa faute.

— Pourquoi avoir fait tout ça ? Qu'est-ce que cela t'apporte ? lui demandé-je en serrant les poings contre mes jambes pour ne pas lui envoyer en plein visage.

— Vous avez tué ma mère dans ce putain d'accident !

— Ta mère ?

Je repense tout à coup à ce jour. Celui qui m'a anéanti pour la première fois. Je me souviens qu'il y avait eu deux décès, mais je n'ai jamais su qui était la deuxième personne. Cela est arrivé deux ans avant que je me mette en couple avec Louna.

— Ma mère est morte aussi dedans ! Ces filles n'ont rien avoir avec tout ça, alors pourquoi t'en prendre à elles ?

— Pour te voir souffrir autant que je souffre depuis, parce qu'il n'y a que comme ça que je peux vivre.

— Parce que tu crois vraiment que je n'ai pas souffert quand ma mère est morte ? Ce n'est tout de même pas de ma faute si ce camion s'est déporté sur notre route !

— Elle aurait mieux fait de lui rentrer de plein face au lieu de le dévier ! Ma mère serait encore en vie au moins !

Les sirènes des pompiers et de la police retentissent, je sais qu'ils ne sont pas loin, mais je veux ma vengeance. Pour lui faire payer tout ce qu'il dit et tout ce qu'il a fait aux deux femmes que j'ai vraiment aimées.

De colère, je l'attrape encore une fois par sa chemise et le pousse jusqu'à ce qu'il arrive au bord de la cote, celui-là même d'où j'avais sauté pour impressionner Ly-Las.

Sur la pointe des pieds, les talons dans le vide, ne tombant pas juste par ma prise.

— Tu as une chance sur deux de t'en sortir si je te lâche.

J'ai envie de le lâcher, je ne sais pas ce qui adviendra, mais je veux qu'il paie.

— Mattiew, non, ne fais pas ça ! crie Fred après moi. Tu ne peux pas te le permettre, tu dois aider Ly-Las à comprendre.

— Il doit payer !

— Tout est filmé, Matt, fais-moi confiance. Il ne pourra plus se débiner !

— Lâche-moi, Matt, c'est tout ce que tu attends ! Venge-toi pour Louna, pour Ly-Las ! Pour ta mère ! grogne-t-il, un air mesquin pendu sur ses lèvres

Je ferme les yeux et réfléchis. Putain, si j'avais su qu'un jour j'aurais l'occasion de venger la mort de Louna, je ne l'aurais jamais cru.

— Matt ! résonne une voix loin de moi.

Je tourne la tête vers la droite et aperçois Ly-Las réveillée, accompagnée par ma sœur qui la supporte pour qu'elle ne s'effondre pas. J'expire doucement et le jette loin derrière moi. Me rapprochant de lui, je lui lance un grand coup de pied dans le ventre.

— Crève en enfer, connard!

Je rejoins Ly-Las et l'accompagne auprès des ambulances qui se garent un peu plus loin. La clique surveille Léo et sa petite bande pour qu'ils ne s'échappent pas jusqu'à ce que la police arrête tout le monde.

Les pompiers emmènent aussi vite Ly-Las, ne me laissant pas le temps de lui parler. La police interroge tout le monde, mettent sous scellés toutes les preuves que l'on a récoltées, puis une fois l'interrogatoire terminé, je m'enfuis vers l'endroit où se trouvent à présent ma mère, mes grands-parents et Louna. Ce seul lieu de recueil où je suis certain d'être enfin seul.

ACTE 34

'Ly-Las'

Cela fait environ quinze jours que la fête au lac est passée et que tout est enfin terminé. Léo, Aaron et Jais, le gars que j'avais vu dans la forêt lorsque j'étais avec Matt ont été arrêtés pour le meurtre involontaire de Louna, la présumée tentative de viol sur moi, le viol sur Louna et pour leur harcèlement continuel sur Matt.

Pour Louna, je la croyais encore en vie et j'avoue que je me suis totalement trompée. Jamais je n'aurais cru possible tout ce qu'il s'est passé. Mon cœur saigne de savoir ce qu'elle a vécu, tout ça pour une vengeance, de ce que j'ai compris. Tout reste encore un peu flou dans ma tête. Mon frère m'a dit que Matt devait tout m'expliquer, mais rien ne vient. Je ne l'ai toujours pas revu, et malgré mes appels pour que l'on puisse discuter de cette soirée, il ne veut pas décrocher. Je crois avoir fait une sacrée bêtise en partant sans me retourner avec Léo. Et malgré ce que j'ai fait, il a tout fait pour m'aider à ne pas tomber dans le même piège que son ex et je l'en remercie.

J'aurais aimé le remercier le soir de la fête, mais je n'en ai pas eu l'occasion. Tout s'est déroulé tellement vite que je n'ai même pas eu le temps de reprendre mes esprits, que j'étais déjà à l'hôpital.

Aujourd'hui, c'est la dernière répétition avant le spectacle ce week-end, je n'ai pas hâte de passer sur scène, mais je suis pressée que tout soit terminé pour enfin rentrer.

Debout sur la scène, la prof lance le test :

— Essai de Ly-Las Pink, entends-je la voix de la prof résonner, avec, pour remplaçant de Luc Slim, Mattiew White.

Mattiew ? C'est quoi ce bordel ! Ce n'était pas prévu !

Il entre sur la scène, je demande, les mains sur les hanches :

— Pourquoi ce changement ? Ce n'était pas avec lui que je devais faire ma représentation !

— Peut-être, mais qu'est-ce que cela change ? me questionne la prof de Français.

— Rien, Madame Linck, mais…

Je suis coupée dans mon élan.

— Il n'y a pas de «mais» qui tienne, soit vous jouez, soit vous sortez ! Je n'ai pas le temps pour écouter vos jérémiades !

Je serre les dents et baisse les bras.

— Bien, Madame, je rends les armes !

Je m'approche de Matt et lui crache, les bras croisés contre ma poitrine.

— Acte I ; scène I !

Il n'a pas voulu me parler lorsque je l'ai appelé et là, il se pointe comme si de rien n'était. S'il croit que je vais lui faciliter les choses, il se met le doigt dans l'œil !

Debout face à moi, il tourne sur lui-même avant de m'implorer à genoux, un bras contre son cœur :

— Je vous prie, Madame, de bien vouloir m'absoudre de mes péchés, même si le pardon lui-même le rejetait. J'eusse été un mauvais soldat, un parasite répudié par la vermine elle-même. Je ne vous mérite pas, je ne mérite que l'enfer.

— Que Dieu vous épargne, Poilu, je ne souhaiterais cela à mon pire ennemi !

Je m'éloigne de lui de quelques pas, puis reviens.

— Suis-je bête, mon pire ennemi s'avère être vous ! Alors, oui, je le confirme, je ne vous souhaiterais pas cette infâme misère, même si elle fut bien trop sage pour votre âme !

— Je veux me repentir ! Que dois-je faire pour recevoir, à nouveau, votre confiance ainsi que votre indulgence ?

— Ma foi, rien, je le confesse. Je fus trahie par vos manières à mon égard, je crus voir en vous ce que d'autres ne percevaient pas, mais je me fus méprise par votre beauté. Que Dieu m'en garde ! Qu'il m'épargne et m'accepte auprès de lui après pénitence de ces pêchés que j'eusse commis par votre faute, homme au visage d'ange déchu !

Je m'éloigne de lui, il se redresse et me rejoint, me tenant par la main.

— Dieu vous pardonnera, Madame, vous êtes le bien incarné. Et puis, les péchés sont tous pardonnés après confesse, car la pénitence pour vous s'avère être cruelle. Je sais, par ailleurs, qu'en aucun cas, vous n'avez péché. Ceux-ci se font sans amour, or, nous nous aimions tels les amants maudits de ses deux familles, autrefois épris sans le consentement de leur famille.

Il attrape ma main et la porte à sa bouche.

— Je vous aime, Lady. Pardonnez-moi !

— Je ne peux le faire... J'ai tout quitté pour vous. Ma famille m'a reniée pour l'amour que je vous portais. Je me suis donné corps et âme et vous avez tout gâché cette nuit, où vous m'avez trompée avec la plus extravagante beauté, froissée par la vengeance que vous désiriez...

— Ce n'était pas moi, gente Dame, mais une personne qui se faisait passer pour moi. Je fus obligé de jouer ce jeu du damné, pour vous protéger de cet homme pourri par l'apparence de la personne.

Il me parle tout bas lorsqu'il embrasse le dos de main.

— Laisse-moi une chance de m'expliquer, s'il te plaît.

Je lui secoue la tête par la positive. Je veux à présent savoir ce qu'il s'est passé, mais de son point de vue...

— Très bien, soldat, je vous pardonne, mais vous rends votre liberté d'aimer quelqu'un d'autre que moi, continué-je mon texte qui s'avère être, pour une fois, en totale harmonie avec ce que nous avons vécu tous les deux.

— Nous en reparlerons betôt, Lady. Mon cœur ne peut point aimer deux Dames en même temps. Et il s'avère qu'il ne bat que pour vous, ma mie.

Je sors par le côté gauche du rideau où il me suit.

— Passe me chercher chez moi pour dix-sept heures, lui imposé-je sans lui laisser le temps d'ajouter quoi que ce soit.

***

Debout devant mon miroir, j'expire doucement. Matt ne devrait pas tarder et j'ai la frousse de ma vie de me retrouver avec lui.

Je descends les escaliers et tombe sur ma petite sœur, qui me saute dans les bras :

— Las-Ly ! Tu es toute belle, me dit-elle en soulevant mes cheveux, alors que je finis de descendre l'étage restant.

— Merci, ma chérie.

— Tu t'en vas ? me demande-t-elle alors que je la pose à même le sol une fois en bas.

— Oui, je rejoins mon ami qui m'a aidé lorsque je ne me sentais pas bien.

— Matt ?

— C'est bien ça.

— Je le revois quand moi. Il m'avait promis…

— Que vas-tu faire avec lui ? la coupe ma mère, de façon agressive.

J'expire et réponds à ma sœur sans faire attention à elle.

— Je sais, je vais lui en parler, d'accord ?

— Oui !!! crie-t-elle en se dirigeant vers le salon pour regarder la télé.

Je me tourne et avance vers la cuisine.

— Ly-Las, réponds-moi. Que vas-tu faire avec ce garçon à problème ?

— Tu n'en rates pas une, hein. Quand vas-tu comprendre qu'il est gentil, maman ?

— Je ne veux pas que tu traînes avec lui, il ne va t'apporter que des problèmes !

— Ce garçon à problème comme tu dis, a évité à ta fille de se faire abuser, maman ! Ça aussi, c'était à cause de lui, tu crois ? Je n'arrive pas à croire que tu puisses supposer qu'il soit ce qu'il n'est pas juste par son apparence. Tu me déçois à un point, tu ne peux pas savoir. Encore heureux que papa ne soit pas comme toi. Lui a compris que je l'aime au moins et que sans tous les doutes qui ont tournés autour de lui à cause de ce genre de réflexion, rien de tout ça ne serait arrivé. Que viendrais-tu as pensé si l'on disait de moi que je ne suis qu'une pute parce que j'ai failli me faire violer ?

Je me prends une claque en plein visage par ma mère qui a les yeux bordés de larmes.

— Félicitations, maman. Tu montres à ta deuxième fille que le droit d'expression n'existe pas dans cette famille…

Sans la regarder, j'emprunte la porte et la laisse se claquer derrière moi. J'entends ma mère m'appeler, mais je continue mon chemin sans me retourner.

ACTE FINAL

Sa voiture s'arrête devant chez moi, je monte aussitôt et me laisse porter. Je ne sais pas où nous nous dirigeons et m'en fiche royalement. Je sais que je peux avoir confiance en lui.

La voiture s'arrête devant une devanture de tatoueur.

— Tu m'expliques ?

— C'est l'entreprise de mon Beauf, il m'a demandé de travailler avec lui et je crois que je vais accepter. J'aime dessiner, j'aime créer et les divers tatouages que j'ai pochés ont tous fait l'unanimité.

— Je ne parle pas de ça, Matt.

— Je sais, mais avant, je t'explique pourquoi je te donne ça. C'était censé être ton cadeau d'anniversaire, mais comme il y a eu ce qu'il y a eu, je ne te l'offre que maintenant.

J'attrape l'enveloppe qu'il me tend et l'ouvre. Un bon pour un tatouage gratuit me fait face et je le remercie.

Il me fait entrer dans le local et referme à clé derrière nous. Nous avançons vers la caisse et prenons place juste derrière où une table et deux chaises se trouvent.

— Ici, nous serons bien et tranquilles.

Il me conte ce qu'il s'est passé avec Fred, lors de la soirée au lac avec Léo et en arrive à la mort de Louna.

— Pourquoi ne m'as-tu rien dit à son sujet, au sujet de tout ce qu'il y a eu avec Léo ?

— En connaissant ton caractère, ça m'a toujours fait peur que tu fasses n'importe quoi si je t'avouais tout.

— Et pour Louna, pourquoi ne m'as-tu pas dit directement qu'elle était morte ? J'ai toujours eu peur qu'elle refasse surface et tu partes avec elle sans te soucier de moi, Matt.

— Je sais, j'ai merdé, et je ne l'ai su que le jour où je me suis fait tabasser... Je voulais te protéger de tout ça, ça n'a toujours été que ma seule envie envers toi... te protéger de tout ça.

— Et ça n'a pas marché…

— Je sais…

Je pose ma main sur la sienne pour le rassurer.

— Qu'est-il arrivé à ta mère et celle de Léo ?

— Maman conduisait et elle a perdu le contrôle de la voiture à cause d'un camion qui a dévié de la route. Elle a choppé sa mère lorsque la voiture a dérapé sur le trottoir. Ma mère est morte sur le coup.

— C'est pour ça que tu n'en parles jamais ?

Il me fait oui de la tête.

— C'est arrivé deux ans avant que je me mette en couple avec Louna.

— Et ton père.

— Il s'est barré peu après ma naissance.

— Je suis désolée, Matt.

Il inspire et expire pour soulager son cœur de tout ce qu'il vient de m'avouer.

— Je regrette tellement, Ly-Las, si tu savais…

— Je sais. Je regrette moi aussi, la façon dont j'ai réagi lorsque je t'ai vu avec Fred… j'avais tellement peur de Louna, et puis tout ce que l'on me disait sur toi a fini quand même par me toucher… Je ne t'ai même pas laissé t'expliquer, c'est ça le pire.

Je me lève et me dirige vers lui, une fois en face, je m'accroupis.

— Dis-moi, Matt, je suis quoi pour toi ?

Il réfléchit puis prend son inspiration pour me répondre :

— MA VIE ! B.I.L.Y. Ly-Las.

— Putain, c'est si bon à entendre. B.I.L.Y. Matt.

Sa bouche plonge sur la mienne et un baiser amoureux fait tambouriner mon cœur dans ma poitrine à une vitesse folle. Il relâche mes lèvres et me tire vers l'arrière pièce.

— Tu fais quoi, Matt.

— J'ai un truc pour toi.

Il l'attrape dans un tiroir et me le tend. Je le lui prends des mains et l'observe.

— C'est magnifique, lâché-je soudainement, émue par le dessin.

Un cœur fait avec les initiales B.I.L.Y. où nos initiales se trouvent à l'intérieur, est dessiné sur un calque. Je le regarde, les yeux émerveillés puis file m'asseoir sur la table. Tout à coup, je soulève mon haut et baisse mon pantalon sur mes hanches.

— Fais-le-moi maintenant, Matt, je ne veux plus te quitter sans cette beauté sur moi.

Il s'approche comme un félin, un sourire charmeur aux lèvres et se penche sur moi pour me donner un baiser.

— Une beauté qui nous unit tous les deux, princesse. Because I Love You.

— Because I Love You

REMERCIEMENTS

Waouh !

Je n'arrive pas à croire que B.I.L.Y. soit terminée. J'ai eu beaucoup de mal à écrire ce livre et m'y suis prise en plusieurs fois, mais je ne suis pas du tout déçue de la tournure de leur histoire à Ly-Las et Mattiew, sans oublier Plum connus sous Lilas, Matthis et Prune sur Wattpad.

Ce changement de prénoms est volontaire de ma part. Ayant passé beaucoup de temps sur Wattpad, j'ai voulu modifier juste quelques trucs pour leur faire une beauté et pouvoir différencier les deux versions.

J'espère du fond du cœur que ce livre vous aura plu autant que j'ai aimé l'écrire et vous le faire découvrir. J'ai passé presque cinq ans avec mes deux étudiants que les quitter me fait un petit pincement au cœur.

* Je vous remercie tous et toutes de m'avoir suivie jusqu'ici et espère que vous aurez passé un bon moment auprès de mes protagonistes.

* Merci **Joséphine**, mon éditrice, d'avoir donné sa chance à B.I.L.Y. Je remercie aussi la graphiste et la correctrice d'avoir passé du temps avec eux et moi et d'avoir fait du bon boulot pour cette histoire.

* **Marilyn**. Je suis tellement fière de travailler avec toi sur chacun de mes livres. J'ai foi en toi comme jamais et je te remercie aussi pour tout ce que tu as entrepris depuis notre rencontre avec Destinée. Je t'ai fait confiance et je suis vraiment heureuse que l'amour des mots nous ait fait nous rencontrer. Tu es chère à mes yeux et je t'aime très fort aussi. <3

* **Lola**, merci pour les fous rires qu'on a lors de nos corrections et pour ton aide. Tu fais naître un rayon de soleil lors des jours gris.

* **Makamou**, comme à mon habitude, je te remercie pour tout et du fond du cœur. Merci de me supporter, durant nos journées de travail, d'être mon pense-bête, mon calendrier et depuis peu mon garde-clés. Sans toi, je ne sais pas ce que je ferais et mes journées de travail seraient tout simplement fades. Tu es ma meilleure amie, ma meilleure collègue, et je t'aime très fort. Merci pour tous les fous rires, les moments de détente en fin de journée, nos moments de folie. Merci de parler avec moi de mes romans, de m'écouter en débattre durant de longues heures, de me conseiller et tant d'autres choses. Mon grand soleil ! <3

* En dernier lieu, je remercie ma **mère**, mon **père**, ma **sœur** et mes **frères**, mais aussi mon **mari**, mes **enfants, Ma louve Lillys** (qui m'a connu grâce à B.I.L.Y.) et **Isabook** qui me soutiennent et m'accompagnent depuis le debut. Je vous aime tous très fort. <3

* Because I Love You
[B.I.L.Y.] *

B.I.L.Y.
Emy Lie

ISBN :
978-2-902562-37-4

Couverture :
© Orlane, Instant immortel

Mise en pages :
© Orlane, Instant immortel

Images :
© Adobe Stock, © Pixabay, © Freepik

Collection Orchidée
© 2020, Rouge noir éditions

Mentions légales

Rouge Noir éditions
Avenue de Saint Andiol
13440 CABANNES
rougenoireditions@gmail.com

N°SIRET
80468872900016

Édition: BoD - Books on Demand